KB261315

테마명작관 6

돈

에디터
editor

옮 긴 이 (작품 수록순)

김난령 | 출판기획자로 활동하다가 영국 런던의 LCC(London College of Communication)에서 인터랙티브 미디어 석사학위를 받았다. 아동문학 및 영미문학과 교양서를 우리말로 옮기는 일을 하며, 대표적인 책으로는 《디자인의 역사》,《청년 위기》,《우리가 바로 지구입니다》 등이 있다.

장혜경 | 연세대학교 독어독문학과를 졸업하고 같은 대학원에서 박사과정을 수료했다. 독일 학술교류처 장학생으로 독일 하노버에서 공부했다. 현재 전문 번역가로 활동하고 있으며,《예술가의 여행》,《세상이 던지는 질문에 어떻게 답해야 할까?》,《방황의 기술》,《상식과 교양으로 읽는 유럽의 역사》,《마지막 사진 한 장》 등 다수의 문학과 인문 교양서를 우리말로 옮겼다.

이항재 | 고려대학교 노어노문학과를 졸업하고, 같은 대학원에서 〈투르게네프의 후기 중단편 연구〉로 박사학위를 받았다. 현재 단국대학교 러시아어과 교수로 재직하고 있다. 지은 책으로《소설의 정치학 : 투르게네프 소설 연구》,《러시아 문학의 이해》(공저) 등이 있다. 옮긴 책으로《러시아 문학사》,《귀족의 보금자리》,《첫사랑》,《아르세니예프의 생애》,《숄로호프 단편집》,《아버지와 아들》,《학교에 간 필리포크》,《톨스토이와 행복한 하루》 등이 있다.

이상원 | 서울대학교 가정관리학과와 노어노문학과를 졸업하고 한국외국어대학교 통번역대학원에서 석사와 박사학위를 받았다. 현재 서울대학교와 한국외국어대학교 등에서 글쓰기와 번역 강의를 하고 있다.《살아갈 날들을 위한 공부》,《적을 만들지 않는 대화법》,《유린되고 타버린 모든 것》 등 70여 권의 번역서를 출간했다.

정혜용 | 서울대학교 불어불문학과와 같은 대학원을 졸업하고 파리 3대학 통번역대학원(E.S.I.T)에서 번역학 박사학위를 받았다. 현재 번역·출판기획 네트워크 '사이에'의 위원으로 활동하고 있으며, 옮긴 책으로《단추전쟁》,《집착》,《산 자와 죽은 자》,《에콜로지카》(공역),《지하철 소녀 쟈지》 등이 있다.

서대원 | 이탈리아 로마 그레고리오대학 철학과를 졸업했다. 로만가톨릭 필그림센터(ASPEC) 소장을 역임하고, 가톨릭 청소년문화원에서 청소년 국제 교류에 관한 업무를 담당했다. 현재 전문 번역가로 활동하고 있으며, 옮긴 책으로《그리고 사랑을 이야기 하자꾸나》,《엄마가 깨워도 일어나지 않는 방법》,《어머니 왜 나를 버렸나요》와 여러 권의 종교 관련 서적이 있다.

Contents

| 일러두기 |
• 외국어 고유 명사의 한글 표기는 개정된 외래어 표기법에 따랐으나 일부 예외를 두었습니다.
• 옮긴이의 주석은 본문 아래 각주로 처리하였습니다.

리츠 호텔만 한 다이아몬드

The Diamond as Big as the Ritz

Francis Scott Key Fitzgerald

프랜시스 스콧 피츠제럴드 지음 | 김난령 옮김

와 명성을 얻었다. 그의 작품은 제1차 세계대전 후에 환멸을 느낀 미국의 지식계급과 젊은 예술가들의 전형적인 단면을 묘사, 청년의 정신적 공백을 들추어내고 환멸을 얼버무리는 재즈의 광란·칵테일·바·갱 등 1920년대의 세태를 묘사하였다. 술을 밀조하여 거부가 된 주인공의 비극적인 생애를 그린 〈위대한 개츠비〉로 유명하다.

프랜시스 스콧 피츠제럴드 Francis Scott Key Fitzgerald | 미국의 소설가 (1896~1940). 첫 작품은 1909년에 발표한 단편 〈레이먼드 저당의 신비〉이며, 그 후에 〈낭만적 에고이스트〉 등을 썼지만 성공을 거두지 못하다가 1920년에 출간된 〈낙원의 이쪽〉으로 큰 인기와 명성을 얻었다. 그의 작품은 제1차 세계대전 후에 환멸을 느낀 미국의 지식계급과 젊은 예술가들의 전형적인 단면을 묘사, 청년의 정신적 공백을 들추어내고 환멸을 얼버무리는 재즈의 광란·칵테일·바·갱 등 1920년대의 세태를 묘사하였다. 술을 밀조하여 거부가 된 주인공의 비극적인 생애를 그린 〈위대한 개츠비〉로 유명하다.

‡

1

　존 T. 엉거는 미시시피 강변의 작은 마을 '하데스'[1]에서 여러 세대 동안 이름을 날린 가문 출신이었다. 존의 아버지는 수많은 치열한 경기를 거쳐 아마추어 골프대회의 우승컵을 거머쥐었고, 그의 아내 엉거 부인은 화끈한 정치 연설 때문에 그 지방식 표현대로 '뜨거운 연단에서 뜨거운 침대[2]'라는 말로 사람들 입에 오르내렸으며, 이제 막 열여섯 살이 된 존 T. 엉거는 긴 바지를 입을 나이가 되기도 전에 뉴욕에서 최신 유행하는 춤을 모두 섭렵했다. 그리고 존은 이제 일정 기간 동안 집을 떠나야 하는 처지가 되었다. 매년 전국 각지에서 제일 전도유망한 젊은 인재들을 쏙쏙 뽑아 가는 바람에 지방을 파멸로 몰아넣는 원인이 된 뉴잉글랜드 교육이라는 것에 존의 부모도 경도되어 있었던 것이다.

　그들은 아들을 교육시킬 만한 곳으로 보스턴 근처에 있는 세

---

1) 'Hades'는 미국 일리노이 주에 실제로 존재하는 작은 마을이다. 미국식 발음으로는 '헤이디스'라고 하지만, 그리스 신화에서 죽은 영혼들의 거처 혹은 '지옥'을 일컫는 '하데스'와 철자가 동일하여 여기서는 '하데스'로 표기했다.
2) 원문은 'Mrs. Unger was known "from hot-box to hot-bed," as the local phrase went, for her political addresses'인데, 여기서 옮긴이는 'hot-box'를 가두연설 때 임시로 쓰는 연단인 'soapbox'로 보았다.

인트 마이더스 학교[3] 말고는 그 어느 곳도 성에 차지 않았다. 그들의 소중하고 재능 있는 아들을 담기에는 하데스라는 그릇이 너무 작았던 것이다.

사실 하데스에서는 —거기 가 본 사람이라면 알겠지만— 더 잘 나가는 예비학교나 더 좋은 대학이란 것이 별 의미가 없다. 비록 옷차림이나 예절이나 문학에 있어서는 유행에 크게 뒤처지지 않는다 하더라도 주민들은 세상과 상당히 동떨어져 살았다. 세상 소식은 주로 풍문에 의존했고, 자기네들끼리는 공들였다고 자평하는 행사라도 시카고의 어느 재벌 축산업자의 따님들에게는 십중팔구 '좀 촌스럽다'는 촌평을 받을 만한 수준이었다.

존 T. 엉거가 떠나기 전날 밤이었다. 엉거 부인은 어리석을 정도로 지나친 모성애를 발휘해서 리넨 정장이며 선풍기 등으로 아들의 여행 가방들을 꼭꼭 채웠고, 엉거 씨는 돈을 두둑이 채운 석면 지갑을 아들에게 선물했다.

"우린 언제나 너를 환영한다는 걸 잊지 말아라. 너를 위해 늘 집 안에 난로를 피워 두마.[4]"

아버지가 말했다.

"예, 알아요."

---

3) '마이더스(Midas)'는 그리스신화에 나오는, 손에 닿는 모든 것을 금으로 바꿔 버리는 프리기아 왕의 이름 '미다스'를 미국식으로 발음한 것이다. 동부 상류층의 교육 시스템이 황금만능주의자의 산실임을 은근히 비꼬려는 작가의 의도가 엿보인다.
4) 1914년에 이보 노벨로(Ivor novello, 영국 웨일스 태생의 작곡가 겸 극작가, 1893~1951)가 작곡한 'Keep the Home Fires Burning(우리나라에서는 '후방을 지키다'라는 제목으로 번안됨)'에 나오는 첫 소절. 제1차 세계대전 당시 영국인들의 애국심을 고취시키면서 엄청난 성공을 거두었다. 가사는 레나 길버트 포드(Lena Guilbert Ford, 1870~1918)가 썼다.

존이 목이 멘 소리로 대답했다.

"네가 누구이며, 어디 출신인지를 잊지 마라." 아버지는 자랑스레 말을 이었다. "그러면 너의 명예를 실추시킬 짓은 절대 하지 않을 거야. 너는 엉거 집안사람이고, 하데스 출신이다."

그렇게 노인과 청년은 악수를 했고, 존은 눈물을 흘리며 집을 나섰다. 10분 후에 그는 그 도시의 경계선을 넘으면서 마지막으로 한 번 더 돌아보기 위해 멈춰 섰다. 도시의 게이트 위에 걸린 빅토리아풍의 구닥다리 표어가 묘하게 매력적으로 느껴졌다. 그의 아버지는 좀 더 진취적이고 추진력이 느껴지는 문구로 바꿔 보려고 몇 번이나 시도를 했었다. 예컨대 '하데스—당신의 기회'라든가, 그냥 간단히 '환영합니다'라는 짧은 문구 위에 굳게 악수하는 그림을 넣고 거기에 전구를 박아서 반짝이게 하는 식으로 말이다. 지금까지 존은 그 구닥다리 표어가 약간 우울하게 느껴졌다. 하지만 지금은…….

그렇게 한 번 뒤돌아본 뒤 존은 다시 단호하게 목적지를 향해 고개를 돌렸다. 돌아서는 그의 눈에 비친 하데스의 불빛들은 따듯하고 열정적인 아름다움으로 가득 찬 듯했다.

세인트 마이더스 학교는 롤스피어스[5] 자동차로 달려서 보스턴에서 반시간 거리였다. 실제 거리가 얼마인지는 알 수 없을 것이다. 존 T. 엉거 말고는 그 누구도 거기에 롤스피어스를 타지

---

5) 작가가 이 작품을 쓸 당시 미국에서 가장 사치스러운 자동차로 손꼽힌 '롤스로이스'와 '피어스'를 합쳐서 만든 자동차명으로, 실제로는 존재하지 않는다.

않고는 간 적이 없었고, 아마 앞으로도 그럴 일이 없을 것이기 때문이다. 세인트 마이더스는 세계에서 학비가 가장 비싸고 입학 자격이 엄격하기로 유명한 남자 예비학교였다.

존은 그 학교에서 첫 두 해 동안은 즐겁게 보냈다. 그 학교 학생들의 아버지들은 하나같이 상당한 재력가들이어서 그 덕에 존은 여름방학이면 고급스러운 휴양지에서 여름방학을 보냈다. 존은 자신을 초대한 학교 친구 모두를 상당히 좋아했지만 그 아버지들은 모두 거기서 거기라고 여겼으며, 소년다운 순수한 호기심에서 그 아버지들은 어쩌면 저렇게 똑같을까 궁금해했다. 존이 고향 집이 어디라고 말하면 그들은 명랑하게 "그 아랫녘은 꽤 덥지?"[6]라고 묻곤 했고, 그러면 존은 내키지 않는 미소를 지으며 "그렇고말고요."라고 대답하곤 했다. 그들이 하나같이 이런 농담만 하지 않았다면 존은 좀 더 성의 있게 대답했을 것이다. 좀 다른 식으로 묻는다고 해 봤자 "거기 아랫동네는 자네한테도 충분히 덥지?" 정도였는데, 이 말도 싫기는 마찬가지였다.

2학년 중반에 퍼시 워싱턴이라는 조용하고 잘생긴 학생이 존의 반에 들어왔다. 이 신입생은 호감 가는 행동거지에, 옷도 세인트 마이더스 기준으로 봐도 지나치게 잘 차려입었지만 무슨 이유에선지 다른 학생들과는 계속 거리를 두고 지냈다. 그가 친하게 지내는 유일한 사람이 존 T. 엉거였지만 그런 존한테조차 자기 집이나 가족에 관해서는 일체 입을 다물었다. 그가 부유하다는 것은 굳이 말할 필요도 없었지만 존은 추측에 근거한 그런

---

6) 하데스를 지옥과 연결시켜 던진 농담이다.

몇 가지 사실 말고는 그 친구에 대해 아는 바가 거의 없었다. 그래서 퍼시가 '서부에 있는' 자기 집에서 여름방학을 보내지 않겠냐고 초대했을 때, 그것은 존의 호기심을 충족시킬 수 있는 종합선물 세트를 주겠다는 약속이나 다름없었다. 존은 주저 없이 그 초대를 받아들였다.

기차를 타고 나서야 퍼시는 처음으로 이런저런 이야기를 털어놓았다. 어느 날, 식당차에서 점심을 먹으며 인격적으로 미숙한 몇몇 학교 친구들에 대해 이야기를 나누다가 퍼시가 갑자기 말투를 바꾸고는 뜻밖의 말을 불쑥 내뱉었다.

"우리 아버지는 세상에서 제일 큰 부자야."

그가 말했다.

"아!"

존이 예의 바르게 대꾸했다. 그런 자신만만한 발언에 달리 대꾸할 말이 생각나지 않았다. 존은 "우아 멋지다."라는 말을 생각했지만 어쩐지 빈말처럼 들릴 것 같았고, "정말?"이라고 말할 뻔했으나 퍼시의 말을 의심하는 것처럼 보일까 봐 그 말을 삼켰다. 사실 그런 놀라자빠질 발언에는 이의를 제기하기 힘든 법이다.

"단연코 제일 큰 부자시지."

퍼시가 되풀이해서 말했다.

이윽고 존이 입을 열었다.

"《세계 연감》에서 읽은 건데…… 미국에는 연 수입이 500만 달러가 넘는 사람은 한 명이고, 300만 달러 이상은 네 명, 그리고…….”

“아, 그 사람들은 아무것도 아니야.”

퍼시가 입꼬리를 살짝 올려 조소를 머금으며 말했다.

“돈밖에 모르는 싸구려 자본가나 재계의 조무래기 혹은 하찮은 장사치나 사채업자일 뿐이지. 우리 아버지는 그자들이 가진 것을 몽땅 사들이고도 그걸 알아채지도 못하실 거야.”

“하지만 어떻게 그럴 수…….”

“어떻게 우리 아버지의 소득세가 기재되지 않았냐고? 그야 아버지가 한 푼도 안 내시니까. 물론 약간 내기야 내지. 하지만 진짜 소득에 대해서는 한 푼도 안 내.”

“그럼 큰 부자시겠구나. 멋지다. 난 큰 부자들을 좋아하거든.”

존이 순진하게 말했다.

“더 큰 부자일수록 더 좋아.” 존의 가무잡잡한 얼굴에 열정적인 솔직함이 고스란히 드러났다. “지난 부활절에 슌리처 머피네 집에 갔었거든. 비비안 슌리처 머피 집에 달걀만 한 루비들이 있더라고. 그리고 마치 속에 불빛을 품고 있는 공 같은 사파이어도…….”

“나도 보석 좋아해.” 퍼시가 열렬히 동의했다. “물론 학교에서는 아무에게도 알리고 싶지 않지만 나도 소장품이 상당히 많아. 예전에 우표 대신 보석을 모았거든.”

“또 다이아몬드도…….” 존이 열심히 말을 이었다. “슌리처 머피네 집에는 호두만 한 다이아몬드가 있는데…….”

“그건 아무것도 아냐.” 퍼시가 갑자기 존 쪽으로 몸을 숙이더니 작은 소리로 속삭였다. "그건 아무것도 아니라고. 우리 아버지한테는 리츠칼튼 호텔만 한 다이아몬드가 있어."

2

몬태나[7]의 석양은 마치 거대한 멍 자국처럼 두 산 사이에 걸려 있고, 거기서부터 시커먼 동맥이 독에 취한 하늘에 퍼져 있었다. 그 하늘 밑, 아득히 먼 곳에 피시라고 하는 작고 쓸쓸하고 잊힌 마을이 웅크리고 있었다. 알려진 바로는 그 피시라는 마을에는 열두 명이, 그야말로 거의 헐벗은 바위의 땅에 깃든 신비한 생산력에 의해 태어나 그 땅의 메마른 젖을 빨아먹고 자란 음침하고 불가해한 열두 명의 영혼들이 존재했다. 피시 마을의 이 열두 명의 주민들은 세상 사람들과는 동떨어진 별개의 종족이 되어 있었다. 마치 자연이 초기에 잠깐 변덕을 부려 키워 보려 했다가 다시 생각을 바꿔 그냥 힘겹게 살다 절멸하도록 내버려 둔 것처럼 말이다.

저 멀리 검푸른 멍 자국으로부터 길게 한 줄로 이어진 불빛이 황폐한 땅을 기어갔고, 열두 명의 피시 주민은 7시 시카고발 대륙 횡단 급행열차가 지나가는 것을 구경하러 초라한 정거장에 유령처럼 모여들었다. 대륙 횡단 급행열차는 어떤 상상할 수 없는 권한에 의해 일 년에 예닐곱 번 피시 마을에 정차했는데, 그런 일이 일어날 때마다 승객 한두 명이 열차에서 내려서 언제나

7) 미국 북서부의 주.

처럼 땅거미를 뚫고 홀연히 나타난 이륜마차에 올라타고는 멍든 석양을 향해 달려갔다. 이 무의미하고 비상식적인 현상을 지켜보는 것이 피시 사람들 사이에는 하나의 종교의식이 되어 있었다. 그냥 지켜보는 것. 그게 다였다. 그리고 그들에게는 의심이나 추측을 하게 만드는 상상력이라는 자질이 조금도 남아 있지 않았다. 만일 그랬다면 이 미스터리한 방문을 둘러싼 하나의 종교가 만들어졌을지도 모를 일이다. 하지만 피시 사람들은 모든 종교를 초월했기에 ―기독교의 가장 적나라하고 가장 야만적인 교리조차도 이 불모의 땅에서는 뿌리를 내리지 못했을 것이다― 거기에는 제단도 성직자도 제물도 존재하지 않았고, 그저 매일 저녁 7시에 판자를 엮어 지은 허름한 정거장 옆 침묵의 집회장, 그리고 흐릿하고 활기 없는 경이로움에 기도를 올리는 신도들뿐이었다.

그 6월의 밤, 만일 피시 사람들이 누구를 신으로 모시기로 작정했다면 천상의 제왕으로 선택했을지도 모를 '위대한 차장보조'가 7시 기차에서 피시에다 인간(혹은 비인간)을 내려놓기로 했던 것이다. 7시 2분, 기차에서 내린 퍼시 워싱턴과 존 T. 엉거는 주문에 걸린 듯 겁먹은 표정으로 입을 벌리고 있는 열두 명의 피시 주민들 곁을 허둥지둥 지나서 어딘가에서 홀연히 나타난 이륜마차를 타고 사라졌다.

30분 후, 어둑한 박명이 캄캄한 어둠으로 굳어졌을 때, 말없이 마차를 몰던 흑인이 저 앞 어딘가에 어둠에 묻혀 있는 흐릿한 형체를 향해 소리쳤다. 그 형체는 그에 대한 답례로 원반 모양의 전등을 켰는데, 마치 깊이를 헤아릴 수 없는 검은 밤의 악의에 찬 눈동자처럼 보였다. 마차가 더 가까이 다가가자 존은 그것이 자기가 지금까지 본 그 어떤 자동차보다 더 크고 더 근사한 리무진의 미등이라 것을 알아챘다. 그 차의 몸체는 니켈보다 더 값지고 은보다는 더 가벼운 빛나는 금속이었고, 바퀴통에는 번쩍번쩍 빛나는 초록색과 노란색의 기하학적인 형체들이 박혔는데, 존은 그것이 유리인지 보석인지를 감히 짐작할 수도 없었다. 런던의 왕실 행렬을 찍은 사진에서나 볼 법한 화려한 제복 차림을 한 흑인 두 명이 자동차 옆에서 차렷 자세로 서 있더니 두 청년이 이륜마차에서 내리자 뭐라고 인사를 했다. 그들은 알아듣지 못했지만 남부 흑인들이 쓰는 심한 사투리 같았다.

그들의 여행 가방이 흑단색 리무진의 지붕 위로 던져지는 사이에 퍼시가 친구에게 말했다.

"차에 타. 여기까지 마차로 와서 미안해. 하지만 이 자동차가 기차에 탄 다른 승객이나 비참하게 사는 피시 사람들 눈에 띄어 봤자 좋을 일이 없었을 거야."

"어이구야! 차 한번 끝내주는군!"

차에 타자마자 존의 입에서 탄성이 절로 튀어나왔다. 차 내부가 금사로 짠 천에다 보석과 화려한 자수로 장식된 최고급 실크 태피스트리로 꾸며져 있었다. 두 청년이 귀족처럼 앉아 있는 푹신한 좌석은 듀버틴[8]과 비슷한 천으로 덮여 있었는데, 타조 깃털 끝에 달린 온갖 오묘한 색의 털로 짠 것 같았다.

---

8) 다양한 색상으로 된 벨벳처럼 부드러운 직물.

"차 정말 끝내준다!"

존이 벌어진 입을 다물지 못하고 다시 외쳤다.

"이거? 그냥 우리가 스테이션왜건[9]처럼 쓰는 고물이야."

퍼시가 픽 웃으며 말했다.

그들이 탄 차는 어느새 두 산 사이의 골짜기를 향해 어둠 속을 미끄러지듯 달리고 있었다.

"한 시간 반이면 거기 도착할 거야." 퍼시가 시계를 보며 말했다. "아, 미리 말해 두는데, 그곳은 네가 지금까지 봐 왔던 세상과는 완전히 다를 거야."

그 자동차가 존이 앞으로 보게 될 것에 대한 맛보기였다면 존은 깜짝 놀랄 각오가 되어 있었다. 하데스 사람들이 널리 신봉하는 소박한 교리의 첫째는 부(富)에 대한 진심 어린 숭배와 존경이었다. 만일 존이 부를 찬양하고 그 앞에 겸손해지지 않는다면 그의 부모는 신성모독이라고 치를 떨며 아들에게서 등을 돌렸을 것이다.

그들은 이제 두 산줄기 사이의 협곡에 다다랐고, 그 사이로 들어서자마자 길은 더욱 험해졌다.

"달빛이 이쪽을 비춘다면 지금 우리가 거대한 협곡에 들어왔다는 걸 알 수 있을 텐데."

퍼시가 컴컴해서 보이지 않는 창밖 풍경을 보려고 애쓰며 말했다. 퍼시가 송화기에 대고 몇 마디하자 그 즉시 하인이 탐조등을 켰고, 거대한 광선이 언덕 사면을 훑었다.

---

9) 좌석 뒷부분에 큰 짐을 실을 수 있는 공간이 있는 승용차.

"저것 봐. 온통 바위야. 보통 자동차라면 30분도 안 돼서 산산조각 나 버릴 거야. 사실 길을 잘 모르면 탱크를 타고 다녀야 할 정도지. 눈치챘겠지만 지금 산비탈을 오르고 있어."

그들은 분명 오르막길을 오르고 있었다. 그리고 몇 분 후 자동차가 산마루를 가로지를 때 멀리 새로 떠오른 창백한 달이 흘끗 보였다. 갑자기 자동차가 멈추자 몇 명의 사람 형체가 어둠 속에서 나타났는데 그들도 역시 흑인이었다. 또 다시 두 청년은 그 흑인들한테서 아까처럼 알아듣기 힘든 사투리로 깍듯한 인사를 받았다. 흑인들은 곧바로 작업에 착수했고, 상공에 매달려 있는 거대한 케이블 네 줄이 내려와 보석이 박힌 커다란 자동차 바퀴통에다 갈고리로 걸었다. "헤이야!" 소리가 울려 퍼지는 가운데 존은 자동차가 천천히 땅 위로 들려지는 것을 느꼈다. 자동차가 점점 더 높이 올라가면서 양옆으로 제일 높은 바위들이 시야에서 사라졌고, 마침내 그들이 방금 떠났던 바위투성이 구렁과는 현저하게 대조를 이루는 부드럽게 휘어진 계곡이 달빛에 젖은 채 눈앞에 펼쳐졌다. 그래도 한쪽은 계속 바위였으나 어느 순간 갑자기 그 어디에도 암벽은 보이지 않았다.

보아하니 그들이 탄 차는 상공을 향해 수직으로 돌출한 어마어마하게 큰 칼날 같은 암석 위에 올라선 것 같았다. 곧이어 차는 다시 하강하더니 마침내 작게 쿵 하는 소리와 함께 평지에 착지했다.

"최악의 구간은 끝났어." 퍼시가 눈을 가늘게 뜨고 창밖을 보며 말했다. "이제 여기서 5마일만 더 가면 돼. 여기서부터는 우리 사유도로라 태피스트리 벽돌[10]이 깔려 있어. 이 땅은 우리 소유야. 아버지는 여기가 미국의 끝이라고 말씀하시지."

"그럼 여기가 캐나다야?"

"아니. 여기는 몬태나 로키 산맥 한가운데야. 하지만 이곳은 이 나라에서 유일하게 한 번도 측량된 적이 없는 5제곱마일 넓이의 땅이야."

"어떻게 그럴 수 있지? 사람들이 측량하는 걸 잊어버린 거야?"

"아니." 퍼시가 씩 웃으며 말했다. "그 사람들, 세 번이나 시도했었어. 처음에는 할아버지가 지질조사국 전체에 뇌물을 먹여서 무산됐고, 두 번째는 할아버지가 미국 공식 지도에 손을 좀 대셨지. 그렇게 15년을 막아 냈어. 마지막은 더 힘들었어. 우리 아버지가 엄청나게 강력한 인공 자기장을 만들어서 조사국에서 쓰는 나침반을 그 자기장에 걸려들게 하셨지. 아버지는 또 이 지역을 감지해 내지 못하도록 살짝 조작한 측량기구 일습을 만들어서 그걸 조사에 사용될 기구들과 바꿔치기하셨어. 그리고 강의 물줄기를 바꾸고, 강기슭에 마을이 있는 것처럼 보이게 만들었어. 그들이 그것을 보고 마을이 계곡에서 한 10마일 정도 떨어져 있다고 생각하도록 말이야."

퍼시는 다음과 같은 말로 결론을 맺었다.

"우리 아버지가 두려워하시는 건 딱 한 가지밖에 없어. 이 세상에서 우리를 찾아낼 수 있는 유일한 장비."

---

10) 불에 태워서 만든 벽돌. 표면이 거칠고 색깔이 다양하다.

"그게 뭔데?"

존이 묻자 퍼시가 목소리를 낮추어 속삭였다.

"비행기. 우리는 대공포 여섯 대를 갖추고 지금까지 그럭저럭 잘 대처해 왔어. 하지만 사상자가 몇 명 있었고, 생포한 포로는 상당히 많아. 뭐 그렇다고 우리가, 그러니까 아버지와 내가 그렇게 신경 쓰는 건 아니야. 하지만 어머니와 여동생들은 심란해하지. 우리가 제대로 대처하지 못할 가능성은 늘 있으니까."

초록색 달이 뜬 하늘에 갈가리 찢어진 친칠라 털 조각 같은 구름들이 마치 타타르 칸의 검열을 받기 위해 일렬로 행진하는 진귀한 동방의 물건들처럼 초록색 달 앞을 다소곳이 지나가고 있었다. 존에게는 지금이 한낮 같고, 몇 명의 청년들이 하늘을 유유히 날아다니며, 절망에 빠진 바위투성이 작은 마을에 희망의 메시지가 담긴 팸플릿이나 특허약 전단지를 뿌리고 있는 것처럼 보였다. 또한 그 청년들이 구름 사이로 무언가를 물끄러미 내려다보는 듯했다. 그가 가고 있는 장소에 무엇이 있는지는 모르지만……. 그 다음엔 어떻게 되는 걸까? 어떤 교활한 장치에 의해 착륙을 유도당해 최후의 심판 날까지 특허약도 팸플릿도 없는 곳에 갇히게 될까? 아니면 그 함정에 빠지게 하는데 실패해서, 훅 피어오르는 강한 연기와 귀청이 터질 듯한 소음으로 쐥 날아가는 포탄이 그들을 땅에 떨어트릴까? 그래서 퍼시의 어머니와 여동생들을 '심란하게' 만들까? 존은 머리를 설레설레 흔들었다. 벌어진 그의 입술 사이로 공허한 웃음의 망령이 조용히 새어 나왔다. 이곳에 어떤 필사적인 거래가 숨겨져 있는 것일까? 그 어떤 사악하고 기괴한 크로이소스[11]의 편법이? 또 어떤 끔찍하고도 귀중한 비밀이……?

이제 친칠라 구름들이 바람에 실려 떠나갔고, 몬태나의 밤은 낮처럼 환해졌다. 그들이 탄 자동차는 태피스트리 벽돌이 깔린 도로를 미끄러지듯 달리며 달빛 어린 고요한 호수를 끼고 돌았다. 서늘하고 싸한 분위기가 감도는 컴컴한 소나무 숲을 통과한 뒤 널따란 잔디 길로 나오자 퍼시가 짧게 "집에 다 왔어."라고 말했고, 그와 동시에 기쁨에 찬 탄성이 존의 입에서 터져 나왔다.

아름답게 빛나는 별빛 아래 절묘하게 아름다운 성 한 채가 호숫가에 솟아 있었다. 성의 대리석 광휘가 인접한 산의 허리 높이까지 올라갔다가 우아하게 완벽한 좌우대칭을 이루면서 여성의 나른한 자태로 소나무 숲의 짙은 어둠 속으로 녹아들어 갔다. 여러 개의 탑, 경사진 흉벽의 가느다란 트레이서리[12], 사각형과 팔각형 그리고 삼각형의 황금색 불빛이 새어 나오는 천여 개의 노란 창문들의 경이로운 조각, 별빛과 푸른 그늘이 서로 아스러지며 교차하는 공간, 이 모든 것들이 아름답게 어울리는 화음처럼 존의 영혼을 울렸다.

여러 탑들 중에서 가장 높아서 그 기부(基部)가 가장 어두운 탑 하나는 꼭대기에 설치된 외부 조명 때문에 마치 하늘에 떠 있는 요정 나라처럼 보였다. 마법에 걸린 듯 황홀한 표정으로 탑 위를 쳐다보고 있는데, 어디선가 여태 한 번도 들어 본 적 없

11) 기원전 6세기에 엄청난 부를 축적한 리디아 최후의 왕.
12) 건축에서 창이나 그 밖에 개구부를 꾸미는 데 쓰이는 장식 창살.

는 로코코풍의 화려한 아차카투라[13]를 넣은 바이올린 소리가 아련히 들려왔다. 곧이어 자동차가 꽃향기 가득한 밤공기에 에워싸인 널찍하고 높다란 대리석 계단 앞에 멈춰 섰다. 계단 꼭대기에 있는 두 개의 커다란 문이 조용히 활짝 열리고, 호박색 불빛이 어둠 위로 쏟아져 나오면서 검은 옷에 머리를 높이 틀어 올린 우아하기 짝이 없는 여인의 실루엣이 나타났다. 그 여인은 그들을 향해 두 팔을 내밀었다.

"어머니, 이쪽은 제 친구 존 엉거예요. 하데스 출신이죠."

퍼시가 말했다.

훗날 존이 기억하는 그 첫째 날 밤은 수많은 색채와 언뜻언뜻 체감되는 인상들, 사랑에 빠진 목소리처럼 감미로운 음악, 아름다운 물건들, 불빛과 그림자, 동작과 얼굴들이 몽롱하게 펼쳐지는 만화경 같았다. 거기에는 순금 받침대를 가진 수정 술잔에다 오묘한 색깔의 리큐어[14]를 마시며 서 있는 백발의 남자가 있었다. 꽃다운 얼굴에 티타니아[15]처럼 옷을 입고 사파이어를 엮어서 머리를 땋은 소녀도 있었다. 손을 대면 살포시 들어가는 순금 벽을 사방에 두른 방도 있었고, 프리즘을 플라톤의 이상론적으로 구현한 방, 그러니까 천장과 바닥에 온갖 크기와 모양의 다이아몬드 덩어리로 선을 두르고, 모서리마다 키 큰 보랏빛 램프로 불을 밝혀서 인간이 꿈꾸거나 소망할 수 있는 차원을 넘어

---

13) 원문에는 'acciaccare'라고 되어 있으나 피츠제럴드 전문가들은 이것이 장식음(꾸밈음)을 일컫는 음악 용어인 아차카투라(acciaccatura)를 잘못 표기한 것으로 보고 있다.
14) 알코올에 설탕, 식물, 향료 등을 섞어 만든 술.
15) 셰익스피어의 〈한여름밤의 꿈〉에 나오는 요정 나라의 왕비.

선, 세상 그 무엇에도 비견될 수 없는 찬란한 백색으로 눈을 멀게 만드는 그런 방도 있었다.

두 청년은 미로처럼 복잡하게 이어진 방들을 돌아다녔다. 때때로 그들 발밑의 바닥이 그 아래의 조명을 받아서 화려하고 다양한 패턴으로, 다시 말해서 서로 충돌하는 원시적인 색채들이 만드는 패턴, 파스텔 색상의 섬세한 패턴, 순수한 백색 패턴, 그리고 아드리아 해의 회교 사원에서 따온 게 분명한 미묘하고 복잡한 모자이크 패턴으로 너울거렸다. 때로는 켜켜이 쌓인 두꺼운 크리스털 층 아래에서 소용돌이치는 파란색 혹은 초록색 물줄기와 그 아래에서 서식하는 선명한 색상의 물고기와 무지갯빛 군엽식물들이 보였다. 그런 다음 온갖 다양한 색상과 감촉을 지닌 모피를 밟고 지나가기도 하고, 엷디엷은 빛깔의 상아로 지은 복도를 걸어가기도 했다. 마치 인류가 탄생하기 전에 멸종한 공룡의 거대한 엄니를 통째로 조각한 것처럼 이음매 하나 보이지 않는 상아 복도를…….

그 다음엔 부옇게 장면이 바뀌고, 그들은 저녁 식탁에 앉아 있었다. 식탁 위에 놓인 각 접시는 거의 알아볼 수 없을 정도로 미세하게 빚어 낸 다이아몬드 두 개를 겹쳐서 만든 것이었고, 그 사이에 마치 초록색 공기를 박피한 것처럼 얇디얇은 에메랄드 줄 세공이 교묘하게 장식되어 있었다. 은은하고 귀에 거슬리지 않는 음악 소리가 멀리 떨어진 복도에서 흘러나왔다. 존이 앉아 있는 등선에 딱 맞게 휘어지고 깃털 장식이 있는 의자는 존이 포트와인 첫 잔을 마실 때 마치 존을 삼킬 듯이 그를 압도했다.

존은 꾸벅꾸벅 졸면서도 받은 질문에 모두 대답하려고 했지만, 그의 몸을 휘감는 달콤한 향락이 잠의 환상에 추가되어 보석, 직물, 와인, 귀금속들이 그의 눈앞에서 달콤한 안개처럼 흐릿해졌다.

"아, 예." 존은 예의를 지키려고 애쓰며 대답했다. "예, 물론 저 아랫녘은 저한테도 충분히 덥습니다."

존은 이 말끝에 겨우 흐릿한 웃음을 덧붙였다. 그러고는 움직이지도 저항도 못하고 어디론가 멀리 둥둥 떠내려가는 것 같았다. 꿈같은 분홍빛 당의를 입힌 디저트를 남겨 둔 채……. 존은 잠이 들었다.

잠에서 깨어나니 몇 시간이 지난 뒤였다. 존은 거대하고 조용한 방에 있었다. 사방 벽은 칠흑 같이 어두웠고, 흐릿한 조명은 불빛이라 할 수 없을 정도로 약하고 은은했다. 그를 초대한 젊은 주인이 그를 굽어보며 서 있었다.

"너, 저녁 식사 중에 곯아떨어졌어." 퍼시가 말했다. "나도 그럴 뻔했지. 학교에서 한 학년을 보내고 다시 몸도 마음도 편안해지니까 살살 녹겠더라고. 하인들이 네가 잠든 사이 옷을 벗기고 목욕도 시켜 줬어."

"이게 침대냐, 구름 위냐?" 존이 한숨지으며 말했다. "아, 퍼시, 퍼시, 네가 가기 전에 사과하고 싶어."

"뭘 말이야?"

"네가 리츠칼튼 호텔만 한 다이아몬드를 가지고 있다고 했을 때 널 안 믿었던 거."

퍼시가 싱긋 웃었다.

"네가 안 믿을 거라고 생각했어. 있잖아, 그게 이 산이야."

"무슨 산?"

"이 성 아래에 있는 산 말이야. 산치고는 그리 크지는 않지만 산 정상에 있는 약 50피트(약 15m) 두께의 자갈층과 뗏장을 제외하면 전체가 다 다이아몬드야. 1세제곱마일(1.6㎢) 크기의 흠집 하나 없는 한 개의 다이아몬드라고. 너 듣고 있니? 이봐……."

하지만 존 T. 엉거는 또다시 잠에 빠져 있었다.

3

아침이 되었다. 존은 깨어나자마자 졸린 눈으로 그 방에 눈부신 햇살이 가득하다는 것을 알아챘다. 벽 한쪽을 차지하고 있던 흑단색 판벽이 열려 있어서 그의 방은 밝은 햇살에 반쯤 개방되어 있었다. 흰색 유니폼을 입은 덩치 큰 흑인이 침대 옆에 서 있었다.

"좋은 저녁이군요."

존은 흐트러진 정신을 수습하며 중얼거렸다.

"좋은 아침입니다, 도련님. 목욕할 준비가 되셨습니까? 아, 일어나지 마십시오. 잠옷 단추만 풀어 주시면 제가 모시고 가겠습니다. 자, 그렇게요. 감사합니다, 도련님."

존은 잠옷이 벗겨지는 동안 가만히 누워 있었다. 그 상황이 즐겁고 재미있었다. 그는 시중을 들고 있는 이 흑인 가르강튀아[16]가 자신을 아이처럼 번쩍 들어 올릴 거라고 기대했지만 그런 일은 일어나지 않았다. 그 대신 침대가 천천히 옆으로 기울어지는 것 같더니 몸이 벽 쪽으로 굴러가기 시작했다. 처음에는 깜짝 놀랐지만 몸이 벽에 닿자 휘장이 걷혔고, 거기서 폭신폭신한 경사면을 약 2미터 정도 미끄러져 내려간 다음, 체온과 같은 온도의 물속으로 부드럽게 풍덩 떨어졌다.

그는 주위를 둘러보았다. 조금 전에 내려온 활주로인지 미끄럼대인지가 다시 원래대로 부드럽게 접혀 제자리로 들어갔다. 그는 순식간에 다른 방으로 내던져져서 머리만 바닥 위로 내놓은 채 바닥 밑에 움푹 들어간 욕조에 앉아 있었다. 그 방의 사방 벽과 욕조 바닥과 옆면이 모두 푸른색 수족관이었다. 엉덩이를 대고 앉아 있는 크리스털 바닥을 내려다보니 호박색 불빛 사이로 헤엄치는 물고기들을 볼 수 있었다. 물고기들은 그의 쭉 뻗은 발가락에는 조금도 관심을 보이지 않고 유유히 헤엄치고 있었는데, 알고 보니 그와 물고기들 사이에는 두꺼운 크리스털 판이 가로놓여 있었다. 머리 위로는 바다색 유리를 통해 햇살이 쏟아지고 있었다.

"제 생각으로는 도련님, 오늘 아침은 뜨거운 장미수와 비누 거품 목욕을 하신 뒤 찬 염수(鹽水)로 마무리하시는 것이 어떨까 싶습니다."

---

16) 프랑수아 라블레(1483~1553)가 쓴 전 5권으로 구성된 코믹 풍자 소설 〈가르강튀아와 팡타그뤼엘〉에 등장하는 기상천외한 캐릭터를 가진 거인 왕.

그 흑인이 옆에 서 있었던 것이다.

"그래요. 좋을 대로 해요."

존이 공허한 미소를 지으며 말했다. 자신의 변변찮은 생활수준에 따라 뭐라도 지시를 내린다면 까다롭고 적잖이 심술궂게 보일 것 같았다.

흑인이 단추를 누르자 따듯한 비가 내리기 시작했다. 머리 위에서 쏟아지는 줄 알았는데 나중에 알고 보니 옆에 설치된 분수에서 뿜어져 나오는 것이었다. 물은 연한 장밋빛으로 변했고, 욕조 모퉁이에 있는 네 개의 모형 해마 머리에서 액체 비누가 뿜어져 나왔다. 곧바로 욕조 옆면에 부착된 열두 개의 작은 외바퀴가 비눗물을 휘저어서 영롱한 무지갯빛을 발하는 분홍 거품을 만들었다. 그러자 비누 거품들이 가볍고 부드럽게 그를 감싸 안았고, 반짝거리는 장밋빛 비눗방울들이 여기저기서 톡톡 터졌다.

"영사기를 틀까요, 도련님?" 흑인이 공손하게 물었다. "오늘은 좋은 코미디 영화 필름이 들어 있습니다. 혹 진지한 영화를 선호하시면 당장 교체할 수 있습니다."

"아니, 괜찮아요."

존은 예의 바르면서도 단호하게 대답했다. 그는 지금 목욕에 푹 빠져서 다른 오락거리에 정신을 팔 생각은 조금도 없었다. 하지만 결국 그는 다른 데 정신을 팔게 되었고, 어느새 밖에서 들려오는 플루트 소리에 귀를 기울이고 있었다. 폭포수처럼 힘차고 빠르게 흐르는 플루트 선율은 그 욕실처럼 시원하며 푸르렀고, 플루트 선율에 실려 흐르는 가벼운 피콜로 소리는 그의 몸을 감싸는 황홀한 레이스 거품보다 더 야들야들했다.

찬 염수에 몸을 담갔다가 소금기 없는 찬물로 몸을 헹군 뒤 그는 욕조에서 나와서 폭신한 가운으로 몸을 감쌌다. 그리고 가운과 같은 재질의 커버가 씌워진 침상 위에 눕자마자 오일과 알코올과 향유 마사지가 이어졌다. 그런 다음 육감적인 의자에 앉아서 면도와 머리 손질을 받았다.

이 모든 과정이 끝나자 흑인이 말했다.

"퍼시 도련님이 도련님의 응접실에서 기다리고 계십니다. 제 이름은 긱섬입니다, 엉거 도련님. 제가 매일 아침 엉거 도련님의 시중을 들게 되었습니다."

존이 상쾌한 햇살이 가득한 자기 응접실로 들어서자 거기에는 흰 새끼 염소 가죽 니커 보커[17]를 멋지게 차려입고 안락의자에 앉아 담배를 피우는 퍼시와 두 사람을 위해 차려진 아침 식탁이 기다리고 있었다.

4

다음은 퍼시가 존과 아침 식사를 하면서 대충 들려준 워싱턴 가문에 대한 이야기이다.

워싱턴 씨의 아버지는 버지니아 출신이며, 조지 워싱턴과 볼

---

17) 바지 자락 부분을 무릎 밑에서 잡아매서 입는 반바지의 일종. 여기에다 무릎 밑까지 오는 스타킹을 신고 납작한 모자를 쓰는 것이 일반적인 차림이다.

티모어 경[18]의 직계 후손이었다. 남북전쟁이 끝날 무렵, 스물다섯 살의 대령이었던 그는 이제 생산력이 고갈된 농원과 금화 약 1000달러를 소유하고 있었다.

피츠 노먼 컬페퍼 워싱턴(그 젊은 대령의 이름)은 버지니아의 땅을 남동생에게 넘겨주고 서부로 가기로 결심했다. 그는 가장 충성심이 강하고 자신을 숭배하는 흑인 스물네 명을 고른 뒤 서부행 기차표 스물다섯 장을 샀다. 거기서 그들 이름으로 땅을 얻어서 양과 소를 키우는 목장을 꾸릴 생각이었다.

몬태나에 도착한 지 한 달이 채 안 되어 상황이 매우 어렵게 돌아가고 있을 때 그는 우연히 엄청난 발견을 하게 된다. 당시 그는 말을 타고 산악 지대를 지나다가 길을 잃어버렸고, 하루를 쫄쫄 굶은 뒤라 배가 몹시 고픈 상태였다. 소총이 없어서 지나가는 다람쥐를 쫓아갈 수밖에 없었다. 그렇게 쫓아가던 도중에 다람쥐가 입에 뭔가 반짝이는 것을 물고 있다는 것을 알아챘다. 다람쥐는 굴로 사라기기 직전에 —그러니까 신이 그 다람쥐를 보냈던 것은 그의 허기를 달래 주려는 의도가 아니었던 것이다 — 물고 있던 것을 떨어뜨렸다. 피츠 노먼이 길바닥에 주저앉아 이제 어찌할까를 고민하고 있는데, 그때 옆에 있는 잡초 속에서 뭔가 번쩍이는 것이 눈에 띄었다. 그로부터 10초 후 그는 식욕을 완전히 잃어버린 대신 10만 달러를 얻었다. 그의 먹이가 되기를 완강히 거부했던 그 다람쥐가 그에게 커다랗고 완벽한 다이아몬드를 선사했던 것이다.

---

18) 메릴랜드 식민지의 총독. 본명은 세실리우스 칼버트(Cecilius Calvert, 1605~1675)이다.

그날 밤 늦게 그는 자신의 야영지로 갔고, 12시간 뒤에 그의 모든 흑인 노예들을 이끌고 다시 다람쥐 굴로 돌아와서 미친 듯이 산기슭을 파 들어갔다. 그는 흑인들에게 라인석[19] 광산을 발견했다고 말했고, 그들 중에 눈곱만한 다이아몬드라도 본 적이 있는 이들은 한두 명에 불과해서 그들은 아무 의심 없이 그의 말을 믿었다. 그 산에 매장된 다이아몬드 양이 어느 정도인지 알게 되자 그는 진퇴양난에 빠졌다. 그 산 자체가 하나의 다이아몬드였던 것이다. 말 그대로 산 전체가 다른 불순물은 전혀 섞이지 않은 하나의 완전한 다이아몬드였다. 그는 안장주머니 네 개에다 반짝이는 견본들을 가득 채워서 세인트폴을 향해 말을 달렸다. 그곳에서 작은 원석 여섯 개는 어떻게든 처분했는데, 어느 보석상에 가서 큰 것을 팔려고 보여 주자 가게 주인이 기절을 해 버렸고, 피츠 노먼은 공공질서를 어지럽힌 죄로 체포되었다. 그는 탈옥해서 뉴욕행 기차를 잡아탔다. 그리고 뉴욕에서 중간 크기의 다이아몬드 몇 개를 팔고 금화로 20만 달러를 받았다. 하지만 특별히 큰 보석은 꺼내 볼 엄두도 내지 못했다. 사실 뉴욕도 간신히 제때 떠날 수 있었다. 보석업계에서는 다이아몬드의 크기보다는 그 보석의 베일에 싸인 출처 때문에 엄청난 소동이 벌어졌다. 다이아몬드 광산이 캐츠킬 산맥[20]에서, 저지 해변에서, 롱아일랜드에서, 워싱턴 광장 아래에서 발견됐다는 소문이 돌았다. 곡괭이와 삽을 든 남자들로 가득 찬 유람열

---

19) 수정의 일종으로, 모조 다이아몬드.
20) 미국의 뉴욕 주 동부에 위치한 산맥.

차가 인접해 있는 여러 엘도라도를 찾아 매시간 뉴욕에서 출발했다. 그러나 그때쯤에 젊은 피츠 노먼은 이미 몬태나로 돌아가는 중이었다.

2주가 끝날 즈음, 그는 산에 매장된 다이아몬드가 기록상 세상에 존재하는 다이아몬드를 모두 합쳐 놓은 양과 비슷하다고 추정했다. 하지만 산에 매장된 다이아몬드는 한 덩어리였기 때문에 일반적인 계산법으로는 그 가치를 산정해 낼 수가 없었다. 만일 그것을 팔려고 하면 시세가 땅에 떨어질 것이고, 또한 일반적인 계산 방식대로 크기에 따라 가격을 매긴다고 봤을 때 세상에 있는 금으로는 그 다이아몬드의 10분의 1을 사기에도 부족할 터였다. 게다가 그렇게 큰 다이아몬드로 뭘 한단 말인가?

참으로 기막힌 진퇴양난이었다. 그는 어떤 의미에서 이 세상에 살았던 사람들 중에서 제일 부유한 사람이었다. 허나 그것이 무슨 의미가 있단 말인가? 만일 그의 비밀이 새어 나간다면 정부가 공황 상태를 막기 위해서 보석뿐 아니라 금에 대해서도 어떠한 대책을 내놓을지 알 수 없는 일이었다. 어쩌면 그 즉시 소유권을 주장하고 독점권을 행사할지도 모른다.

달리 선택의 여지가 없었다. 산을 비밀리에 시장에 내놓는 수밖에는. 그는 남부에 사는 동생을 불러와서 자기를 따르는 유색 추종자들을 관리하게 했다. 그들은 노예제도가 폐지되었다는 것도 모르는 흑인들이었다. 그는 흑인들이 그 일에 의문을 가지지 않도록 포리스트 장군[21]이 흩어진 남부군을 다시 모아 한 차

---

21) 미국의 남북전쟁 때 남부군을 지휘한 장군.

례의 대격전에서 북군을 대파했다는 내용의 성명서를 직접 작성해서 흑인들에게 읽어 주었다. 흑인들은 무조건 그의 말을 믿었다. 그들은 그것이 잘된 일이라는 데 공통의 입장을 표하고 그 즉시 노예로서의 의무를 재개했다.

피츠 노먼은 10만 달러와 여러 다양한 크기의 다이아몬드 원석으로 가득 채운 트렁크 두 개를 들고 국외로 나갔다. 먼저 중국 범선을 타고 러시아로 향했다. 몬태나를 떠난 지 6개월 만에 상트페테르부르크에 도착했다. 그는 호젓한 곳에 숙소를 마련하고, 그 즉시 궁정 보석상을 찾아가서 러시아 황제에게 드릴 다이아몬드를 가져왔다고 말했다. 그는 상트페테르부르크에서 2주를 머무는 동안 끊임없이 암살의 위험에 시달리며 여러 하숙집을 전전했고, 두려워서 그동안 자기 트렁크를 열어 본 적이 두세 번밖에 되지 않았다.

그는 더 크고 좋은 원석을 들고 1년 후에 돌아오겠다고 약속한 후에야 인도로 떠날 수 있었다. 하지만 떠나기 전에 이미 궁정 재무관으로 하여금 미국의 은행에다 네 개의 가명으로 된 그의 계좌에 총 1500만 달러를 예치하도록 해 두었다.

그는 2년 좀 넘게 해외를 돌아다니다가 1868년에 미국으로 돌아왔다. 그동안 스물두 나라의 수도를 방문하고 다섯 명의 황제, 열한 명의 국왕, 그리고 왕자 세 명, 샤 한 명, 칸 한 명, 술탄 한 명을 만났다. 그 당시 피츠 노먼은 자신의 재산을 10억 달러로 추정했다. 그동안 비밀이 발각되지 않고 지낼 수 있었던 것은 한 가지 사실 때문이었다. 그것은 아주 큰 다이아몬드는 일주일 이상 세상에 드러내 놓은 적이 없다는 것이었다. 만일 그러지 않았다면 수많은 재난과 정사(情事)와 혁명과 전쟁으로 점철된 역사에 휘말렸을 것이다.

1870년부터 그가 사망한 1900년까지 피츠 노먼 워싱턴의 역사는 황금의 긴 서사시였다. 물론 지엽적인 사건도 있었다. 토지 측량을 여러 차례 피했고, 버지니아 출신의 숙녀와 결혼해서 외아들을 얻었고, 잇따른 유감스러운 사건으로 인해 결국 동생을 죽여야 했다. 동생은 인사불성이 되도록 마시는 한심한 술버릇 때문에 그들의 안전을 위태롭게 한 적이 여러 번 있었던 것이다. 그러나 그 행복했던 진보와 성장의 시절을 더럽힌 다른 살인은 거의 없었다.

피츠 노먼은 죽기 직전에 방침을 바꿔서 외부 재산 중에서 몇백만 달러를 제외한 모든 재산으로 희귀 광물을 대량으로 사들인 뒤 전 세계 은행의 안전 금고에다 골동품이라는 명목으로 맡겨 두었다. 그의 아들 브래덕 탈리튼 워싱턴은 이 방침을 더욱 철저히 고수했다. 그는 광물들을 세상에서 가장 희귀한 원소인 라듐으로 바꾸었다. 그래서 금 10억 달러에 상당하는 재산을 시가 상자보다 크지 않은 용기에 담아 보관할 수 있었다.

피츠 노먼이 죽고 3년이 지난 뒤 그의 아들 브래덕은 사업이 지나치게 확장되었다고 판단했다. 그들 부자가 산에서 얻어 낸 재산의 규모는 정확한 수치로 계산할 수 있는 범위를 넘어선 상태였다. 그는 자신이 후원하는 수천 군데의 은행에 맡겨 둔 라듐의 양과 각 은행 계좌에 사용된 가명을 공책에 암호로 기록해 두었다. 그런 다음 그는 아주 간단한 일을 이행했다. 바로 광산을 봉쇄해 버린 것이다.

그는 광산을 완전히 막아 버렸다. 그동안 광산에서 캐낸 양만으로도 아직 태어나지도 않은 워싱턴 가문의 후손들이 여러 세대 동안 전대미문의 호사를 누릴 수 있었다. 그의 유일한 관심사는 어떻게 해서든 비밀을 지켜서, 비밀 발각으로 말미암은 공황 상태로 인해 세상의 모든 자산가들과 함께 알거지로 전락되는 불상사를 막는 것이었다. 이것이 존 T. 엉거가 머물고 있는 이 가족의 실체였다. 그리고 이것이 존 엉거가 도착한 다음 날 아침에 사방 벽을 은으로 두른 그의 거실에서 들었던 이야기였다.

5

아침 식사 후, 존은 거대한 대리석 현관 밖으로 나와 눈앞에 펼쳐진 광경을 호기심 어린 눈으로 바라보았다. 다이아몬드 산에서부터 5마일가량 떨어진 가파른 화강암 절벽에 이르는 계곡 전체는 아직까지 뿜어내고 있는 황금빛 안개가 푸르른 잔디밭과 호수와 정원 위를 한가로이 떠돌고 있었다. 여기저기에 미묘한 색조의 숲 그늘을 만들고 있는 느릅나무 군락이 언덕을 짙은 청록색으로 장악한 거친 소나무 숲과 뚜렷한 대조를 이루었다. 존이 바라보고 있는 동안에도 아기 사슴 세 마리가 약 반 마일 떨어진 덤불에서 또닥또닥 달려 나왔다가 얼룩무늬 그림자가 진 다른 덤불 속으로 까불대며 사라졌다. 만일 도중에 나무

사이로 피리를 불고 있는 염소 발을 가진 자[22]를 보거나, 진하디 진한 녹색 잎사귀 사이로 요정의 분홍빛 살갗이나 흩날리는 노란 머리카락을 본다 해도 존은 놀라지 않았을 것이다.

존은 그런 근사한 희망을 품고 대리석 계단을 내려와 계단 발치에 누워 있는 미끈한 러시안 울프하운드 두 마리의 잠을 살짝 방해했다. 그런 다음 딱히 정해진 목적지 없이 이어진 듯한, 흰색과 파란색 벽돌이 깔린 인도를 따라 걸어갔다.

그는 그 순간을 최대한 즐기고 있었다. 청춘의 더없는 행복이자 결점은 현재에 살지 못하고 언제나 자신들이 상상한 찬란한 미래에 견주어 현재를 가늠해야 한다는 것이다. 꽃, 금, 여자, 별…… 이런 것들은 비교할 수도 도달할 수도 없는 젊은 꿈의 예시이자 예언일 뿐이다.

존은 짙은 향기를 내뿜는 장미 덤불이 빽빽하게 우거진 완만한 모퉁이를 돌아서 공원을 곧장 가로질러 나무 아래에 이끼가 융단처럼 깔린 곳으로 걸어갔다. 존은 여태 한 번도 이끼 위에 누워 본 적이 없었다. 그래서 과연 '이끼 같다'는 말이 쓰이는 게 타당할 정도로 진짜 푹신하고 부드러운지 확인해 보고 싶었다. 그때 잔디밭을 가로질러 자기를 향해 다가오고 있는 소녀가 그의 눈에 들어왔다. 그 소녀는 존이 태어나서 지금까지 본 사람들 중에서 가장 아름다웠다.

그녀는 무릎 밑까지 오는 귀여운 흰색 드레스를 입고, 파란 사파이어 조각들을 사이사이에 넣어서 엮은 목서초 화환으로 머

---

22) 반은 인간이고 반은 염소의 모습을 한 그리스신화에 등장하는 사티로스.

리를 묶어 올린 채였다. 소녀는 다가오면서 분홍빛 맨발로 풀잎에 송알송알 맺힌 이슬을 흩뿌렸다. 소녀는 존보다 어려 보였다. 많아야 열여섯 정도일까?

"안녕. 난 키스민이에요."

소녀가 부드러운 목소리로 말했다.

소녀는 이미 존에게 그 이상의 존재였다. 존은 소녀에게 다가갔다. 하지만 소녀와 가까워질수록 혹여 소녀의 맨발을 밟을까 봐 좀체 움직일 수가 없었다.

"그쪽은 날 본 적이 없을 거예요." 그녀가 부드러운 목소리로 말했다. 그러자 그녀의 푸른 눈동자가 '당신은 정말 많은 걸 놓친 거예요!'라고 덧붙였다. 또 그녀의 부드러운 목소리가 "우리 언니 재스민은 만났을 거예요, 어젯밤에. 나는 양상추 식중독으로 아팠어요."라고 말했고, 그 뒤를 이어 그녀의 푸른 눈동자가 '난 아플 땐 상냥해져요…… 그리고 건강할 때도.'라고 말했다.

존의 눈동자가 '나는 당신의 매력에 푹 빠져 버렸어요. 그리고 난 그렇게 둔한 사람이 아니에요.'라고 말하자, 그의 목소리가 "안녕, 반가워요. 오늘 아침에는 몸이 좀 나아졌길 바라요."라고 말했고, 연이어 그의 눈동자가 바르르 떨며 '사랑스런 그대.'라고 덧붙였다.

어느새 그들은 오솔길을 따라 걸어가고 있었다. 그녀의 제안으로 둘은 이끼 위에 나란히 앉았다. 존은 이끼가 얼마나 부드러운지 판단할 여력이 없었다.

존은 여자에 대해 까다로운 사람이었다. 단 한 가지 결점, 예컨대 발목이 굵다거나 목소리가 거칠다거나 의안(義眼)을 했다거나 하는 이유만으로도 상대에 대한 흥미를 완전히 잃어버리곤 했다. 그런데 평생 처음으로 완벽한 육체의 화신 같은 소녀와 나란히 앉게 된 것이다.

"동부 출신이에요?"

키스민이 호감과 관심을 보이며 물었다.

"아뇨. 하데스 출신이에요."

존이 간단히 대답했다.

그녀는 하데스에 대해 들어 본 적이 없거나 달리 덧붙일 만한 재미있는 의견이 없었던 모양인지 더 이상 그 얘기는 하지 않았다.

"나, 이번 가을에 동부에 있는 학교로 갈 거예요. 내가 그곳을 좋아하게 될까요? 뉴욕에 있는 미스 벌지 기숙학교에 다닐 거예요. 아주 엄격한 곳이죠. 하지만 주말에는 가족과 함께 뉴욕 집에서 지낼 수 있어요. 아버지가 그 학교를 선택하게 된 건 그 학교 여학생들은 둘씩 짝을 지어서 다닌다는 얘길 들으셨기 때문이죠."

"당신 아버지는 당신이 자부심 있고 당당하길 바라시는군요."

존이 말했다.

"우린 다 그래요." 키스민이 두 눈을 위엄 있게 반짝이며 대답했다. "우리는 한 번도 벌을 받아 본 적이 없어요. 아버지는 절대 그런 일이 있어서는 안 된다고 하셨어요. 예전에 재스민 언니가 어렸을 때 아버지를 계단에서 민 적이 있었는데, 아버지는 그냥 일어나셔서 절뚝거리며 다른 방으로 가셨어요."

키스민의 말은 계속 이어졌다.

"어머니가요…… 약간 놀라셨어요. 그러니까…… 그쪽이…… 어디 출신인지를 듣고서요. 어머니 말씀이 당신 처녀 적엔……. 저기, 사실 어머니가 스페인 출신에다 구식이세요."

"여기서 보내는 시간이 많아요?"

존이 키스민의 말에 약간 상처를 받았다는 사실을 숨기려고 물었다. 자기 출신지를 암암리에 욕보이는 것 같았던 것이다.

"퍼시 오빠와 재스민 언니와 나는 매년 여름이면 이곳에 와요. 하지만 내년 여름에는 재스민 언니가 뉴포트에 갈 거예요. 올 가을부터 1년 동안 런던에 가 있게 될 거고. 궁에 가서 영국 왕도 배알할 거예요."

"저……그거 알아요?" 존이 머뭇거리며 말을 시작했다. "그쪽은 내가 처음 봤을 때 생각했던 것보다 훨씬 더 세련됐다는 거?"

"오, 아니에요. 난 안 그래요." 그녀는 서둘러 큰 소리로 말했다. "오, 난 그렇게 될 생각 없어요. 젊은 사람들 중에 세련된 사람은 끔찍할 정도로 흔하지 않은가요? 나는 전혀 그렇지 않아요. 진짜로. 만일 그쪽이 그렇다고 하면 나 울어 버릴래요."

그녀는 너무 괴로운 나머지 입술까지 바르르 떨었다. 존은 항변하지 않을 수가 없었다.

"난 그런 뜻이 아니었어요. 그냥 놀리려고 한 말이었어요."

"내가 정말 그런 사람이었다면 전혀 신경 안 썼을 거예요." 그녀가 계속 우겼다. "하지만 난 아니에요. 난 굉장히 순진하고 여자다운걸요. 담배도 술도 한 적 없고, 시 말고는 아무것도 안 읽어요. 수학이나 화학에 대해선 거의 아는 게 없어요. 옷도 무척 수수하게 입어요. 사실 잘 차려입는 일도 거의 없어요. 세련됐다는 말은 나한테 가장 안 어울리는 표현이라고 생각해요. 여자애들은 젊음을 건전하게 즐겨야 한다고 생각해요."

"나도 그렇게 생각해요."

존이 진심으로 말했다.

키스민은 다시 기분이 좋아졌다. 그녀는 존에게 미소를 지었지만 사산(死産)한 눈물 한 방울이 푸른 눈가에서 또르르 흘러내렸다.

"난 당신이 좋아요." 키스민이 오래 사귄 연인처럼 속삭였다. "여기 있는 동안 퍼시 오빠하고만 지낼 거예요? 아니면 나한테도 잘해 줄 건가요? 한번 생각해 봐요. 난 아무도 밟지 않은 싱싱한 초원이에요. 지금까지 나를 좋아한 남자애도 없었어요. 부모님은 내가 남자와 단둘이 있는 것도 허락하지 않으세요. 퍼시 오빠 빼고는요. 이 숲까지 오게 된 것도 당신과 마주칠지도 모른다는 기대 때문이었어요. 우리 가족이 옆에 없는 곳에서요."

존은 아주 우쭐해져서 하데스의 댄스 교습소에서 배운 대로 엉덩이에서부터 상체를 깊이 숙여 절했다.

"이제 그만 돌아가는 게 좋겠어요." 키스민이 상냥하게 말했다. "11시엔 어머니와 같이 있어야 하거든요. 당신은 나한테 키스해 달라는 말을 한 번도 안 하는군요. 요즘 남자들은 다 그러는 줄 알았는데."

그 말에 존이 자랑스레 가슴을 쭉 폈다.

"그러는 남자들도 있어요. 하지만 난 아니에요. 아가씨들도 그러지 않아요. 하데스에서는 말이에요."

존이 대답했다.

그들은 나란히 집으로 걸어갔다.

6

존은 찬란한 햇빛 속에서 브래덕 워싱턴 씨를 마주 보며 섰다. 그는 자부심과 공허함이 공존하는 얼굴, 지적인 눈 그리고 단단한 체격을 가진 40대 중년남자였다. 아침에는 그에게서 말 냄새가, 그것도 최고의 말 냄새가 났다. 그는 회색 자작나무로 만든 단순한 지팡이를 들고 다녔는데, 지팡이 손잡이에 큼지막한 오팔이 박혀 있었다. 그와 퍼시는 존에게 성 주변을 안내해 주었다.

"저기가 노예들이 사는 구역이다."

그의 지팡이는 왼쪽에 있는 대리석 회랑을 가리켰다. 우아한 고딕 양식으로 지어진 그 회랑은 산 옆을 따라서 길게 이어져 있었다.

"젊은 시절에 잠시 사업을 등한시하고 어리석은 이상주의에 빠진 적이 있었지. 그 시절에는 노예들이 호화롭게 살았다. 노예들의 방마다 타일 욕조를 설치해 주기도 했으니까."

"제 생각에는……." 존이 호감을 자아내는 웃음을 머금으며 말했다. "그들이 욕조를 석탄을 보관하는 데 사용했을 것 같은데요. 언젠가 슌리처 머피 씨가 제게 이런 말씀을……."

"슌리처 머피 씨의 의견은 그리 중요하지 않을 것 같구먼." 브래덕 워싱턴 씨가 존의 말을 잘랐다. "내 노예들은 욕조에 석탄을 저장하지 않았어. 내가 매일 목욕하라고 명령했고, 그들은 내 명령대로 했어. 만일 그러지 않았다면 내가 황산 샴푸를 쓰라고 명령했을 걸세. 목욕을 그만두게 한 것은 다른 이유 때문이야. 노예 몇 명이 감기에 걸려 죽어 버렸거든. 일부 특정 종족에게는 물이 해로울 수 있어. 음료수를 제외하고 말이야."

존이 하하 웃었다. 그러다가 진지하게 동의한다는 뜻으로 고개를 끄덕이는 게 낫겠다 싶었다. 존은 브래덕 워싱턴과 함께 있는 게 불편했다.

"이 흑인들은 모두 내 선친께서 북부로 데려왔던 흑인들의 후손이네. 지금은 약 250명 정도 되지. 자네도 알아챘겠지만 저들은 워낙 오랫동안 세상과 떨어져 살아서 저들이 쓰는 원래 방언은 거의 알아들을 수 없을 정도가 되었지. 저들 중 몇 명은 어릴 때부터 영어를 쓰도록 가르쳤지. 내 비서하고 집안일 보는 하인 두어 명 정도만."

"여기는 골프 코스네." 브래덕 워싱턴은 벨벳 같은 거울 잔디 위를 걸어가면서 말을 이었다. "보다시피 온통 그린이지. 페어웨이도, 러프도, 장애 구역도 없어."

그는 존을 향해 유쾌하게 싱긋 웃어 보였다.

"감옥에 사람들이 많나요, 아버지?"

퍼시가 불쑥 물었다.

브래덕 워싱턴이 갑자기 비틀거리더니 무심결에 욕설을 내뱉었다.

"원래 인원수보다 한 명이 적지."

그는 막연하게 한마디 던지고 나서 잠시 후에 한마디 덧붙였다.

"말썽이 좀 있었다."

"어머니가 그러던데, 그 이탈리아인 선생이……."

퍼시가 큰 소리로 말하자 브래덕 워싱턴이 벌컥 화를 내며 말을 가로막았다.

"끔찍한 실수였어. 하지만 그자가 이미 잡혔을 가능성도 충분히 있어. 어쩌면 숲속 어딘가에서 넘어졌거나 절벽에서 실족했을 수도 있지. 그리고 만일 도망쳤다 해도 그자 이야기를 아무도 믿어 주지 않을 가능성도 있고 말이야. 그래도 이 주변의 여러 마을에다 스물너덧 사람을 풀어서 그자를 찾게 했다."

"그래서 성과는 있었나요?"

"어느 정도. 그들 중 열네 명이 내 대리인에게 인상착의와 맞는 남자를 죽였노라고 보고했어. 하지만 그게 다 보상금을 바라고 한 짓일게……."

그는 갑자기 말을 중단했다. 그들이 다다른 곳은 땅바닥에 큼지막하게 뚫린 구멍 앞이었다. 그 구멍은 크기가 회전목마 둘레만 했고, 거대한 쇠창살로 덮여 있었다. 브래덕 워싱턴은 존을 손짓해 부르더니 자기 지팡이로 쇠창살 아래를 가리켰다. 존은 가장자리로 걸어가서 밑을 내려다보았다. 그 순간 밑에서 아우성이 터져 나왔다.

"지옥에나 떨어져!"

"안녕, 꼬마야. 거기 공기는 어떠냐?"

"어이, 밧줄 좀 던져!"

"이보게, 오래된 도넛이나 먹다 남긴 샌드위치 없나?"

"이봐, 친구, 옆에 있는 작자를 여기로 밀어뜨리면 눈앞에서 재빨리 사라지는 광경을 보여 줄게."

"그자를 나 대신 한 대 때려 줘, 응?"

너무 컴컴해서 구덩이 밑은 잘 보이지 않았지만, 그들의 목소리와 언사에서 느껴지는 조야한 낙천주의와 억센 생명력으로 보아 그들이 원기 왕성한 중산층 미국인임을 존은 알 수 있었다. 워싱턴 씨가 지팡이로 풀밭에 있는 단추 하나를 건드리자 구덩이 아래가 갑자기 확 밝아졌다.

"이자들은 불행하게도 엘도라도를 발견한 모험적인 선원들일세."

그가 말했다.

그 아래에는 커다란 구덩이가 사발처럼 움푹 파여 있었다. 옆면은 경사가 가파르고 반들거리는 유리로 되어 있는 것 같았고, 약간 오목한 바닥에는 비행기 조종사 제복 같기도 하고 정장 같기도 한 옷차림을 한 스물너덧 명의 남자가 서 있었다. 번쩍 쳐

들고 있는 그들의 얼굴은 분노, 적의, 절망, 냉소적인 유머로 번 뜩였다. 길게 자란 턱수염으로 가려져 있었지만 눈에 띄게 수척한 몇몇을 제외하고 다들 영양 상태도 좋고 건강해 보였다.

브래덕 워싱턴이 구덩이 가장자리로 정원 의자를 끌고 와서 앉았다.

"그래, 잘들 지냈나?"

그가 다정하게 물었다.

너무 기운이 없어서 소리를 못 지르는 몇몇을 제외한 나머지 모두가 일제히 내지른 욕설들이 햇살 가득한 지상으로 올라왔지만 브래덕 워싱턴은 전혀 흐트러짐 없이 냉정하게 그 소리를 들었다. 그리고 마지막 메아리까지 사라진 다음에야 다시 입을 열었다.

"이 난국을 빠져나갈 방법은 생각해 봤나?"

여기저기서 몇 마디가 떠올랐다.

"우리는 사랑을 위해 여기 머물기로 결정했다!"

"우리를 올려 보내 주면 그때 방법을 찾겠소!"

브래덕 워싱턴은 그들이 다시 조용해질 때까지 기다렸다가 말했다.

"내가 이미 자네들에게 상황을 설명해 주지 않았나? 나도 자네들을 여기 묶어 놓고 싶지 않아. 애당초 자네들을 만나지 않았으면 얼마나 좋았겠나. 자네들의 호기심이 자네들을 여기까지 오게 한 거야. 나와 나의 이익을 보호하는 범위 내에서 이곳을 빠져나가는 방법을 생각해 낸다면 내 언제든지 기꺼이 고려

해 보겠네. 하지만 자네들의 노력이 땅굴을 파는 데에만 국한되어 있는 한…… 그래, 자네들이 새 땅굴을 막 파기 시작했다는 걸 난 이미 알고 있어. 아무튼 땅굴이나 파는 데 노력을 허비하는 한 자네들은 멀리 가지 못할 걸세. 여기 이렇게 있는 게 탈출하는 것보다는 힘들지 않을 거야. 가끔씩 고향에 있는 사랑하는 가족들을 향해 울부짖기도 하고 말이야. 하기야 자네들이 고향에 있는 가족들을 그렇게나 걱정하는 사람들이었다면 애초에 비행기를 타지 않았을 테지만."

키가 큰 사내 하나가 무리에서 떨어져 나와 할 말이 있다며 포획자의 주의를 끌기 위해 손을 번쩍 들었다.

"몇 가지 질문이 있소! 당신은 공정한 사람인 척하니까."

그가 소리쳤다.

"얼빠진 소리! 나 같은 위치에 있는 사람이 어떻게 자네들 같은 자에게 공정할 수 있겠나? 차라리 스페인 사람이 스테이크 한 조각을 놓고 공정하다고 말하는 게 나을 걸세."

이 모진 대꾸에 스물네 명의 스테이크들이 고개를 떨어뜨렸지만 키 큰 사내는 계속 말을 이었다.

"좋소! 이 문제에 대해서는 전에도 논쟁을 한 적이 있지. 당신은 박애주의자도 아니고 공정하지도 않소. 하지만 당신은 인간이오. 적어도 당신 입으로 그렇게 말했으니까. 그렇다면 우리 입장이 되어서 충분히 생각해 봐야 하오. 이게 얼마나…… 얼마나…… 얼마나……."

"얼마나 뭐?"

워싱턴이 차갑게 되물었다.

"얼마나 불필요한 짓인지……."

"나로서는 필요해."

"그럼…… 얼마나 잔인한……."

"그 얘기도 이미 했잖아. 사익 보호에 관한 한 잔인함이란 존재하지 않는다고 말이야. 자네는 군인이었으니 그 점에 대해서는 잘 알 거야. 다른 걸 말해 보게."

"그렇다면, 얼마나 어리석은지."

"그래, 그건 인정하지. 하지만 다른 대안도 한번 생각해 보게. 나는 이미 자네들이 원한다면 자네들 모두나 혹은 원하는 사람은 누구나 고통 없이 처형시켜 주겠다고 제안을 했어. 그리고 자네들의 아내나 연인이나 아이들이나 어머니를 납치해서 이리로 데려다 주겠다는 제안도 했잖나? 그 아래 자네들 거처도 넓혀 주고 앞으로 평생 동안 먹여 주고 입혀 줄 걸세. 만일 영원히 기억상실증에 걸리는 수술이 있다면 당장 수술을 시켜서 내 구역 밖으로 내보낼 거야. 하지만 내 생각은 거기까지야."

"우리가 당신을 밀고하지 않을 거라고 믿어 보는 건 어떻소?"

누군가가 외쳤다.

그러자 워싱턴이 경멸하는 표정으로 말했다.

"그런 제안은 진지하게 하는 게 아닐세. 내가 내 딸에게 이탈리아어를 가르치라고 자네들 중에 한 명을 꺼내 주었지. 그런데 그자가 지난주에 도망을 쳤어."

갑자기 스물네 개의 목구멍에서 거친 환호성이 터져 나오고,

구덩이 속은 환희의 아수라장이 되었다. 포로들은 갑자기 끓어오르는 짐승 같은 혈기로 탭댄스를 추고 환호성을 지르고 요들을 부르고 서로 부둥켜안고 씨름을 했다. 심지어는 유리 재질의 구덩이 옆면을 최대한 높이 뛰어올라 간 다음, 다른 포로들의 몸을 쿠션 삼아 바닥에 떨어지는 자도 있었다. 키 큰 남자가 먼저 노래를 부르자 모두들 함께 불렀다.

"오, 시큼한 사과나무에다

카이저의 목을 매달고 말리라……."

브래덕 워싱턴은 노래가 끝날 때까지 뜻 모를 침묵에 잠긴 채 앉아 있었다. 그리고 약간의 주의를 끌 수 있게 되었을 때 다시 입을 열었다.

"이보게들, 나는 자네들한테 악감정이 전혀 없네. 난 자네들이 즐거워하는 모습을 보는 게 좋아. 바로 그 때문에 이야기를 한꺼번에 다 털어놓지 않았던 걸세. 그 자는…… 이름이 뭐였더라? 크리치티키엘이라고 했던가? 아무튼 그자는 열네 군데에서 내 대리인들의 총에 맞았네."

'군데'라는 것이 도시들을 의미한다는 것을 아무도 짐작하지 못한 채 환희의 소동은 그 즉시 잠잠해졌다.

"그럼에도 불구하고……." 워싱턴 씨는 분노의 기색을 드러내며 소리쳤다. "그자는 달아나려고 했어. 내가 이런 일을 겪고 나서도 자네들에게 또 다른 기회를 줄 것 같은가?"

또다시 고함이 연이어 터져 나왔다.

"물론이오!"

"당신 딸 중국어 배울 생각 없대?"

"이봐, 나 이탈리아어 할 줄 알아! 어머니가 이탈리아 사람이 었어."

"어쩌면 딸이 뉴욕 말을 배우고 싶어 할지도 모르잖소!"

"만일 그 애가 커다란 푸른 눈동자를 가진 소녀라면 이탈리아 어 보다 더 좋은 거 많이 많이 가르쳐 줄 수 있어."

"난 아일랜드 민요도 좀 알고, 금관악기도 좀 다룰 줄 알아."

워싱턴 씨는 갑자기 지팡이를 잡아서 풀밭에 있는 단추를 눌 렀다. 그러자 구덩이 아래의 풍경이 순식간에 사라졌고, 그 자 리에는 검은 이빨 같은 쇠창살로 몰골사납게 가려진 커다랗고 시커먼 입만 남았다.

그때 아래에서 누군가의 고함이 들렸다.

"이봐! 우리한테 축복도 해 주지 않고 가버리진 않겠지?"

허나 워싱턴 씨는 이미 두 청년을 이끌고 골프 코스의 9번 홀 을 향해 걸어가는 중이었다. 마치 그 구덩이와 그 속에 든 내용 물은 그의 날렵한 골프채로 쉽게 통과할 수 있는 장애 구역에 지나지 않는다는 듯이.

7

다이아몬드 산그늘 아래의 7월은 밤에는 담요가 필요하지만 낮에는 태양이 이글대고 따듯했다. 존과 키스민은 사랑에 빠졌 다. 존은 자기가 선물한 작은 황금 축구공('신과 조국과 세인트 마이더스를 위해'라는 문구가 새겨져 있었다.)이 백금 체인에 매달려 그 녀의 가슴 위에 얹혀 있다는 사실을 모르고 있었다. 하지만 그건 거기 있었다. 키스민은 키스민대로 어느 날 자신의 수수한 머리 장식에서 떨어진 커다란 사파이어 하나가 존의 보석함에 소중히 간직되어 있다는 사실을 알지 못했다.

어느 늦은 오후, 루비와 담비 모피로 치장한 음악실이 조용할 때 그들은 거기서 한 시간을 함께 보냈다. 존은 그녀의 손을 잡았고, 그녀가 너무나도 사랑스러운 눈길을 보내자 그녀의 이름을 속삭였다. 그녀가 그에게로 몸을 기울이다가…… 멈칫했다.

"방금 '키스민'이라고 한 거야? 아니면…….”

그녀가 부드럽게 물었다.

그녀는 확실히 하고 싶었다. 자기가 오해를 한 건지도 모른다고 생각했던 것이다.

둘 다 여태 키스를 한 번도 해 본 적이 없었지만 한 시간이 흐르자 그건 별 문제가 아닌 것 같았다.

오후는 그렇게 흘러갔다. 그날 밤, 음악의 마지막 선율이 제일 높은 탑에서 흘러 내려올 때 그들은 각자 잠들지 않고 누워서 그날의 매 순간을 행복하게 머릿속으로 그리고 있었다. 그들은 가능하면 빨리 결혼하기로 결심했던 것이다.

8

워싱턴 씨와 두 청년은 매일같이 깊은 숲에서 사냥이나 낚시

를 하고, 나른한 골프 코스를 돌며 골프를 치거나 —존은 예의
상 집주인에게 일부러 져 주었다— 산의 서늘한 정기를 품은 호
수에서 수영을 하기도 했다. 존은 워싱턴 씨가 다소 깐깐한 성
격의 소유자라고 파악했다. 그는 자기 생각이나 견해가 아닌 그
어떤 것에도 철저히 무관심했다. 워싱턴 부인은 무슨 일에든 늘
초연하고 말이 없었다. 그녀는 두 딸에게 전혀 관심이 없는 듯
보였고, 오로지 아들 퍼시에게만 빠져 있었다. 저녁 식사 때면
그녀는 빠른 스페인 말로 아들과 끝없는 대화를 나누었다.

큰딸 재스민은 밭장다리에 손발이 큰 것만 제외하면 키스민
과 외모는 비슷했지만 기질은 완전 딴판이었다. 재스민이 좋아
하는 책은 홀아비를 위해 집안일을 돌보는 가난한 소녀들에 관
한 이야기였다. 존이 키스민에게서 들은 바에 의하면, 재스민이
군대 매점 전문가로 유럽에 진출하기 직전에 세계대전이 끝나
버리자 그 충격과 실망감에서 벗어나질 못했다고 한다. 그 충격
으로 한동안 몹시 수척해지자 브래덕 워싱턴이 손을 써서 발칸
반도에 새로운 전쟁을 일으키기도 했다. 하지만 부상당한 세르
비아 군인들의 사진을 보고는 그만 그 일에 대한 흥미를 완전히
잃어버렸다. 하지만 퍼시와 키스민은 냉혹함과 장엄함이 서린
오만한 태도를 아버지에게서 물려받은 듯했다. 그들은 어떤 생
각을 하더라도 그 속에는 담백하고도 일관된 이기주의가 문양
처럼 찍혀 있었다.

존은 성과 계곡의 경이로운 모습에 매혹되었다. 퍼시의 말에
따르면, 브래덕 워싱턴은 조경사를 비롯해서 건축가, 무대 디자

이너 그리고 구세기의 유물이라 할 프랑스 데카당파[23] 시인을 유괴해 왔다고 했다. 그는 그들에게 자신의 흑인 노예들을 맘껏 부리게 했고, 이 세상의 그 어떤 재료도 다 제공해 주겠으니 맘껏 일해 보라고 했다. 하지만 그들은 한 명씩 차례로 자신이 쓸모없는 존재임을 입증해 보였다. 데카당파 시인은 봄의 대로(大路)와 당장 이별해야 한다는 사실에 몹시 슬퍼했다. 그는 향신료와 원숭이와 상아에 대해 뭔가 알 듯 모를 듯한 말을 하긴 했지만, 그중에서 조금이라도 돈이 될 만한 소리는 한마디도 없었다. 한편 무대 디자이너는 계곡 전체에다 여러 가지 기술과 센세이셔널한 특수 효과로 꾸며 보고 싶어 했지만 하나같이 워싱턴 가문 사람들은 얼마 못 가서 싫증 낼 만한 것이었다. 건축가와 조경사는 오직 관습에 얽매인 생각만 했다. 그들은 뭐든 원래 하던 대로 해야 직성이 풀리는 사람들이었다.

허나 그들은 적어도 그들 자신과 관련된 문제는 제대로 해결했다. 어느 날 밤, 분수의 위치를 정하는 문제로 밤을 새우고 나서 다음 날 새벽에 모두 미쳐 버렸고, 지금은 코네티컷 주 웨스트포트에 있는 한 정신병원에 편안하게 감금되어 있는 것이다.

"그럼," 존이 궁금해서 물었다. "이 멋진 응접실과 현관과 입구와 욕실 등등은 대체 누가 설계한 거야?"

"음…… 말하기 좀 부끄러운데, 영화 일하는 친구가 했어. 무제한의 돈을 갖고 노는 데 익숙한 자는 그자뿐이었어. 뭐 비록

---

23) 19세기 말기의 시인들을 이르는 말. 프랑스의 상징주의 시인과 영국 심미주의 운동의 시인들이 있다.

냅킨을 옷깃 속에 집어넣고 먹는 촌놈에, 글을 읽고 쓸 줄도 모르는 무식한 자였지만 말이야."

8월이 끝날 무렵, 존은 얼마 안 있으면 학교로 돌아가야 한다는 사실에 아쉬운 마음이 들었다. 그와 키스민은 이듬해 6월에 함께 도망치기로 약속을 한 상태였다.

"여기서 결혼하면 더 근사할 거야." 키스민이 제 심정을 털어놓았다. "하지만 물론 아버지한테 자기와 결혼해도 좋다는 허락은 절대 받아내지 못하겠지. 그러니 도망치는 게 더 나아. 요즘 미국에서는 부자들이 결혼하는 게 끔찍한 일이 됐어. 언론사에다 유물을 걸치고 결혼할 거라는 보도 자료를 보내야 하거든. 유물이란 물려받은 진주 한 꾸러미와 한때 외제니 황후[24]가 입었던 낡은 레이스를 의미하지."

"무슨 말인지 나도 알아." 존이 열성적으로 동의했다. "내가 슌리처 머피 씨 댁에 갔을 때 일인데 말이야. 그 집 장녀 그웬돌린은 웨스트버지니아의 절반을 소유한 사람의 아들과 결혼했어. 그녀가 은행원인 남편 월급으로 힘겹게 산다는 내용을 편지에다 적어서 친정에 보내왔는데 마지막에 이렇게 썼더군. '그나마 다행인 것은 저에게 뛰어난 하녀들이 네 명이 있어서 사는데 약간 도움이 된다는 거예요.'라고……."

"들어 보니 어처구니가 없네." 키스민이 말했다. "그럼, 겨우 하녀 두 명만 데리고 살아야 하는 이 세상의 수천 수백만 노동

---

24) 외제니 드 몽티조(Eugénie de Montijo, 1826~1920). 스페인계 귀족으로 나폴레옹 3세와 결혼하여 프랑스 황후가 되었으며, 정치 문제에 적극적으로 개입하여 나폴레옹이 자리를 비웠을 때 섭정을 맡기도 했다.

자들이나 그런 사람들은 어떻게 살라고!"

8월 말의 어느 날 오후, 키스민이 무심코 뱉은 말 한마디가 상황을 완전히 바꾸어 버렸고, 존을 공포의 늪에 던져 넣었다.

그 둘은 제일 좋아하는 작은 숲에 있었다. 그리고 키스를 하던 중에 존은 그들의 관계에 따르게 될 고통을 상상하면서 낭만적이고도 불길한 예감에 휩싸여 있었다.

"가끔은 우리가 절대 결혼 못할 것 같은 생각이 들어." 그가 슬프게 말했다. "당신은 너무 부자고 스케일이 너무 커. 당신 같은 엄청난 부자는 보통의 다른 여자와 같을 리가 없어. 난 오마하나 수시티[25] 출신의 부유한 철물 도매업자의 딸이랑 결혼해서 지참금 50만 달러에 만족해야 할 것 같아."

"나도 철물 도매업자의 딸을 만난 적 있어." 키스민이 말했다. "하지만 당신은 그런 여자에 만족하지 못할걸? 우리 언니 친구였는데 여기 온 적도 있어."

"그럼 나 말고 다른 손님도 왔었던 거야?" 존이 놀라서 외쳤다.

키스민은 말한 것을 후회하는 눈치였다.

"응, 그래." 그녀가 서둘러 말했다. "몇 명 있었어."

"하지만 너, 아니 너희 아버지가 그 사람들이 밖에 나가서 말할까 봐 걱정하지 않으셨어?"

"아, 뭐, 어느 정도는. 어느 정도는 그랬지." 그녀가 대답했다. "우리 다른 즐거운 얘기나 해."

---

25) 미국의 아이오와 주 서부 미주리 강에 면한 항구 도시.

하지만 존은 호기심이 솟구쳤다.

"다른 즐거운 얘기라고? 그 얘기가 안 즐거운 건 뭔데? 그 아가씨들이 불편하게 만들기라도 했어?"

존이 다그쳐 물었다.

그런데 당황스럽게도 키스민이 흐느껴 울기 시작했다.

"그래……그, 그게……문제였어. 그 애들 중 몇 명한테 꽤 정이 들었거든. 그건 재스민 언니도 마찬가지고. 그런데 언니는 계속 친구들을 초대하는 거야. 왜 그러는지 난 이해할 수가 없었어."

시커먼 의혹이 존의 마음속에 움텄다.

"그러니까, 그, 그 애들이 떠벌려서, 너희 아버지가 그 애들을…… 제거했다…… 이거야?"

"그보다 더 나빠." 그녀가 떠듬거리며 말했다. "아버지는 골칫거리가 생기기 전에 아예 싹을 없애 버렸어. 그런데…… 재스민 언니는 놀러오라는 편지를 계속 보냈고, 그 애들은 또 너무나 즐겁게 지내는 거야!"

키스민은 주체하지 못할 정도로 격한 슬픔에 빠져 있었다.

존은 키스민이 폭로한 이 무시무시한 사실에 반쯤 넋이 나간 채로 입을 쩍 벌린 채 앉아 있었다. 마치 척주에 수많은 참새가 앉아 지저귀는 것처럼 그의 온몸의 신경조직이 바르르 떨리는 것 같았다.

"이런, 자기한테 다 말해 버렸네. 그러지 말았어야 했는데."

키스민이 말했다. 그녀는 갑자기 침착해져서는 짙푸른 눈에 맺힌 눈물을 닦았다.

"그러니까, 그 사람들이 여길 떠나기 전에 너희 아버지가 그들을 죽였단 말이야?"

키스민이 고개를 끄덕였다.

"보통은 8월이나 9월 초에. 우리로서는 먼저 그들로부터 즐거움을 최대한 얻어 내는 게 지극히 당연하니까."

"이런 끔찍한 일이! 어, 어떻게…… 아, 진짜 미쳐 버리겠군! 그걸 받아들일 수 있었어? 그……."

키스민은 어깨를 으쓱이며 그의 말을 가로챘다.

"그래, 그랬어. 그들을 비행기 조종사들처럼 가둬 둘 수는 없었어. 그러면 매일 양심의 가책을 느껴야 할 테니까. 그리고 그러는 편이 재스민 언니나 나한테도 더 편했어. 아버지가 늘 우리 예상보다 일찍 처리하셨거든. 그런 식으로 울고불고 하는 야단스런 이별의 장면도 피할 수 있었고……."

"그러니까, 너희들이 그들을 죽였다는 거지? 하!"

존이 소리쳤다.

"아주 호의적으로 처리했어. 그들이 자는 동안 약물을 주입했고, 가족들한테는 뷰트[26]에서 성홍열로 죽었다고 전했고."

"그렇다면 왜 사람들을 계속 초대한 거야? 도대체 이해가 안 가네!"

"난 안 그랬어." 키스민이 버럭 소리를 질렀다. "나는 한 명도 초대하지 않았어. 재스민 언니가 그랬지. 그리고 그들은 하나같

---

26) 미국 서부 사막에 고립된 언덕.

이 여기서 아주 즐겁게 지냈어. 언니는 마지막 무렵에 최고로 멋진 선물을 주곤 했어. 앞으로는 내 손님도 오게 되겠지. 그리고 그런 일에 단련이 될 거야. 죽음처럼 피할 수 없는 것 때문에 즐거운 인생을 방해받을 수는 없잖아? 한번 상상해 봐. 만일 우리한테 찾아오는 사람이 아무도 없다면 여기서 지내는 게 얼마나 외로울지를 말이야. 물론 아버지와 어머니도 우리와 마찬가지로 절친한 친구 몇 명을 희생하셨지."

"그래서," 존이 비난조로 말했다. "그래서 내가 널 사랑하도록 허락하고, 너도 날 사랑하는 척하면서 결혼 얘기를 한 거였구나? 내가 여기를 살아서 나갈 수 없다는 걸 처음부터 뻔히 알았으면서……."

"아니야." 키스민이 강하게 항변했다. "이제는 아니야. 사실 처음엔 그랬어. 자기가 여기 왔으니, 나로서는 어쩔 수 없는 일이었어. 그리고 자기가 생의 마지막 날들을 즐겁게 보내는 것이 우리 둘을 위해서 좋을 거라고 생각했어. 하지만 그러다가 자기를 사랑하게 되었고…… 그리고…… 진심으로 미안하게 생각해. 자기가 그렇게…… 그렇게…… 처리될 운명이라는 거……. 그래도 자기가 다른 여자애랑 키스하는 것보다는 그렇게 되는 편이 더 나아."

"오, 그래? 정말 그런 거야?"

존이 사납게 소리쳤다.

"그래, 그게 훨씬 더 나아. 게다가 여자는 절대 결혼하지 못하는 상대라는 걸 알고 사귈 때 연애를 훨씬 더 즐길 수 있다고 들었어. 아, 대체 내가 왜 이런 소리를 했을까? 아마 나 때문에 한창 즐거운 시간이 엉망진창이 되어 버렸을 거야. 이런 사실을 몰랐을 때는 우리 정말로 즐거웠잖아? 이런 얘기를 들으면 자기가 우울해할 거라는 거 알고 있었어.”

“오 그랬어? 그랬어?” 존의 목소리가 분노로 떨렸다. “그 얘기는 이만하면 충분히 들었어. 네가 시체와 다름없는 자와 바람을 피울 정도로 자존심도 체면도 없는 여자라면 나도 더 이상 너와 관계를 지속할 생각이 없어!”

“자기는 시체가 아니야!” 키스민이 공포에 질려 소리쳤다. “자기는 시체가 아니라고! 내가 시체와 키스했다는 말은 두 번 다시는 하지 마!”

“난 그런 식으로 말한 적 없어!”

“아냐, 그랬어! 내가 시체와 키스했다고 했잖아!”

“아니야!”

그들의 언성은 점점 높아졌지만 방해물의 갑작스러운 등장에 둘은 그 즉시 침묵에 빠졌다. 오솔길을 따라서 그들을 향해 다가오는 발자국 소리가 들리더니 잠시 후 장미 덤불이 둘로 갈라지면서 브래덕 워싱턴의 얼굴이 드러났다. 그의 준수하고도 공허한 얼굴에 자리 잡은 지적인 눈이 그들을 노려보고 있었다.

“누가 시체와 키스했다는 거냐?”

그가 무척 못마땅하다는 표정으로 물었다.

“아무도 아니에요. 그냥 농담이었어요.”

키스민이 재빨리 대답했다.

"하여간 너희 둘 대체 여기서 뭘 하는 거냐?" 브래덕 워싱턴이 거칠게 다그쳐 물었다. "키스민, 넌 책을 읽든가 네 언니와 골프를 쳐야지. 가서 책을 읽어! 아니면 가서 골프를 쳐! 내가 돌아왔을 때 너를 다시 보는 일이 없도록 해!"

그런 다음 존에게 살짝 고개를 숙이고는 오솔길을 올라갔다.

"봤지?" 키스민은 아버지가 자신들의 말이 들리지 않을 정도로 멀리 갔을 때 지르퉁한 표정으로 말했다. "자기가 모든 걸 망쳐 놨어. 이제 우린 다시는 만날 수 없게 됐어. 아버지가 자기와 못 만나게 하실 거야. 그리고 우리가 사랑한다는 걸 아시게 되면 자기를 독살할 거야."

"우린 이제 더 이상 사랑하지 않아!" 존이 사납게 소리쳤다. "그러니 너희 아버지는 그 점에 대해서는 안심하셔도 돼. 게다가 내가 계속 여기 머무를 거라는 어리석은 생각은 하지 마. 앞으로 여섯 시간 안에 저 산을 넘을 거야. 산을 갉아서 길을 내야 하는 일이 있어도 반드시 동쪽으로 가고 말 거야."

두 사람 모두 일어난 상태여서 존의 이 말에 키스민이 바싹 다가와서 그의 팔에 팔짱을 꼈다.

"나도 같이 갈래."

"너 미쳤……."

키스민이 조급하게 존의 말을 잘랐다.

"나도 당연히 가야지."

"그건 절대 안 돼. 너는……."

"그럼 좋아." 키스민이 조용하게 말했다. "지금 아버지를 쫓아

가서 이 문제를 상의해 보자고."

존은 어쩔 수 없이 희미한 미소를 지었다.

"그래 좋아, 내 사랑. 함께 가자."

존은 희미하고 확신할 수 없는 애정이 담긴 표정으로 그녀의 말에 동의했다.

그 순간 키스민에 대한 존의 사랑이 다시 돌아와 그의 마음속에 평온하게 자리를 잡았다. 키스민은 이제 그의 것이었다. 그녀는 그와 함께 떠나서 위험을 함께 나눌 것이다. 그는 두 팔로 키스민을 껴안고 열렬히 키스를 퍼부었다. 결국 키스민은 존을 사랑했으며, 사실상 그의 목숨을 구해 준 셈이었다.

그들은 그 문제에 대해 얘기를 나누며 천천히 성으로 걸어갔다. 그들은 그들이 함께 있는 것을 브래덕 워싱턴이 봤으니 다음 날 밤에 떠나는 것이 상책이라고 결론을 내렸다. 그럼에도 저녁 식사 시간에 존의 입술은 전에 없이 바짝 타는 것 같았다. 그리고 초조한 나머지 한 술 가득 퍼 먹은 공작새 수프가 왼쪽 폐로 흘러 들어가 버렸다. 그 바람에 그 집 부집사 중 한 명이 그를 터키석과 검은담비로 치장한 카드 게임방으로 옮겨서 그의 등을 탕탕 두드려야 했는데, 퍼시는 그것을 한바탕 웃음거리라고 여겼다.

9

자정이 한참 지났을 즈음, 존은 신경성 경련을 일으키며 벌떡 일어나 앉아 그 방에 드리워진 졸음의 장막 너머를 우두커니 응시했다. 열린 창문으로 보이는 사각형의 푸르스름한 어둠을 통해 멀리서 희미한 소리가 들려왔다. 그 소리는 불편한 꿈으로 혼탁해진 존의 기억이 정체를 파악하기도 전에 침상으로 잦아들었다. 하지만 뒤이어 나는 날카로운 소리는 더 가까이에서, 바로 방 밖에서 들려왔다. 문손잡이가 철컥 돌아가는 소리인지 발소리나 속삭임인지는 알 수 없었다. 존은 명치에 멍울이 단단히 뭉쳐 있는 것 같았고, 소리를 들으려고 바짝 긴장하는 순간 온몸이 욱신욱신 쑤셔 왔다. 그때 겹겹이 드리워진 장막 하나가 사라지는 것 같더니 문간에 서 있는 흐릿한 형상이 보였다. 어둠에 가려서 희미한 윤곽만 보이는 그 형상은 장막의 주름과 겹쳐져서 마치 더러운 유리판에 반사된 것처럼 일그러져 보였다.

엉겁결에 나온 행동인지 아니면 판단에 따른 행동인지는 알 수 없으나 존은 침대 옆에 있는 단추를 눌렀다. 그 다음 순간 존은 옆방의 초록색 욕조로 미끄러져 들어가 있었다. 욕조에 반쯤 채워진 찬 물에 화들짝 놀라 정신이 번쩍 든 상태로.

존은 벌떡 일어나서 젖은 잠옷에서 뚝뚝 듣는 굵은 물방울을 흩뿌리며 남옥(藍玉) 문을 향해 달려갔다. 그 문이 상아로 만든 2층 층계참으로 통한다는 것을 존을 알고 있었다. 문은 소리 없이 쉽게 열렸다. 거대한 돔 천장에 켜진 심홍색 전등 하나가 조각으로 장식된 계단실의 웅장한 위용을 가슴이 저리도록 아름답게 비추고 있었다. 존은 자신을 둘러싸고 있는 고요한 호사스러움에 흠칫 놀라 잠시 머뭇거렸다. 주위가 마치 적막감에 흠뻑 젖은 채 상아 계단 위에서 바들바들 떨고 있는 한 어린 사람을 거대한 주름과 윤곽선으로 폭 싸 버릴 것만 같았다.

그때 두 가지 일이 동시에 벌어졌다. 존의 거실 문이 벌컥 열리더니 벌거벗은 흑인 세 명이 홀 안으로 뛰어들었다. 그리고 존이 겁에 질린 채 계단 쪽으로 움직이려는 순간, 그 복도의 맞은편 벽에서 또 다른 문이 스르르 열리더니 불 켜진 승강기 안에 서 있는 브래덕 워싱턴의 모습이 드러났다. 그는 모피 코트를 입고 무릎까지 오는 승마화를 신고 있었지만 승마화 위로 번들거리는 장밋빛 잠옷이 보였다.

그리고 바로 그 순간 세 명의 흑인들은 ―이전에는 한 번도 본 적이 없는 자들이었는데, 전문 암살자들이 틀림없다는 생각이 존의 머리에 번개처럼 스쳤다― 존을 향해 가던 걸음을 멈추고 다른 지시를 기다리며 승강기 안에 있는 남자를 쳐다보았다. 그 남자는 거만하게 명령했다.

"어서 타! 너희 셋 다! 꾸물대지 말고 당장!"

그 즉시 세 명의 흑인들은 승강기 안으로 쏜살같이 달려 들어갔고, 승강기 문이 스르르 닫히면서 사각형의 불빛이 사라지자 존은 다시 복도에 혼자 남게 되었다. 존은 상아 계단에 힘없이 주저앉았다.

뭔가 불길한 일이, 적어도 그의 암살이라는 사소한 재난을 미룰 정도로 큰일이 일어난 모양이었다. 그게 뭘까? 흑인들이 폭동을 일으킨 걸까? 비행기 조종사들이 쇠창살을 억지로 벌렸나? 아니면 피시 주민들이 무턱대고 언덕을 넘어와서 그 구슬

프고 쓸쓸한 눈으로 이 찬란한 계곡을 바라보기라도 한 것일까? 존으로서는 알 수 없는 노릇이었다. 그때 희미하게 승강기가 다시 윙 하고 올라가는 소리가 들리더니 잠시 후 다시 내려가는 소리가 들렸다. 아마도 퍼시가 아버지를 도우러 서둘러 내려가는 모양이었다. 그 순간 존은 지금이야말로 키스민과 만나 도망치기에 다시없는 기회라는 생각이 번뜩 들었다. 그는 승강기 소리가 들리지 않을 때까지 몇 분을 기다렸다. 그리고 축축하게 젖은 잠옷 사이로 들이치는 차가운 밤공기에 몸을 떨면서 다시 방으로 돌아가 재빨리 옷을 갈아입었다. 그런 다음 기나긴 계단을 쏜살같이 날아올라 러시아산 검은담비 가죽이 깔린 복도를 지나 키스민의 방으로 갔다.

그녀의 거실 문은 열려 있었고 램프도 켜져 있었다. 키스민은 앙고라 가운을 입고 창가에 서서 귀를 기울이고 있다가 존이 소리 없이 방에 들어오자 그쪽으로 돌아보았다.

"아, 자기구나!" 키스민은 방을 가로질러 존에게 다가가며 속삭였다. "저 소리 들었어?"

"내가 들은 소리는, 너희 아버지의 노예들이 내 방에서……."

"아니," 키스민이 존의 말을 막으며 들뜬 목소리로 말했다. "비행기 소리 말이야!"

"비행기라고? 아마 내가 그 소리 때문에 깬 모양이군."

"적어도 열두 대는 되는 것 같아. 조금 전에 달빛에 번쩍이는 한 대를 똑똑히 봤어. 절벽 근처에 있던 보초가 총을 쏘았고, 그 소리에 아버지가 깨어나신 거야. 이제 곧 우리 수비대가 저들에게 사격을 개시할 거야.”

“그럼 저들이 여기를 알고 찾아왔다는 거야?”

“응…… 도망쳤던 그 이탈리아 사람이…….”

키스민이 말을 끝맺기도 전에 열린 창문을 통해 날카로운 소리가 연이어 들려왔다. 키스민은 작게 비명을 지르며 덜덜 떨리는 손으로 서랍장 위에 놓인 상자에서 동전 하나를 꺼내더니 가까이에 있는 전등을 향해 달려갔다. 그 즉시 성 전체가 어둠에 잠겨 버렸다. 키스민이 퓨즈가 나가게 한 것이었다.

“이리 와!” 키스민이 존에게 소리쳤다. “옥상 정원으로 올라가서 거기서 지켜보자!”

키스민은 망토를 둘러쓰고 존의 손을 잡고 함께 문밖으로 나갔다. 탑으로 오르는 승강기는 문 바로 앞에 있었고, 키스민이 단추를 눌러서 승강기가 위로 치솟자 존은 어둠 속에서 키스민을 껴안고 입술에 키스를 했다. 마침내 존 T. 엉거에게 로맨스가 찾아온 것이다. 1분 후 그들은 새하얀 별빛이 가득한 옥상으로 나왔다. 뿌연 달 아래로 시커먼 날개를 단 열두 대의 동체가 소용돌이치는 구름의 파편들 사이를 들락거리면서 계속 선회하며 떠 있었다. 계곡 여기저기에서 포화의 섬광이 그 기체들을 향해 치솟았고, 뒤이어 날카로운 폭음이 밤공기를 찢었다. 키스민은 기뻐하며 박수를 쳤지만 잠시 후 그 기쁨은 당혹감으로 바뀌었다. 비행기들이 서로 미리 맞춰 둔 신호에 따라 폭탄을 투하하기 시작하자 계곡 전체가 낮게 메아리치는 폭음과 무시무시한 섬광의 파노라마로 변해 버린 것이다.

　잠시 후 공격 목표가 대공포들이 위치한 지점에 집중되자 그 중 한 대가 즉시 거대한 숯덩이로 변했고 장미 덤불이 우거진 정원이 연기에 휩싸였다.

　"키스민," 존이 키스민을 달래듯 말했다. "그래도 내가 살해되기 직전에 이 공격이 시작됐다는 걸 생각하면 자기도 기쁠 거야. 만약 그 보초가 고갯길에서 총을 되쏘는 소리를 듣지 않았다면 지금쯤 나는 죽어서 돌덩이처럼 굳어 있을……."

　"뭐라고? 하나도 안 들려!" 키스민은 눈앞에 벌어진 광경에 몰입한 채 소리쳤다. "더 크게 말해 봐!"

　"내 말은," 존이 소리쳐 말했다. "저들이 성을 폭격하기 전에 어서 여길 빠져나가는 게 좋겠다는 거야."

　갑자기 흑인 숙소의 주랑 현관이 쩍 갈라지더니 주랑 밑에서 불기둥이 치솟고, 거대한 대리석 파편들이 호수 가장자리까지 날아갔다.

　"5만 달러어치의 노예들이 한순간에 날아가 버리는구나." 키스민이 소리쳤다. "그것도 전쟁 전 가격으로 말이야. 저 봐, 요즘은 자산을 존중하는 미국인은 거의 없어."

　존은 다시 마음을 가다듬고 키스민에게 떠나자고 재촉했다. 비행기들의 공격이 점점 더 정확해졌고, 그에 반격하는 대공포는 이제 두 대뿐이었다. 불길에 에워싸인 수비대가 오래 버티지 못할 거라는 것은 불 보듯 뻔한 일이었다.

　"자, 어서!" 존이 키스민의 팔을 잡아당기며 소리쳤다. "여길 빠져나가야 해. 저 비행기 조종사들이 너를 발견하면 그 즉시 죽일 거라는 거, 모르겠어?”

키스민은 마지못해 존의 뜻에 따랐다.

“언니를 깨워야 해!”

승강기를 향해 달려가면서 키스민이 말했다. 그러고는 어린 애처럼 즐거워하며 덧붙여 말했다.

“우린 가난해지겠지, 그치? 책에 나오는 사람들처럼 말이야. 난 고아가 되어 완전히 자유로워질 거야. 가난하고 자유롭게! 정말 재미있겠어!”

키스민은 멈춰 서더니 입술을 내밀어 존에게 기쁨의 키스를 했다.

“가난하면서 동시에 자유로울 순 없어.” 존이 단호하게 말했다. “그건 이미 확인된 사실이야. 나라면 둘 중에서 자유를 선택할 거야. 그리고 좀 더 신중을 기하는 의미에서 네 보석함 속에 들어 있는 거 모두 네 호주머니 속에 담아 오는 게 좋을 거야.”

10분 후, 두 처녀는 어두컴컴한 복도에서 존과 만나서 성의 1층 로비로 내려갔다. 마지막으로 화려하고 웅장한 로비를 통과해서 그들은 잠시 테라스에 서서 불타는 흑인들의 숙소와 호수 건너편에 추락한 비행기 두 대가 활활 타고 있는 것을 지켜보았다. 하나 남은 대공포가 여전히 굴하지 않고 펑펑 쏘아 댔고, 공격자들은 좀 더 낮게 하강하는 것을 겁내는 것 같았다. 하지만 여전히 주위를 선회하면서 어쩌다 한 방이 명중해서 에티오피아 수비병을 절멸시킬 때까지 천둥과 같은 폭격을 가했다.

존과 두 자매는 대리석 계단을 내려가 급히 왼쪽으로 꺾어진 다음, 다이아몬드 산을 양말대님처럼 휘감고 있는 좁다란 오솔길을 오르기 시작했다. 키스민은 산중턱에 나무들이 무성한 지점을 알고 있었는데, 그곳에 가면 남의 눈에 띄지 않게 숨은 채 야만스런 계곡의 밤을 지켜볼 수 있으며, 더 나아가 여차하면 바위투성이 협곡으로 뻗어 있는 비밀 통로를 따라 도망칠 수도 있었다.

10

그들이 목적지에 다다른 시각은 3시였다. 유순하면서도 냉담한 면이 있는 재스민은 커다란 나무둥치에 기대자마자 곧바로 잠이 들었지만, 존과 존의 팔에 감싸 안긴 키스민은 그날 아침만 해도 멋진 정원이었던 폐허 사이에서 일진일퇴의 필사적인 공방을 벌이며 서서히 사그라지는 전투를 지켜보았다. 4시가 조금 지나서 마지막까지 버티던 대공포가 쾅 소리를 내더니 붉은 연기를 잽싸게 한 번 널름거리고는 이내 전투력을 상실해 버렸다. 달은 낮게 걸려 있었지만 그들은 비행 물체들이 점점 더 땅 가까이로 접근하며 선회하는 모습을 볼 수 있었다. 포위된 자들에게 더 이상 무기가 없다는 것을 확인하고 나면 비행기들은 착륙할 것이고, 그렇게 되면 저 음울하고 화려한 워싱턴 일가의 치세는 끝장나 버릴 터였다.

총성이 멎자 계곡은 침묵 속에 잠겼다. 숯덩이가 된 비행기 두 대의 잔해가 수풀에 웅크린 괴물의 눈처럼 번뜩거렸다. 네메시스[27]의 투덜거림 같은, 나무가 덜거덕거리는 소리가 커졌다 작아졌다 하며 상공을 메우는 동안 그 성은 음울하고 고요하게 서 있었다. 빛이 없어도 햇빛 속에서와 마찬가지로 아름다웠다. 그즈음 존은 키스민도 재스민처럼 깊은 잠에 빠졌음을 알아챘다.

4시가 지난 지 한참 뒤, 존은 그들이 조금 전에 걸어왔던 오솔길을 따라 걷고 있는 발소리를 감지했다. 존이 숨을 죽인 채 발소리의 주인이 그들이 숨어 있는 지점을 지나갈 때까지 기다렸다. 공기 중에서 사람의 것이 아닌 어렴풋한 술렁거림이 있었고, 또한 이슬이 차가웠기에 존은 곧 동이 틀 것임을 알아챘다. 존은 안심할 수 있을 때까지 기다렸다. 마침내 발자국 소리가 산 위로 멀어져서 들리지 않게 되자 존은 그 뒤를 밟았다. 가파른 정상을 향해 절반쯤 올라가자 나무들이 사라지고 단단한 암석이 다이아몬드 지반을 덮은 채 넓게 퍼져 있었다. 존은 이 지점에 도달하기 직전에 자기 앞에 생명체가 있다는 것을 동물적인 감각으로 알아채고는 걸음을 늦췄다. 큼직한 바윗돌 뒤에 숨어서 그 너머로 천천히 고개를 들었다. 존이 자신의 호기심 덕택에 볼 수 있었던 장면은 이러했다.

브래덕 워싱턴이 살아 있는 기척이나 기색도 없이 회색 하늘을 배경으로 검은 윤곽만 드러낸 채 꼼짝 않고 서 있었다. 새벽이 동쪽에서 밝아 오면서 대지에 차가운 녹색 기운을 불어넣자 그 외로운 인물도 새날의 일광에 젖어 들었다.

존이 지켜보고 있는 동안 그 성의 주인은 잠시 수수께끼 같은

---

27) 그리스신화의 율법의 신. 인과응보의 메타포.

명상에 잠겨 있었다. 그런 다음 발치에 웅크리고 있던 흑인 두 명에게 손짓으로 그들 사이에 놓여 있는 짐을 들어 올리라고 지시했다. 그들이 비틀대며 간신히 일어나는 순간, 태양의 노란 첫 햇살이 절묘하게 깎인 어마어마하게 큰 다이아몬드의 셀 수 없이 많은 프리즘에 굴절되었고……. 그 순간 한 줄기 백색 광휘가 공중으로 뻗어 올라 새벽별의 파편처럼 번쩍 빛났다. 짐꾼들이 그 엄청난 무게에 눌려 잠시 휘청거렸지만 그들의 출렁거리던 근육은 이내 촉촉하게 젖어 번쩍이는 피부 아래에서 단단하게 굳어졌고, 그 세 짐꾼은 발기불능자처럼 무기력하게 하늘 앞에 서서 다시 미동도 하지 않았다.

잠시 후 백인이 고개를 치켜들고는 거대한 군중을 향해 자기 말을 들으라고 외치는 사람처럼 이목을 집중시키려고 양팔을 천천히 들어올렸다. 하지만 거기엔 군중이 없었다. 존재하는 것이라고는 산과 하늘의 거대한 침묵뿐이었고, 그 침묵을 깨는 것이라고는 나무 사이에서 희미하게 들려오는 새들의 지저귐뿐이었다. 너럭바위 산등성이에 올라선 그 인물은 진중하게, 그리고 억누를 수 없는 자부심에 차서 말을 시작했다.

"보세요, 거기 당신……." 그는 떨리는 목소리로 소리쳤다. "거기…… 당신……!"

그는 잠시 말을 멈추었다. 양팔은 여전히 쳐들고 마치 대답을 기다리는 것처럼 고개를 살짝 기울여 들어 올린 채로. 존은 혹여 산 위에서 내려오는 사람이라도 있나 싶어 유심히 살펴보았지만 휑뎅그렁한 산에는 다른 사람의 기척은 전혀 없었고, 그저

하늘과 플루트 소리를 흉내 내며 우듬지를 스쳐 지나는 바람만
이 존재할 뿐이었다. 설마 워싱턴이 기도를 하고 있는 것일까?
존은 잠깐 동안 어리둥절했다. 하지만 오해는 곧바로 사라졌다.
그 남자의 태도에서 기도와 상반되는 독특한 무언가가 느껴졌
다.

"오, 거기 위에 있는 당신!"

그의 목소리는 점점 더 강해지고 자신감이 더해졌다. 그것은
절망적인 애원이 아니었다. 오히려 터무니없게도 생색내는 뉘
앙스가 묻어 있었다.

"보세요, 거기 당신……."

다음 말은 세찬 물줄기처럼 콸콸 쏟아져 나와 알아들을 수가
없었다. 존이 한두 마디씩 띄엄띄엄 알아들으며 숨죽인 채 경청
하는 동안, 그의 목소리는 끊어졌다가 다시 시작되었다가 또다
시 끊어지기를 반복하면서 때로는 격렬하게 따지는 투였다가
또 때로는 초조함과 당황스러움이 묻어나는 어투로 느릿느릿
이어지기도 했다. 어느 순간 그곳의 유일한 경청자인 존은 점점
확신이 들기 시작했다. 그리고 깨달음이 슬금슬금 밀려들자 갑
자기 심장에서 피가 터져 나와 온몸의 동맥을 타고 돌진하는 듯
했다. 브래덕 워싱턴은 지금 신에게 뇌물을 제안하고 있었던 것
이다!

분명 그거였다. 의심할 여지없이! 그의 노예들이 품에 안고
있는 다이아몬드는 사전에 미리 보여 주는 일종의 선적 견본(船
積見本)이자 앞으로 더 많은 상품이 제공될 것이라는 약속인 셈

이었다.

존은 얼마 후에 바로 그것이 그의 문장을 관통하는 핵심임을 알아차렸다. '부유한 프로메테우스'[28]가 잊힌 제물, 잊힌 의식(儀式) 그리고 그리스도의 탄생 이전에 구식이 되어 버린 기도식을 입증해 보이겠노라 부르짖고 있었다. 한동안 그의 말은 과거에 신이 황송하게도 인간에게서 받아들였던 이런저런 선물들을 신에게 상기시키는 형식을 취했다. 예를 들면 도시들을 역병에서 구해 주십사고 바치는 거대한 교회들, 몰약[29]과 황금, 아름다운 여인들과 포로, 어린아이와 왕비, 숲 짐승과 들짐승들, 양과 염소 같은 산 제물들, 수확한 농작물과 도시들, 신의 노여움을 달래고자 욕망과 피를 바쳐 빼앗은 모든 정복지들……. 그리고 이제 그는 다이아몬드의 제왕, 황금시대의 왕이자 제사장, 사치와 호사의 중재자인 브래덕 워싱턴은 자기 이전에 그 어떤 귀공자도 꿈꾸어 보지 못했던 귀하디귀한 보물을 내놓겠다는 것이었다. 그건 간청하기 위해서가 아니라 자랑하기 위해서였다.

그는 이제 좀 더 구체적으로 신에게 세상에서 제일 큰 다이아몬드를 드리겠노라고 했다. 그 다이아몬드는 나무에 달린 나뭇잎의 수를 능가하는 수천 개의 단면으로 커팅이 될 것이며, 그렇다 하더라도 전체 다이아몬드의 모양은 파리 크기만 한 원석

---

28) '부유한 프로메테우스'는 브래덕 워싱턴을 지칭하는 상징적 표현이다. 그리스신화에서 프로메테우스는 인류에게 가장 큰 은혜를 베푼 신으로, 그 벌로 제우스에 의해 바위산에 결박당했다가 후에 제우스와의 거래를 통해 풀려난다.
29) 향수와 향료의 원료로 사용되는 감람과 미르나무속 나무에서 나오는 수지.

만큼이나 완벽한 형태를 갖추게 될 것이다. 수많은 사람이 여래 해 동안 이 작업에 매달리게 될 것이다. 그 다이아몬드는 순금을 두드리고 깎아 만든 거대한 돔 지붕에 세팅이 될 것이며, 아름답게 조각된 순금 돔에는 오팔과 사파이어로 만든 대문이 달릴 것이다. 그 한가운데의 빈 공간에다 예배당을 만들고, 그 맨 앞에는 끊임없이 변화하면서 오묘한 무지갯빛을 발산하는 라듐으로 만든 제단을 설치할 것이다. 만일 기도하다 고개 드는 자가 있으면 그 강렬한 라듐의 빛에 눈이 불타 버릴 것이다. 그리고 신이 선택하신 자는 그 누구든, 설령 세상에서 가장 힘 있는 자라 할지라도 신에게 즐거움을 선사하기 위해 그 제단에 산 제물로 바쳐질 것이다.

그 대가로 워싱턴이 청한 것은 간단한 일 한 가지, 신으로서는 누워서 떡 먹기만큼이나 쉬운 일 하나였다. 그것은 바로 모든 상황을 어제 이 시간의 상태 그대로 되돌려 달라는 것. 이 얼마나 간단한 일인가! 그저 하늘 문을 열어서 저 조종사들과 비행기들을 꿀꺽 삼긴 다음 다시 닫기만 하면 되는 일이다. 그냥 그의 노예들이 무사히 다시 살아나기만 하면 되는 일이다.

지금까지 그가 매수하거나 흥정할 필요를 느낀 상대는 아무도 없었다.

그는 단지 자신이 뇌물을 충분히 제시한 것인지 아닌지가 궁금할 따름이었다. 물론 신도 돈으로 매수할 수 있다. 신이 인간의 모습으로 만들어졌으니 "누구나 돈으로 매수할 수 있다"는 속담에서 제외될 수 없지 않는가. 신의 가치는 유례없는 수준이겠지만, 그렇다 하더라도 수십 년을 들여 지은 그 어떤 대성당이나 수만 명이 동원되어 지어진 그 어떤 피라미드도 이 성당, 이 피라미드에 비할 수는 없을 것이다.

그는 여기서 말을 멈추었다. 그러니까 그것이 그의 제안이었던 것이다. 모든 것이 열거한 바와 같을 것이고, 너무 괜찮은 조건이라 후회하지 않을 거라는 그의 주장도 상스러울 것이 전혀 없었다. 그는 신이 그 제안을 받아들이든 그냥 없었던 것으로 하든 마음대로 하시라는 뜻을 넌지시 비쳤다.

말이 마무리될 즈음, 그의 문장은 뚝뚝 끊기고 짧아지고 또한 불명료해졌다. 그리고 잔뜩 긴장한 모습이었다. 주위의 공간에 그 어떤 생명체의 속삭임이나 누르는 힘이 있으면 아무리 미약하더라도 놓치지 않고 잡아내려고 온몸을 팽팽하게 긴장하고 있는 듯했다. 말을 하는 동안 그의 머리카락은 천천히 새하얗게 변해 갔다. 이제 그는 하늘을 향해 고개를 번쩍 쳐들었다. 그 모습은 마치 고대의 선지자 같았다. 장엄한 미치광이 선지자…….

존이 아찔하게 홀린 듯이 바라보는 그 순간, 그 주위 어딘가에서 기묘한 현상이 일어나는 것 같았다. 마치 하늘이 순간적으로 어두워지는 것 같고, 돌풍 속에서 갑작스러운 웅얼거림과 멀리서 들리는 트럼펫 소리, 거대한 실크 가운의 사각거림 같은 한숨 소리가 들리는 것 같았다. 잠시 동안 주위를 둘러싼 온 자연이 이 어둠에 동참했다. 새들의 노랫소리가 멈췄고, 나무들은 나뭇잎 하나 살랑이지 않았고, 멀리 산 너머로 천둥이 둔하고도 위협적으로 우르르 울렸다.

그것이 다였다. 바람은 계곡의 키 큰 풀밭 사이로 숨어들었다. 새벽과 낮은 제때에 맞는 자리를 되찾았고, 떠오른 해는 뜨거운 노란색 연무의 파장을 흘려보내 그 앞의 오솔길을 환하게 밝혔다. 나뭇잎들은 눈부신 햇살 속에서 깔깔댔고, 그 웃음소리는 나뭇가지를 요정 나라의 여학교가 될 때까지 흔들어 댔다. 결국 신이 뇌물을 거부한 것이다.

존은 잠시 대낮의 승리를 지켜보았다. 그리고 고개를 돌리자 부나비처럼 날개를 퍼덕거리는 무언가가 호숫가에 내려앉는 것이 보였다. 잠시 후 또 다른 부나비들이 둘, 셋 연달아 내려앉는데 마치 황금빛 천사가 구름에서 춤을 추며 하강하는 것 같았다. 비행기들이 착륙한 것이었다.

존은 바위에서 미끄러져 내려와 산등성이를 내달려 나무 수풀로 뛰어 내려갔다. 거기서 두 처녀가 잠에서 깨어 존을 기다리고 있었다. 키스민이 벌떡 일어섰다. 그녀의 호주머니 속에서 보석들이 짤랑거리고, 질문을 담고 있던 그녀의 입술이 벌어졌다. 하지만 존은 이야기를 나눌 시간이 없다는 것을 직감적으로 알 수 있었다. 지체 없이 그 산을 떠나야 했다. 존은 두 처녀를 한 손에 한 명씩 붙잡고, 아무 말 없이 이제 햇살과 피어오르는 안개에 씻긴 나무줄기들 사이를 누비며 나아갔다. 그들 뒤의 계곡에서는 저 멀리 있는 공작새의 구슬픈 울음소리와 상쾌한 아침의 속삭임 외에는 아무 소리도 들리지 않았다.

그들이 반 마일(0.8㎞) 정도 간 뒤 큰 정원을 피해서 그 너머 언덕으로 이어진 조붓한 오솔길로 접어들었다. 언덕 맨 꼭대기에서 걸음을 멈추고 주위를 둘러보았다. 그들의 시선이 머문 곳은 그들이 막 떠나왔던 산중턱, 비극이 곧 닥칠 거라는 어떤 암울한 느낌에 압도된 곳이었다.

비탄에 잠긴 백발의 남자가 하늘을 배경으로 천천히 가파른 경사면을 내려오고 있었고, 그 뒤를 두 명의 거대하고 무표정한 흑인이 따르고 있었다. 흑인들은 여전히 햇빛을 받아 번쩍번쩍 빛나는 짐 하나를 나르고 있었다. 그리고 도중에 두 사람이 더 합류했는데, 존은 그들이 워싱턴 부인과 부인을 부축하고 있는 그녀의 아들임을 알 수 있었다. 비행기 조종사들이 기체에서 기어 내려와 성 앞에 드넓게 펼쳐진 잔디밭에 섰다. 그리고 손에 소총을 들고 일렬횡대로 퍼져서 다이아몬드 산을 오르기 시작했다.

하지만 더 높은 곳에서 목격자들의 시선을 온통 사로잡고 있던 다섯 명의 작은 무리는 바위 턱에 멈춰 서 있었다. 그중에서 흑인들이 몸을 웅크리더니 언덕 사면 바닥에 있는 작은 뚜껑 문처럼 보이는 것을 잡아당겼다. 그들 모두는 그 속으로 사라졌다. 맨 먼저 백발 남자가 들어갔고, 그 다음으로 그의 아내와 아들이, 그리고 맨 마지막으로 두 흑인들이 들어갔다. 두 흑인이 쓰고 있던 보석 박힌 두건의 끄트머리가 햇빛을 받아 잠시 반짝이는가 싶더니 뚜껑 문이 내려와 그 모두를 삼켰다.

키스민은 존의 팔을 와락 붙잡았다.

"아니, 저 사람들이 어딜 가는 거지?" 키스민이 미친 듯이 소리쳤다. "대체 뭘 하려는 거야?"

"지하에 탈출로가 있는 게 분명해."

두 처녀가 조그맣게 내지른 비명이 존의 말을 가로막았다.

"모르겠어?" 키스민이 히스테리 상태가 되어 흐느껴 울며 말했다. "저 산에 폭파 장치가 되어 있단 말이야!"

키스민이 말하는 동안에도 존은 양손으로 눈을 가렸다. 그들 눈앞에 펼쳐진 산 전체 표면이 갑자기 눈부신 불타는 노란색으로 변해 있었는데, 그 노란 빛은 마치 인간의 손 사이로 빛이 새어 나오듯이 산 표면을 덮고 있는 뗏장을 통해 새어 나왔다. 잠시 동안 견딜 수 없을 정도로 강렬한 빛이 계속 뿜어져 나오더니 곧이어 꺼진 전구의 필라멘트처럼 사라졌다. 그러자 식물과 인간 육신의 잔해를 깡그리 앗아간 채 푸른 연기가 서서히 피어오르는 시커먼 황무지가 드러났다. 조종사들의 피 한 방울 뼈 한 조각도 남아 있지 않았다. 그들은 안으로 사라진 다섯 명의 영혼들처럼 완전하게 소멸되었다.

그와 동시에 엄청난 진동과 함께 성이 문자 그대로 저절로 튀어 올라 공중에서 불꽃 파편들을 뿜어냈다. 그런 다음 다시 땅에 떨어져 절반쯤 호수 속에 처박힌 채 연기를 뿜어내는 숯더미가 되었다. 불길은 일지 않았다. 다만 머물러 있던 연기만이 햇빛과 뒤엉킨 채 떠돌았고, 그 후 몇 분 동안 자욱한 대리석 가루 먼지가 한때는 보석의 집이었으나 이제는 형체 없는 거대한 파편 더미 주위를 떠다녔다. 이제 아무 소리도 나지 않았고 계곡에는 오직 그들 세 명 뿐이었다.

해질 무렵 존과 두 소녀는 워싱턴 씨 일가 소유지의 경계가 되었던 높다란 절벽에 도착했다. 뒤를 돌아보자 계곡은 황혼에 물들어 평온하고 아름다워 보였다. 그들은 재스민이 바구니에 담아 온 음식을 마저 먹기 위해 자리를 잡고 앉았다.

"자, 다 됐어." 재스민이 식탁보를 펼치고 그 위에 샌드위치를 솜씨 좋게 쌓아 놓으며 말했다. "맛있어 보이지 않아? 역시 음식은 야외에서 먹는 게 제맛이지."

"그런 말을 하는 걸 보니 언니도 이제 중산층 다 됐네."

키스민이 말했다.

"그보다 자기 호주머니에 든 걸 꺼내 봐. 무슨 보석들을 가져왔는지 한번 보자고. 선택을 잘했다면 우리 모두 평생 편안하게 살 수 있을 거야."

존이 애타는 표정으로 말했다.

키스민은 존이 시킨 대로 호주머니에서 반짝이는 돌 두 움큼을 꺼내 존 앞에 뿌렸다.

"나쁘지 않아." 존이 흥분해서 소리쳤다. "그렇게 크지도 않고. 어…… 잠깐!"

그중에 하나를 들고 햇빛에 비춰 보는 존의 표정이 싸늘하게 변했다.

"뭐야, 이건 다이아몬드가 아니잖아! 뭔가 잘못됐어!"

"어머, 어떡해!" 키스민이 화들짝 놀라며 소리쳤다. "난 정말 바보야, 바보!"

"이런! 이거 죄다 라인석이야!"

존이 소리쳤다.

"나도 알아." 키스민이 웃음을 터트리며 말했다. "내가 다른 서랍을 열었어. 그건 언니가 초대했던 여자애의 드레스에 달려 있던 건데, 내가 진짜 다이아몬드랑 바꿨어. 내 평생 모조 다이아몬드를 본 게 처음이라 신기했거든."

"그래서 이걸 가져 온 거야?"

"응, 유감스럽지만……." 키스민은 아련한 표정으로 반짝이는 돌을 어루만지며 말했다. "난 이게 더 좋아. 다이아몬드에 약간 싫증이 났거든."

"잘 됐네!" 존이 우울하게 말했다. "이제 우리는 하데스에서 살아야 할 거야. 그리고 자기는 좀체 남의 말을 믿어 주지 않는 여자들 앞에서 그때 내가 딴 서랍을 열었다는 얘기나 하면서 늙어 가겠지. 유감스럽게도 당신 아버지의 수표책도 당신 아버지와 함께 불타 버렸단 말이야."

"하데스가 뭐 어떻기에?"

"만일 내 나이 또래의 아내를 데리고 고향에 내려가면, 우리 아버지가 사마귀 떼어내듯 나를 뜨거운 숯덩이로 잘라 내버릴지도 몰라. 저 아랫녘 사람들 말로 하자면 말이야."

그때 재스민이 불쑥 끼어들어 나지막하게 말했다.

"난 빨래하는 거 좋아해. 내 손수건도 항상 내가 빨았거든. 내가 세탁 일을 해서 너희 둘을 돌볼게."

"하데스에도 세탁부 있어?"

키스민이 순진하게 물었다.

"물론이지. 다른 곳과 다를 게 없어."

존이 대답했다.

"나는…… 너무 더워서 옷을 안 입을지도 모른다고 생각했거든."

키스민의 말에 존이 하하 웃었다.

"거기 가서 한번 해 봐. 자기가 옷을 다 벗기도 전에 쫓겨날 테니까."

존이 말했다.

"우리 아버지도 거기 계실까?"

키스민이 물었다.

존이 화들짝 놀라며 키스민을 쳐다보았다.

"자기 아버지는 돌아가셨잖아. 그런데 하데스엘 어떻게 가? 오래 전에 사라진 다른 곳[30]과 혼동하고 있었군."

그들은 저녁 식사를 마친 뒤, 식탁보를 접고 잠을 자기 위해 담요를 깔았다.

"꿈도 무슨 이런 기막힌 꿈이 다 있을까! 단벌 신세에 무일푼인 약혼자와 여기 이렇게 있자니 정말 기분이 이상해!"

키스민은 별을 올려다보며 한숨을 쉬었다.

"그것도 별 아래에서……. 전에는 별이 눈에 들어오지도 않았어. 내게는 항상 다른 누군가가 소유하고 있는 엄청나게 큰 다

---

30) 그리스신화에 나오는 하데스, 곧 '저승'을 가리킴.

이아몬드 정도로만 여겨졌지. 그런데 이제 저 별들이 두려워. 별들은 모든 것이, 내 젊은 시절이 모두 꿈이었다고 느끼게 해.”

“그건 꿈이었어.” 존이 나지막이 말했다. “모든 인간들의 젊음은 꿈이요, 어떤 화학적 광기 같은 것.”

“그럼 미친다는 건 얼마나 즐거운 일일까!”

“나도 들은 얘기야.” 존이 우울하게 말했다. “그 이상은 나도 몰라. 어쨌거나 우리 한동안 사랑하자. 한 일이 년 정도. 자기와 나 말이야. 그것이 우리가 세상에서 가장 멋진 취기(醉氣)를 경험해 볼 수 있는 유일한 길이니까. 온 세상이 오직 다이아몬드뿐이야. 다이아몬드와 어쩌면 환멸이라는 초라한 선물도. 이제 난 후자를 가졌으니까 웬만한 건 아무렇지 않게 생각할 거야.”

존이 와들와들 떨며 말을 이었다.

“외투 깃 세워, 어린 아가씨. 밤공기가 무척 차서 폐렴에 걸릴지도 모르니까. 의식(意識)이란 걸 누가 맨 처음 만들어 냈는지 모르지만 정말 엄청난 죄를 지은 거야. 우리 함께 몇 시간만이라도 그걸 잊어버리자고.”

그리하여 존은 담요를 몸에 감고 잠 속으로 빠져들었다.

빌다인 부자의 돈

Reichtum

Arthur Schnitzler

아르투어 슈니츨러 지음 | 장혜경 옮김

아르투어 슈니츨러 Arthur Schnitzler | 오스트리아의 소설가·극작가(1862~1931).
'젊은 빈' 파의 대표적 작가로, 빈에서 영위되는 세기말적인 애욕의 세계를 정신분석의 수법을
써서 묘사했다. 작품에 희곡 〈아나톨〉, 〈초록 앵무새〉, 〈윤무(輪舞)〉, 단편소설 〈엘제 양(孃)〉, 장
편소설 〈테레제, 어떤 여자의 일생〉 등이 있다.

✝

I

이른 아침 잠결에 벨다인은 아내의 목소리를 들었다. 아내가 나갈 채비를 마치고 침대 옆에 서서 말했다.

"카를, 잘 잤어요? 나 출근해요."

아내는 집이 아닌 곳에서 삯바느질 일을 한다. 벨다인은 이불을 턱 위까지 끌어 올렸다. 옷을 입은 채로 침대에 몸을 던졌다는 기억이 어슴푸레 났다.

"당신도 잘 잤소?"

그가 대답했다. 아내는 그를 동정과 낙망의 표정으로 쳐다보았다.

"아이는 벌써 학교에 갔어요. 당신은 왜 이러고 있어요?"

"오늘은 일이 없어. 잠 좀 자게 내버려 둬요."

아내가 나갔다. 그녀에게는 이 모든 일이 새삼스러울 것도 없었다. 문에서 아내가 돌아보았다.

"잊지 말아요, 오늘 집세 내는 날이에요. 돈은 딱 맞춰서 서랍에 넣어 뒀어요."

다시 남편을 쳐다보던 아내가 마음을 바꾼 것 같았다. 장롱으로 가더니 서랍을 열어 돈을 꺼냈다.

"내가 직접 주고 말지."

"잘 생각했어. 당신이 줘."

그가 웃었다.

아내는 좀 전의 그 슬픈 눈빛을 던지고는 밖으로 나갔고, 혼자 남은 카를 벨다인은 반쯤 잠이 깬 상태로 눈을 뜬 채 그대로 누워 있었다. 방은 초라했지만 정갈했다. 잘 닦아 반짝거리는 두 개의 유리창으로 봄날의 아침 햇살이 비쳐 들었다. 벽시계가 단조롭게 재깍재깍 가고 있었다.

갑자기 벨다인이 벌떡 일어났다. 연미복에 흰 넥타이를 맨 차림으로 그가 방에 섰다. 셔츠는 꼬깃꼬깃 구겨졌고, 구두는 먼지가 뽀얗게 앉았으며, 짧게 깎은 머리카락은 헝클어졌고, 눈은 충혈되었다. 그가 서랍장 위에 걸린 장식 없는 벽거울 쪽으로 걸어갔다. 그리고 자기 모습을 살피며 미소를 지었다. "벨다인 씨, 잘 주무셨소?" 그가 말했다. "잘 주무셨냐고요?"

그는 방을 휘저으며 춤을 추었고, 휘파람을 불기 시작했다. 그러고는 침대에 걸터앉아 다리를 꼬고 생각에 잠겼다. 차근차근 기억해 내야 했다. 꿈이 아니었다는 것은 확실했다. 그렇지 않다면 어떻게 이런 옷차림으로 침대에 누워 있었겠는가. 그러니까 그건 생시였고 진짜였다.

그는 다시금 그 술집을 떠올렸다. 모험이 시작되었던 그곳을. 평소와 다름없이 그는 행색이 남루한 그 사람들과 탁자에 둘러앉아 카드놀이를 하고 있었다. 언제나처럼 탁자 위에 놓여 있던 그을음이 심한 등잔불 냄새까지 다시 풍겼고, 처음 보는 그 사람들이 술집으로 들어왔을 때 문에 기대 서 있던 술집 주인의 포동포동한 얼굴도 떠올랐다. 그것이 어젯밤에 일어난 일이었다니……! 그게 가능한 일이었을까?

그는 돈을 잃었다. 가진 돈을 몽땅, 전부 다! 호기심을 보이며 즐겁게 노름을 지켜보던 처음 보는 남자들이 그에게 돈을 주었고, 덕분에 그는 카드를 계속할 수 있었다. 행운은 그때부터 시작되었다. 듣도 보도 못한 그 희한한 행운은.

벨다인은 침대에서 일어나 방 안을 서성이기 시작했다. 지난밤의 일들을 다시 한 번 머릿속으로 그려 보는 지금 그의 눈이 반짝거렸다. 처음 보는 그 두 남자와 함께 그는 답답한 술집을 나섰다. 더 있을 이유가 없었다. 그에게 돈을 다 털린 노름꾼들이 짜증을 내며 일어서 버렸던 것이다.

그는 도시 변두리의 좁은 골목길에 서서 동화에 등장하는 착한 정령 같은 두 남자를 좀 더 자세히 살펴보았다. 그들이 도와준 남자가 누구인지 그들에게 고백해야 했다. 아, 누구인지를! 한때 화가가 되고 싶었지만 하는 일마다 실패한…… 정말 되는 일이라고는 없는 가난한 페인트공이라는 것을. 지금 그는 아내와 아이를 부양하기 위해 고단하지만 성실하게 살고 있었다. 다만 가끔씩 액운 같은 일이 덮칠 때가 있는데, 그런 주엔 노름을 하고 술을 마실 수밖에 없었다. 그래, 그가 원하든 원치 않든 마실 수밖에 없었다. 물론 노름은 해 봤자 늘 운이 없었다. 어젯밤도 여느 때와 다름이 없었다.

'그런데 이 남자들은 정체가 뭘까?' 그는 단도직입적으로 물어보았고, 그들은 자신들의 이름을 밝혔다. 한 사람은 슈파운 백작이고, 또 한 사람은 폰 로이테른 남작이라고 했다. 벨다인은 별로 이상하다고 생각하지 않았다. 그 젊은이들이 귀족이란 걸 첫눈에 바로 알아차렸던 것이다.

그리고 그들 셋이 적막한 변두리의 밤 골목을 걸어가는 동안 벨다인의 운명이 결정되었다. 옆에서 걷던 두 남자는 아이디어가 넘치고 쾌활하며 대담했다. 그렇지 않다면 그런 이상한 계획이 그들의 머리를 스치고 지나갔겠는가! 그게 아니라면 그저 그를 골탕 먹일 작정이었을까?

별달랐던 어젯밤의 장면들이 차례차례 눈앞을 스쳐 지나갔다. 그는 이발소로 갔고, 이발사는 헝클어진 그의 머리카락과 수염을 정성껏 매만져 주었다. 백작의 옷 방에 들어갔더니 그에게 지금 몸에 걸치고 있는 우아한 예복을 입혀 주었다. 그런 다음 그는 반짝이는 거울이 많이 달린 커다랗고 화려한 클럽 게임 홀의 초록색 탁자에 돈 많고 지체 높은 신사들과 함께 앉아 있었다. 셋이서 짠 각본대로 알고 지내던 옛 친구를 찾아 여행을 왔다가 우연히 그곳에 들른 과묵한 미국인 행세를 했던 기억도 났다. 그런데 친구를 어디서 알았다고 했던가? 모스크바…… 파리. 물론 그를 데려온 두 신사도 그들의 카니발 놀이를 어떻게 끝마칠지에 대해서는 미리 생각해 두지 않았던 것 같다. 너무나 또렷하게 모든 것이 눈앞에 떠올랐다. 손에 쥐었던 미끌미끌한 카드의 느낌도 되살아났다. 앞에 무더기로 쌓인 금화와 지폐가 보였다. 옆자리 의자에는 얼음으로 채운 통 안에 샴페인 한 병이 들어 있었고, 그는 그 취하는 음료를 연거푸 마셔 댔다. 다른 노름꾼들의 얼굴에 떠올랐던 독특한 표정도 완벽하게 기억이 났다.

실패를 모르는 그의 행운에 처음에는 놀라다가 그가 매 판 따기만 하자 놀라움은 경악으로 변했다. 그리고 마침내 그가 자리를 털고 일어났다. 눈은 반짝거렸지만 모험 탓에 혓바닥도 몸도 뻣뻣하게 굳은 채. 그는 부자였다!

백작이 말없이 양탄자를 깐 넓은 계단으로 그를 데리고 내려갔다. 계단을 내려온 그들이 열린 대문에서 걸음을 멈추었다. 거리엔 인적이 없었다. 가로등이 밝게 타올랐고, 기분 좋은 따스한 바람이 불었다. "가시죠…… 벨다인 씨…… 집으로 가세요." 백작이 말했다. 그리고 벨다인은 거리에 혼자 남았다. 주머니에는 돈이 두둑했다. 한 번 더 뒤를 돌아보았지만 지체 높은 친구는 돌아보지도 않고 막 현관 안으로 들어가 버리고 없었다. 가로등 불꽃이 춤을 추었고, 벨다인은 비틀비틀 걸음을 옮겼다.

그 밖에 어젯밤 무슨 일이 더 있었는지 곰곰이 떠올려 보려 했지만 생각은 막히고 말았다. 어떻게 집까지 왔는지 기억이 나지 않았다. 하지만 그는 그 모든 일을 겪었다. 실제로 겪었다. 그는 부자였고 그 사실에는 의심의 여지가 없었다. 방 안을 서성이면서 그는 혼자 중얼거렸다.

"이제 어쩌지? 어젯밤 일은 비밀이야. 어젯밤은 새 인생의 시작에 불과하니까…… 며칠 안에 이 도시를 떠날 거야. 그래 사라지는 거야. 마누라는 걱정 없어. 어디로 날 따라오면 되는지

편지를 쓸 거니까. 남쪽으로 가자. 몬테카를로로…… 내가 칠장
이 벨다인이 아닌 곳, 아무도 나를 모르는 곳으로!”

그는 생각에 잠겼다. ‘좋아, 아주 좋아…….’ 그는 연미복을
벗어 어젯밤 그에게 우아한 외모를 만들어 준 다른 액세서리들
과 함께 둘둘 말았다. 그리고 금방 작업복으로 갈아입고 거울
앞에 서서는 다시 싱긋 웃었다. “잘 주무셨소, 벨다인 씨?” 그
가 큰 소리로 거의 환호성을 치듯 외쳤다. 그리고 창가로 걸어
가 거리를 내려다보았다. 화창한 봄날이었다. 그는 창문의 양쪽
문짝을 다 열어젖혔다. 아침의 기분 좋은 바람이 이마로 불어왔
다. 그는 숨을 깊게 들이쉬고 정복자의 당당한 시선으로 하늘
을 올려다보았다. 건너편 이웃집들은 어제와 다름없었다. 몇 개
의 창문에는 아직도 커튼이 쳐져 있었다. 다른 창가에선 실내복
을 입은 여자들이 걸레질을 하고 먼지를 털다가 다시 집 안으로
사라졌다. 저 아래 문을 연 가게에선 구두장이가 망치질을 하고
있었다. 모두 부지런히 제 할 일들을 하고 있었다.

카를 벨다인은 창에서 물러나 시가에 불을 붙이고 침대에 길
게 몸을 뉘었다. 그는 부자였고 행복했다. 한 시간 정도 누워서
쉬었던 것 같다. 깨어났을 때 시가가 다 타서 침대 옆 바닥에 떨
어져 있었다. 몸을 일으키니 머리가 멍했다. 뭔가 중요한 생각
이 떠올랐다. ‘돈을 어디다 두었지? 돈을 어떻게 했는데, 어떻
게 했지? 아, 맞다…….’ 그 대문을 떠나 비틀거리며 거리를 걷
다가 문득 돈을 들고 집에 가면 안 된다는 생각이 들었다. 너무
많았던 것이다! 그래서 돈을 숨기자는 터무니없는 생각이 들었

고…….

어젯밤에는 그게 너무나 당연하다고 생각했다. 포도주 탓에 머리가 빙빙 돌고 잔뜩 흥분했던 그 순간에는 그렇게 믿었다. 마누라와 이웃사람들이, 모든 사람들이 모르게 돈을 꽁꽁 숨겨야 한다고! 어젯밤 깜깜한 밤거리를 비틀거리며 걸을 땐 거의 죄책감에 가까운 야릇한 두려움을 느꼈지만, 이제 와서 돌아보니 그 느낌이 어젯밤의 온갖 모험보다 더 이상하게 생각되었다.

‘이제 어떻게 하지? 진짜로 마누라가 예상보다 일찍 돈을 발견할지 모르고…… 그렇게 되면…… 궤짝에다 넣어 둘 테고, 그럼 녹이 슬지도 모를 일이다. 그러니 지금 당장 처리를 해야 한다. ……. 돈을 숨겨 놓았으니 그 돈을 다시 꺼내는 것 말고는 무슨 할 일이 있겠는가. 그렇지만 지금은 안 된다. 이따 밤에, 밤에 가야 한다. 가야…… 가야…….’ 그는 이마를 짚었다. ‘어디로 가지? 그래…… 클럽 건물에서 나와서 그 긴 길을 지났는데…… 그러고 나서…… 흠, 그 다음에 어디로 갔던가? 맞아, 왼쪽이야. 그 다음엔…… 흠, 어디였더라? 어디로 갔었지? 왼쪽…… 왼쪽…… 왼쪽…….’ 벨다인은 기억을 더듬었다. 양손으로 머리카락을 쓸었다. 발을 굴렀다. 중얼거렸다. “어디였지……?” 소리를 질렀다. “어디로 갔었지?” 그는 고개를 숙이고 방 안을 서성거렸고, 빙빙 맴을 돌다가 노래를 부르듯 혼잣말을 하기 시작했다. “어디였나…… 어디였나…… 어디였나?”

그는 다시 열린 창가로 가서 섰다. 마차가 덜거덕거리며 지나갔다. 다시 창문을 닫았다. 마차 소리! 어제 저녁에도 저 소리를

들었다. 직전에…… . 그가 혼자 중얼거렸다. "침착해야 해. 그러
니까…… 마차가 도로를 덜거덕거리며 지나갔고…… 좋아……
그 다음 왼쪽으로 걸어갔어." 그는 창문의 십자 창살에 이마를
대고 가만히 서서 고민에 빠졌다. 어두컴컴하던 긴 길이 또렷이
기억났고…… 그 다음으로 사거리가 떠올랐다. 그는 왼쪽으로
방향을 잡았고 거기서부터…… 어디로 갔던가?

몇 분 동안 그는 그 자리에 서 있었다. 얼굴은 하얗게 질렸고,
이마엔 땀이 송골송골 맺혔다. 미쳐 버릴 것만 같았다! 그는 탁
자에 놓여 있던 모자를 집어 썼다. 그리고 문을 뛰쳐나가 계단
을 내려갔고 계속, 계속 달려갔다. 그곳으로!

Ⅱ

눈앞에 길고 긴 그 길이 환한 아침 햇살을 받으며 뻗어 있었
다. 그는 길가에 늘어선 집들을 따라 허둥지둥 달려갔다. 마침
내 사거리가 나타났다. 거기서…… 거기서 왼쪽으로 꺾자 훨씬
더 넓은 아름다운 거리가 나타났다. 당연히 그도 아는 거리였지
만 어젯밤에 여기 왔는지는 기억이 나지 않았다. 하긴 칠흑같이
어둡기는 했다. 순간 중요한 기억이 떠올랐다. 그가 등을 구부
렸던 것이다. 그것만큼은 아주 또렷하게 기억이 났다. "하지만
언제 등을 구부렸을까? 얼마나 걸었을까? 몇 분 동안? 한 시간?
침착하자, 침착해." 그가 걸음을 멈추며 다시 혼잣말을 했다. 그
자리에 멈춰 선 그의 주변으로 도시의 삶이 넘쳐흐르고 있었다.

여름 옷차림을 한 사람들이 산책을 하고 있었다. 젊은이들도 노인들도 모두 화창한 새날을 반겼다. 아무도 그에게 관심을 보이지 않았다. 그는 떠오르는 대로 아무 곡이나 휘파람을 불려고 했다. 그런데 그럴 수가 없었다. 목이 조여 왔다. "왜 이렇게 흥분을 해." 그가 스스로에게 말했다. "왼쪽으로 갔어. 제법 오랫동안…… 그리고 등을 구부렸어. 그러니까 저 아래, 저 아래 어딘가에 분명히 돈이 있을 거야. 그것만 해도 어디야. 그 정도도 많이 기억해 낸 거지. 어제 이 시간만 하더라도 넌 불쌍한 놈이었잖아. 하지만…… 왜 등을 구부렸겠어…… 무언가를 파묻으려고 그랬겠지. 그러니까 돈을 파묻은 거야. 아…… 더 생각이나…… 쏴쏴 나무를 스치는 바람 소리를 들었어. 그러니까 정원에 파묻었던 거야. 아냐…… 정원이 아냐. 소리가 울렸어……. 샘물이었어…… 그래, 샘물……. 그래서 쏴쏴 소리가 났던 거야. 그리고 내가 아래로 내려갔고, 그래서 소리가 울렸던 거야."

그는 같은 거리를 왔다 갔다 했고, 족히 백 번은 혼자서 중얼거렸다. "쏴쏴 소리가 났고…… 소리가 울렸고……." 잠시 후 그가 걸음을 멈추었다. "샘물이었다면…… 어디…… 어디 있어? 아냐. 웃기는 소리야. 샘물이 아니었어. 분명히 아니었어. 샘물이 아니니 얼마나 좋아. 샘물이었다면 찾지 못할 테니까 정말 다행이야." 그가 껄껄 웃었다. 이가 덜거덕덜거덕 부딪쳤다. 미칠 것만 같았다. 그는 다시 시작했다. "쏴쏴 소리가 났고…… 소리가 울렸고……." 브랜디를 파는 술집 앞에서 그가 걸음을 멈추었다. 안으로 들어가 술 한 잔을 시켰다. 유쾌한 표정의 사람들이 무심히 지나다니는 거리를 그가 창으로 내다보았다. 그는 마시고 또 마셨다. "이러면 분명히 생각이 날 거야. 취하면 정신이 더 또렷해지거든. 확실해…… 어젯밤엔 깜깜한데도 길을 찾았잖아. 취했으니까 그랬지. 이제 그 길을 다시 찾을 거야." 밖으로 나오자 걸음은 약간 비틀거렸지만 마음은 훨씬 가벼웠다. "기분이 좋아졌어." 그가 중얼거렸다. "랄라 트랄랄라…… 기분이 좋아……. 왜 기분이 좋지? 기억이 돌아올 것 같은 기분이 들어서지. 왼쪽으로…… 그래 왼쪽이야! 거기서…… 걸었지……. 쏴쏴 소리가 들리고, 소리가 울리는 어딘가로……. 기분이 좋아. 벨다인, 넌 꼭 찾을 거야." 거리의 끝에 이르자 큰 공원의 입구가 나타났다. 미풍이 나뭇잎을 흔들며 지나갔다.

"봐, 벨다인……벌써 쏴쏴 소리가 들리잖아." 그가 비틀거리며 앞으로 걸어갔고…… 넓은 자갈길을 지나갔다. 길 양편에 늘어선 새잎 돋은 키 큰 나무들이 찬란하게 빛났다. 초록색 벤치에는 애 보는 소녀들과 젊은 엄마들이 앉아 있었다. 노신사들, 대학생들이 지나갔다. 아이들이 굴렁쇠와 돌을 가지고 놀았다. 벨다인은 샛길을 택했고, 얼마 걷지 않아서 햇살이 이글거리는 탁 트인 초지에 도착했다. 이 잔디밭은 울타리를 쳐 놓지 않아 해질 무렵이면 아이들이 뛰어놀곤 했다. 지금은 젊은 청년 몇이 누워 잠이 들어 있었다. 벨다인은 초지를 비틀거리며 걸었다. 나뭇가지가 살짝 움직였고, 나뭇잎들이 아주 나지막한 소리를 냈다. "쏴쏴 소리가 났어, 쏴쏴 소리가 났어." 벨다인이 흥얼거렸다. 그러다 그는 뜨거운 잔디밭에 털썩 쓰러졌고, 몽롱한 졸음이 밀려왔다. 하지만 금방 다시 일어나 앉아 멍하니 앞을 처다봤다. 머리가 훨씬 개운해진 그는 다시 골똘히 생각에 젖기 시작했다. '정오가 지났을 거야. 어제 이맘때만 해도 나는 불쌍한 놈이었지. 중요한 건, 그래, 당연하지. 중요한 건 그 모든 일이 다 떠오를 정도로 침착해지는 거야. 무슨 헛소리야! 반드시 다 기억해 내고 말 텐데……. 지금은 너무 더워. 정오의 태양이 머리통에 내리쬐고 있어서야 생각을 할 수가 없지. 그러니까 침착해. 서늘해질 때까지 기다리는 거야.' 그는 일어나서 느긋한 걸음걸이로 공원의 산책길을 걸었다. 땅에 엎어져 손톱으로 모래를 파야 하는 게 아닌가 하는 생각이 불쑥 들 때가 많았다. 그는 이를 부득부득 갈았고, 입술을 꽉 깨물었다. 몇 번은 벤치에 앉아 보기도 했지만 오래 있지는 않았다. 그러다 갑자기 그는 돌진했다. 나무들이 쉬지 않고 쏴쏴 거리는 공원 밖으로 달려 나갔다. 무엇하느라 그렇게 오랜 시간을 그 안에서 보냈는지 스스로 이해가 되지 않았다. 그는 골목길을 돌아다녔다. 걸음을 늦추었다 이내 또 빨리했다. 하루 종일 아무것도 안 먹었지만 그것엔 생각이 미치지 않았다. 눈에 분노의 눈물을 머금은 채 그는 도시의 절반을 이리저리 헤매고 다녔다.

해가 지자 그는 그 긴 거리의 브랜디 술집 앞에 서 있었다. 죽을 것처럼 피곤했다. 그는 다시 안으로 들어갔고, 작은 탁자에 자리를 잡고 앉아 제일 독한 술을 시켰다. 술이 나오자 술잔을 입으로 가져갔지만 마실 수가 없었다. 눈물이 뺨을 타고 흘러내렸다. 그는 양손에 얼굴을 묻고 훌쩍거렸고, 가장 사랑하는 사람을 잃은 남자처럼 울었다. 처음에는 사람들이 그를 힐긋거렸다. 카운터에 있는 예쁘장한 소녀도, 피로를 풀고 싶어서 혹은 취하고 싶어 술집을 찾은 사람들도 그를 쳐다보았다. 하지만 누구도 진지한 관심을 보이지는 않았다. 다들 착한 남자가 실컷 울도록 가만히 내버려 두었다. 한참 후 벨다인은 얼굴에서 눈물을 닦고 브랜디 잔을 비웠다. 또 한 잔을 시켰고, 다시 또 한 잔을 시켰다. 한 시간가량 술을 마셨다. 거리엔 가로등불이 타고 있었다. 밤이 찾아 왔다. 따스한 가랑비가 내렸다. 마차 소리가 약해졌고, 사람의 물결도 뜸해졌다. 벨다인은 술집에서 나와 모자를 벗고 머리에 떨어지는 비를 맞았다. 밤공기가 이마를 식혀 주었다. 그는 천천히 걸음을 옮겼다. 아침부터 내내 지금처럼 마음이 차분한 적이 없었다. "이제 시작해 보자." 그가 혼자 말했다. "이제는 찾아낼 거야." 그리고 이미 백 번도 더 한 말을 다시 중얼거렸다. "왼쪽으로…… 쏴쏴 소리가 났고, 소리가 울렸고……." 그가 고개를 저었다. "이것으로는 안 돼. 이것으론 너무 부족해." 그가 멍하니 앞을 쳐다보았다. 갑자기 그의 얼굴에 희망의 빛이 스쳐 지나갔다. "클럽 건물에서 나와서 걸었지…… 잠깐만 기다리자. 그리고 어제처럼 해 보는 거야. 그래, 맞아. 그렇게 하면 될 거야. 침착하자…… 침착해." 그는 다시 여기저기 헤매고 다녔다. 바지에서 짤막한 파이프를 꺼내 담배를 채우고 불을 붙였다. 시간은 흘러갈 것이다. 벨다인은 다시 도시 이곳 저곳을 걸어 다녔다. '집에 잠깐 들르는 게 좋을 것 같은데……. 아, 그냥 둬…… 흠…… 밥을 먹어야지……. 어제 그 신사들을

만났던 술집에 갈까? 아냐, 아냐. 이따 배가 고프거든……'

시간이 흘러 어느 결에 15분이 지났다. 시간이 무한정 늘어난 것 같았다. 가끔씩 벤치에 앉아 잠시 휴식을 취했지만 이내 다시 일어섰다. 자정은 도무지 올 생각을 안 했다. 거리에 인적이 드물어졌다. 빗줄기가 아까보다 더 세졌다. 그러다 다시 도시에 활기가 돌았다. 지나다니는 마차의 숫자가 늘어났고, 행인의 숫자도 많아졌다. 극장이 끝난 것이다. 그러니까 10시가 지났다는 소리였다. 아직 두 시간이 더 남았다. '12시까지 뭘 하지?' 그의 발길은 자기도 모르는 사이 다시 그 긴 거리로 향했다. '밥을 먹을까? 아냐 못 먹겠어. 술이나 마시자. 그래…… 그럼 마음이 좀 가라앉을 거야. 아까 그 술집으로 가자! 아냐, 사람들이 날 알아보는 곳은 안 돼. 아무 데나 식당에 들어가서 적당히 요기를 하는 게 더 낫겠어. 그럼 술도 더 잘 들어갈 테니까……. 그래…… 여기가 좋겠군.'

그는 자그마한 식당으로 들어가서 음식을 시키고 포도주도 곁들여 마셨다. 그는 천천히 먹었다. 한 입 베어 물고 한참 있다 다시 한 입을 베어 물었다. 출입문 위에 시계가 걸려 있는데…… 멈춘 것 같았다. 아니, 그건 아니었다. 다만 시곗바늘이 너무 천천히 움직였다. 밖에서 시계탑의 종이 울렸다. 그는 숫자를 세었다. '아홉…… 열…… 열하나…… 아…… 열 한 시야! 그런데 저기 저 시계는 이제 막 10시 45분이 지났어. 빌어먹을 놈의 식당 주인! 하긴 당연하다. 그래야 사람들이 더 오래 앉아 있을 거고 더 많이 먹을 테니까.' 그는 신문을 달라고 해서 처음

부터 끝까지 읽었다. 이글이글 타는 눈동자로, 읽는 것만 생각
하자는 확고한 의지로. 그러나 한 글자도 이해하지 못했다. 그
는 계산을 하고 밖으로 나왔다. 시곗바늘이 11시 15분을 가리키
고 있었다. 그러니까 11시 30분이었다. 거리는 죽은 듯 한적했
다. 그는 천천히 클럽 쪽으로 발길을 돌렸다. 저기가 클럽이다.
그의 눈앞에 클럽이 있었다. 출입문은 활짝 열려 있고, 창문엔
빛이 환했다. 거리에 비친 침침한 가로등 불은 바람에 펄럭거렸
지만 클럽은 휘황찬란하게 빛나고 있었다. 맞은편 길가에 서서
건물을 바라보고 있으려니 심장이 두근거렸다. 철통같은 권력
처럼 뭔가 거대한 것을 보고 있는 느낌이 들었다. 그가 그것을
보고 있듯 그것도 그를 보고 있었다. 환한 창문은 그를 휘감아
먹어 치우는 수백 개의 반짝이는 눈동자였다. 그리고 그 순간
이 떠올랐다. 그가 돈을 다 따던 그 순간, 지체 높은 저 모든 신
사들과 동등한 자격으로 같은 탁자에 앉아 있던 그 대단한 순간
이……. '저기 저 위에서, 그래…… 바로 저 창문들이었다. 그만
가자……. 한 번 더, 한 번 더 그 돈을 내 것으로 만드는 거야!'
  그는 조심스럽게 걸어갔다. 모퉁이를 돌아…… 길고 긴 거리
를 지나고…… 계속, 더 계속…… 왼쪽으로…… 그는 잡생각을
떨쳐 내려 애썼다. '이렇게…… 좋아…… 여기가 틀림없어. 이
제 다시 다른 거리로…… 좋아……. 다음은…… 맞아…… 저기
야……. 쏴쏴 소리가 났지…… 쏴쏴 소리가 나…… 진짜야…….
저게 뭐지? 아, 강이야. 이곳이었던 것 같아. 확실해…… 아
냐……. 맞아!' 그가 거기서 걸음을 멈추었다. 눈앞에 도시를 가

로지르는 강물이 살짝 거품이 인 채 강가에 선 가로등불 빛을 받아 반짝거리고 있었다. 강 건너편에도 집들이 쭉 늘어서 있었다. 그 위로 구름 많은 밤하늘이 드리워 있었고, 하늘에선 쉬지 않고 따뜻한 비가 내렸다. 떨어지는 빗방울 소리가 졸리운 듯한 강물의 물결소리와 야릇하게 뒤섞였다. '그러니까 저기라고?' 그가 강가를 따라 걸었다. 왼쪽으로…… 그리고 다시 돌아왔다가…… 오른쪽으로……. 그는 다리 끝에 서 있는 거대한 돌사자상 앞에서 걸음을 멈추었다. 그가 다리를 향해 발을 내디뎠다. 마침 묵직한 마차 한 대가 다리를 지나고 있었다.

　마차 소리가 멀어졌다. 주변엔 적막이 감돌았다. 빗소리와 저 아래의 강물 소리뿐. 그는 난간에 기대어 아래를 내려다보았다. 어찌할 바를 몰랐고, 몸을 부들부들 떨었다. '내가 왜 여기까지 왔을까? 오지 않을 수가 없었을까? 이 야심한 시각에?' 그의 시선은 여전히 아래를 향해 있었다. 어지러웠다. 갑자기 무시무시한 생각이 들어 그는 움칠했다. '혹시…… 내가 돈을 강물에다 집어 던졌어!' 그가 어린 아이처럼 울기 시작했다. "강물에다 집어 던졌어…… 취해서…… 취했던 거야! 근데 왜 그랬을까? 여기 위에서 왜 돈을 숨기고 싶었을까? 마누라가 겁나서? 애가 볼까 봐? 설사 봤더라도 마누라와 애가 돈을 훔쳐 갔을까? 미쳤어! 대체 내가 무슨 짓을 한 거지? 대체 내가 무슨 짓을 한 거야? 술 때문에 정신이 나갔던 거야……. 저기 저 안에, 저 아래에 돈이 있어! 벨다인, 뛰어들어! 이 멍청이, 이 술주정뱅이, 이 깡패 같은 놈!"

그는 난간을 붙들고 고함을 치고 길길이 날뛰었다. "숨겨 놨어. 숨겨 놨다고…… 강물 속에…… 저 강바닥에? 아냐! 그럴리 없어. 저기다 던져 버렸을 리가 없어. 아무리 내가 한심한 명청이라도 그렇게 바보 같지는 않아. 그럼 어디다 뒀지? 어디다? 어디다? 어디다?"

비가 잦아들었다. 하늘엔 암청색 줄무늬가 생겼으며, 별 몇 개가 아래를 굽어보고 있었다. 밤의 도시는 깊은 잠에 빠져 있었다. 가끔씩 저 멀리서 알아들을 수 없는 소리가 났다. 한번은 집으로 돌아가는 술꾼의 노랫소리가 들려왔다. 그 노래가 사라지자 사방은 다시 고요했다. 저 아래, 저 멀리, 한결같이 쏴쏴거리며 어둠에 가린 산을 향해 흘러가는 강물 소리……. 오랫동안, 아주 오랫동안 그는 거기에 기대어 서 있었다. 눈물은 말랐다. 그의 마음도 가라앉았다. 그리고 다시 돌아온 생명의 숨결…… 다리 건너편에서 그것이 다가왔다. 살찐 말이 끄는 마차. 처음에는 한 대였다가 두 대, 아니 세 대가 동시에 나타났다. 시골 농부들이 시장으로 가는 길이었다. 근처 시계탑에서 종이 울렸다. 하나…… 둘…… 그리고 다시 깊고 큰 평화. 벨다인은 다리를 떠났다. 뒤에서 들리던 쏴쏴 소리가 점차 사그라졌다. 더 이상 소리가 들리지 않자 되돌아가고 싶은 마음이 일었다. 그러나 그는 고개를 젓고 가던 길을 계속 갔다. 아무 생각 없이 앞을 향해…… 그가 발밑 포장도로의 포석을 바라보았다. 그리고 걸음을 세기 시작했다. 계속 셌다. 백까지, 삼백까지, 육백까지. 그런다음 걸음을 멈추었다. 다시 그 생각이 밀려왔다. 자기도 모르는 사이 그는 다시 그 생각을 하고 있었다. '이렇게 계속 살 수 있을까?' 그는 자신에게 물었다. '무슨 일이 일어난 걸까? 난 부자일까? 가난뱅이일까? 돈을 찾게 될까? 꼭 찾아야 되지 않을까? 당연하지, 꼭 찾아야지……. 어디다 숨겼는지 생각날 때가 있을 거야. 침대에 누워 있다가…… 아니면 아침에…… 며칠 있다가…… 다시 마음이 진정되면…….'

그리고 다시 걸음을 옮겨 집이 있는 변두리로 걸어갔다. 동녘에 희끄무레하게 동이 트고 있었다. 이제 곧 세상만물이 깨어나 새날을, 새 일을 시작할 것이다. 벨다인은 생각했다. '그럼 나는? 나도 다시 일을 해야 할까? 내가? 백만장자가…… 예전처럼 사다리를 타고 올라가 칠을 한다고? 오늘 아침만 해도 온 세상이 내 것이었는데?' 눈앞에 그가 사는 집이 서 있었다. 갑자기 집이 보이는 순간 그는 경악했다. 저기 위층 그의 방 창문이 열려 있었다. 내려진 커튼이 살짝 흔들거렸다. 벨다인은 한참을 집 대문에 기대어 있다가 열쇠를 꺼내 문을 땄다. 문이 철컥 닫히는 소리에 소름이 돋았다. 다 끝났다. 모든 희망, 모든 행운이! 그는 느릿느릿 계단을 올라가…… 과거의 가난으로 돌아갔다.

Ⅲ

그렇게 한 해가 가고 두 해가 갔다. 카를 벨다인은 다시 천장과 벽에 페인트를 칠했고, 가끔씩 술에 취하기는 했지만 노름은 하지 않았다. 부자인 그가 얼마 안 되는 푼돈을 따겠다고 용을 써야겠는가! 취기가 오를 때면 돈을 찾은 것 같은 생각이 번개처럼 스쳐 지나갔지만 그것도 잠시, 다시 모든 것은 순식간에 어둠에 잠기고 말았다. 당시 그가 절망의 나락에 빠지지 않았다는 사실이 가끔씩 무척 놀라울 때가 있었다. 하지만 처음 며칠만 괴로웠을 뿐 그 다음부턴 훨씬 좋아졌다. 처음엔 밤마다 그날 밤의 길을 걸었다. 하지만 점점 마음은 차분해졌고 때로는 이런 생각밖에 안 났다. '정말 아름다운 산책길이야!' 물론 거의 미칠 것만 같은 밤도 있었다. 밤낮을 가리지 않고 하루 온종일 그럴 때도 있었다. 그럴 땐 술을 마셨다. 순간의 희망을 찾기 위해, 행운의 빛을 찾기 위해. 큰 붓을 손에 들고 사다리 위에 서서 천장에 색칠을 하다가 가끔씩 아래로 굴러떨어져 버렸으면 하고 바랄 때도 있었다. 떨어져 마침내 이 한심한 인생을 끝장냈으면 하고 말이다. '이게 인생인가!' 병약하여 골골거리는 아내는 바느질 벌이가 통 시원찮았고, 날로 혈색이 창백해지며 말라 갔다. 덕지덕지 기운 옷을 입은 아들놈은 늘 배가 고파 학교가 끝나자마자 미친 듯 집으로 달려왔다. 그리고 초라한 방에서 먹잘 것 없는 점심을 먹으면서도 별 말이 없었다. 술집에서 만난 동료들은 다들 제 걱정만으로도 벅찼다. 바깥세상엔 행운도 많고 아름다운 것투성이건만 그것들은 죄다 그의 차지가 아니었다. 그가 그렇게 돈 많은 부자인데도 말이다! 게다가 이 모든 근심을 혼자 꽁꽁 숨기고 살아야 했다. 그가 세상을 향해 "나는 엄청 돈이 많아. 셀 수도 없을 만큼 많아. 다만 돈이 어디 있는지 모를 뿐이야!" 하고 외친다면 사람들은 배를 잡고 웃었을 것이다. 웃기만 해? 정신병원에 감금시켰을 것이다.

　어느 날, 신문에 폰 로이테른 남작의 부고가 실렸다. 그것을 보니 위로가 되었다. 그래, 사람은 다 죽는다. 그 편안한 해결책을 깡그리 잊고 있었다는 생각이 들었다. 이제 그날 밤 일을 아는 사람은 한 사람밖에 안 남았다. 슈파운 백작. 벨다인은 그를 증오했다. 한번은 이런 생각이 들어 깜짝 놀란 적도 있었다. 슈파운 백작이 갑자기 가난뱅이가 되어 그를 기억해 내고는 그를 찾아와 이렇게 통사정하는 것이다. "벨다인 씨, 내가 당신을 부자로 만들어 주었잖소. 그러니 재산의 일부를 나눠 주시오." 그 생각이 머리를 떠나지 않았다. 그는 슈파운 백작만 떠올리면 몸이 떨렸다. 그가 친구들이랑 즐거운 시간을 갖다가 그 이야기를 들려준다면 어떻게 되겠는가! 그 친구들이 그를 찾아올 것이다. 다들 하나같이 신이 나서 그를 비아냥댈 것이다. "어이, 거기, 칠장이 양반, 그렇게 짠돌이처럼 굴지 마쇼! 돈을 궤짝에다 넣어 놓고 마누라하고 애들을 굶겨서야 되겠소?" 그가 무어라 말할 수 있을 것인가? "궤짝에 넣어 둔 게 아니라 어디 있는지 몰라요." 그런 말도 안 되는 소리를 누가 믿어 주겠는가! 그는 다시 고민에 빠졌다. 제일 좋은 건 백작을 찾아가 그의 실수를 다 털어놓는 것이다. 그의 실수를! 실수 이상의 그 일을! 한 인간에게 일어날 수 있는 최고의 불행을!

　그러나 세상이, 시간이 그에게 무슨 관심이 있단 말인가! 그는 사다리에 올라 칠을 했다. 귀밑머리는 희끗희끗해졌고, 살이 붙어 숨 쉬기가 힘들어지기 시작했으며, 기침도 해 댔다. 술꾼들은 일찍 늙는 법이다.

아들이 열두 살이 되었을 때 아내가 죽었다. 아내는 오래 자리를 보존하고 앓지 않았다. 죽을 날이 가까워서야 겨우 자리에 누웠다. 마지막 며칠 동안 그녀는 순하고 선했다. 침대 옆에 앉아 있던 남편의 손에 입을 맞추었고, 아들의 머리를 쓰다듬었다.

마지막 날 그녀가 말했다.

"카를, 아이가 하고 싶은 일을 하게 해 주세요. 당신이나 나보다는 더 행복하게 살 거예요."

아버지와 아들은 침대 곁에서 소리 죽여 울었다. 아들은 무릎을 꿇었고, 아버지는 실하지 못해 삐걱대는 의자에 앉아 있었다. 밤이 찾아왔다. 6년 전 그 운명의 밤처럼 5월의 향기가 그윽한 따스한 봄밤이었다. 벨다인은 그날을 생각했다. 그 다리에 서 있는 자신의 모습이 보였고, 쏴쏴거리는 강물 소리와 떨어지는 빗방울 소리가 들렸다. 벌써 이틀 밤을 새운 참이라…… 깜빡 잠이 들었다. 깨어났을 땐 칠흑같이 어두웠다. 아들이 겁에 질려 그를 살짝 흔들어 깨웠던 것이다.

"왜 그러니?"

벨다인이 물었다. 베개에서 숨소리가 들리지 않았다.

"불을 켜!"

그가 벌떡 일어나 아내 쪽으로 몸을 굽히면서 소리 죽여 아내를 불렀다

"여보…… 여보, 여보…… 여보…… 내 말 들려?"

아들이 등불을 들고 걸어왔지만 감히 침대 옆으로 다가올 엄

두를 내지 못했다. 아버지가 아들의 손에서 등불을 받아 침대 머리맡 쪽으로 내밀었다. 1분 정도 그는 하얀 베개 위에 놓인 창백한 얼굴을 뚫어져라 쳐다보았다. 뒤에서 아들이 흐느껴 울었다. 벨다인이 침대 옆 협탁에 등불을 내려놓고 아들 쪽으로 돌아서서 나지막하게 말했다.

"네 생각대로야, 프란츠. 우는 게 당연하지, 엄마가 돌아가셨으니."

IV

벨다인의 아들은 화가가 되고 싶다고 했고, 아버지는 그에 자부심을 느꼈다. 자신은 실패했지만 아들은 꿈을 이룰 것이라고 생각했다. 하지만 처음엔 상황이 아주 안 좋았다. 예술적 재능은 아들이 학교에서 쫓겨나는 바람에 시작된 것이었다. 아들은 아무짝에도 쓸모가 없었다. 수업 시간엔 그림을 그렸고, 선생님이 시키는 일에는 관심이 없었다. 집에서는 또 어떤가! 가끔씩 종이를 펴 놓고 재능을 닦을 때도 있었지만 대부분은 게으름을 피우며 창가에 서서 먼 산만 바라보다가 마당으로 내려가 또래 아이들하고 뛰어놀았다.

아버지는 밤이 깊어서야 집에 돌아왔다. 일이 끝나면 술집부터 들렀고, 그 다음이 가정이었다. 술집에 갈 돈이 없는 밤이면 아버지는 아들을 데리고 도시의 이 길 저 길을 산책했다. 거의 매일 같은 길이었다. 클럽 앞을 지나 그 긴 길을 지나고…… 왼쪽…… 왼쪽…… 그리고 강까지. 그는 생각했다. '그 돈이 있었더라면 아들 녀석은 뭐가 되어도 될 수 있었을 거야. 하지만 돈이 없으니 사람들이 존재라도 알아주려면 뼈가 부서지게 고생을 해야 할 것이고, 제법 이름이라도 날릴 때까지는 배를 주려야 할 테지.'

그들은 강가를 따라 여기저기 걸어 다녔다. 둘 다 초라한 행색이었다. 하지만 탁 풀린 눈동자에 푸석푸석한 얼굴의 늙어 가는 아버지 옆에는 갈망에 이글거리는 눈빛의 아들이 걸어가고 있었다. 때로 아버지는 아들을 쳐다보며 그도 한때 얼마나 멋진 미래를 꿈꾸었으며, 그의 앞에 펼쳐진 세상이 얼마나 아름답고 광활했는지를 기억했다. 또 한 번 더, 훗날, 그가 부자가 되었던 그날 밤 세상은 또 한 번 그렇게 아름답고 광활했다. 새삼스레 말로 다 못할 절망감이 엄습했다. '이런 생각은 정녕 끝날 줄을 모르나?' 그런 생각에 잠겨 그는 늘 같은 다리로 향하는 같은 길을 걸어갔다. 아, 늘 그런 생각에 빠져 있느니 차라리 술에 취하는 편이 나았다. 프란츠는 계속 스케치를 하고 그림을 그렸다. 대부분 약간의 격정적 표현을 숨긴 얼굴을 그렸다. 아버지는 아들의 그림을 보며 재능이 있다고 믿었다. 그래서 몇 번 아들에게 말했다. "가 봐라. 아카데미에 가서 그림을 보여 봐. 널 받아 줄지도 모르잖니?" 하지만 아들은 결심을 하지 못했다. 그림은 이리저리 흩어져 버렸고 아들은 몇 주 동안, 몇 달 동안 아무것도, 정말 아무 일도 하지 않았다. 그러다 가끔씩 아버지 일을 도와주게 되었다. 하지만 궁상맞게 칠을 한참 하다가도 진짜 재능이 깨어나는 느낌이 들면 거친 붓과 페인트와 하루 일당을 집어던지고 집으로 달려가 방문을 걸어 잠그고 스케치를 하거나 그림을 그렸다. 그럴 땐 몇 시간씩 앉아 있었다. 뭔가 위대하고 멋진 작품이 완성될 것만 같았다. 하지만 그림을 마치고 보면 또 실패작이었다. 그는 그림 도구를 구석에 내팽개치고 다시 무위도식의 시간을 시작했고, 방탕한 친구들과 어울려 술을 마시고 노름을 하느라 가진 돈을 탕진했다.

그렇게 몇 달, 몇 년이 흘렀다. 아버지와 아들의 형편은 하루 벌어 근근이 연명하는 궁핍하기 이를 데 없는 수준이었다. 어느 날, 어느새 스무 살이 된 프란츠가 이른 아침 집으로 돌아왔다. 햇살이 벌써 방 안을 훤히 비추고 있었다. 아버지가 침대에 없었다. 찾아보니 아버지는 구석에 누워 힘겹게 숨을 헐떡였고 얼굴이 시뻘겠다. 헝클어진 백발이 이마를 덮고 있었다. 프란츠는 한참 동안 아버지를 바라보았다. 머리가 아팠다. 그도 밤새 술을 마시다가 이제 집에 돌아온 참이었다. 아버지가 마지막 남은 몇 푼까지 다 술을 퍼마셨듯 그 역시 노름으로 가진 돈을 다 탕진했다. 아릿한 전율이 그의 몸을 훑고 지나갔다. 어떤 삶이 그의 앞에 펼쳐져 있단 말인가! 이 얼마나 공허하고 비참한 인생이란 말인가!

한참 후 그가 탁자를 창가로 옮기고 종이를 펴더니 스케치를 하기 시작했다. 처음엔 손이 뜻대로 움직이지 않았지만 시간이 흐르자 훨씬 좋아졌다. 이번에는 뭔가 제대로 된 그림이 나올 것 같은 예감이었다. 주변에 관심 가질 만한 일이 전혀 없는 듯 그는 점점 주변을 잊고 그림에 몰두했다. 종이가 너무 작았다. 그는 종이를 찢고 더 큰 종이를 가져다 놓고 다시 그림을 그리기 시작했다. 경이로운 열정이 그를 사로잡았다. 작업은 너무 쉬웠다. 전혀 힘들지 않았다. 시간이 흘러갔고 늦은 오후가 되자…… 그림이 완성되었다. 술집의 작은 탁자, 그 주위로 술꾼과 노름꾼 몇 명이 앉아 있었다. 그게 다였다. 평소의 그림처럼 그들의 얼굴에 담긴 격정적인 표현이 가장 성공적이었다. 그는 이글이글 타는 눈으로 자신의 작품을 관찰하였다. 그가 원했던 것을 적어도 일부나마 갖춘 그림이었다. 그가 고개를 돌리니 아버지가 뒤에 서 있었다.

"잘 잤니…… 프란츠?"

아버지가 웅얼웅얼 말했다.

"저녁이에요."

프란츠가 대답했다.

"아, 벌써 저녁이구나. 푹 잘 잤다."

아버지가 웃었다.

"어제는 기분이 좋았단다. 그래…… 또 그림 그렸니? 어디 보자…… 그래…….."

그가 그림을 꼼꼼히 살폈다.

"그래…….."

아버지의 말투가 진지해졌다. 가슴에 아들에 대한 자부심이 일었다.

"얘야, 잘 그렸다. 정말 잘 그렸어……. 정말이지…… 프란츠……."

그가 말을 멈추었다.

"왜 그러세요, 아버지?"

"이런 그림은 평생 한 번도 본 적이 없어…… 형편이 좋았을 때도."

아버지와 아들의 시선이 한동안 그림에 머물렀다.

한참 후 아버지가 그림을 탁자에서 집어 들어 아들에게 건네면서 말했다.

"가지고 가 봐……. 어쨌거나 아카데미에 가져가 봐."

V

몇 년 후 아들 벨다인의 작은 그림 한 점이 전시회에 걸렸다. 사람들이 그의 독창적이고 뛰어난 재능을 입에 올리기 시작했다. 그런데 한 가지 마음에 걸리는 점이 있었다. 그는 술꾼하고 노름꾼밖에는 그릴 수가 없었던 것이다. 숙명 같았다. 다른 주제로 그림을 그려 보려고 했지만 한 번도 성공하지 못했다. 사랑과 행복의 그림을 그리려다가 절망에 빠진 채 이젤 앞에 앉아 있었던 적이 한두 번이 아니었다. 천사들의 얼굴 대신 우스꽝스럽고 흉한 낯짝들이 그를 노려보고 있었던 것이다. 그는 결국 받아들일 수밖에 없었고, 심한 압박감에 시달렸다. '내가 미쳤나?' 때로 그는 자신에게 물었다. '아니면 나 자신이 그런 몹쓸 짓에 빠져 있어서 그런가?' 그는 자제하려 애썼고 술과 노름을 끊어 보려고 노력했다. 불가능했다. 친구들과 며칠 노름판과 술판을 벌이지 않으면 살고 싶은 마음이 없어지고 온몸에 힘이 빠졌다. 창작 의욕도 사라졌다. 그러면 서둘러 다시 노름을 하러 가거나 술을 마시러 갔다. 그리고 바닥에 누워 있던 아버지를 발견했던 그때처럼 날이 훤히 새서 집으로 돌아오면 다시 진짜 의욕과 진짜 능력을 느끼는 위대한 예술가로 돌아갔다.

아버지는 늙고 병들었다. 아버지는 옛날 집에 계속 살았지만 아들은 같은 변두리 지역의 5층에 있는 작고 환한 방을 세내어 독립을 했다. 하늘이 가깝고 태양이 가까운 방이었다. 가끔씩 아버지가 아들의 집을 찾았다. 계단을 오르느라 지친 그는 창가로 가서 조용히 앉아 있었고, 프란츠는 그림을 그리거나 소파에 누워 담배를 피웠다. 때로 두 사람은 대화를 나누고 신세 한탄을 늘어놓았다. 아버지의 수입은 많이 줄었는데 아들의 명예와 부는 바라는 만큼 빠르게 늘어나지 않았던 것이다.

아버지는 몇 번이나 말했다.

"네가 그런 그림밖에 못 그리는 건 다 내 죄다. 내 피가 완전히 중독이 되었어. 그래, 중독이 된 거야."

아들은 아무 대꾸도 없이 그림만 그렸다.

조용한 방에서 몇 시간 동안 그렇게 앉아 있으면 해묵은 생각들이 고통스럽게 절절하게 다가왔다. 눈앞에는 자신보다 더 나을 것이 없는 삶을 사는 아들이 있었다. 두 사람을 행복하게 만들어 줄 수 있었을 그 돈은 어디에 있는 걸까? 꿈결처럼 그날 밤의 일들이 머리를 스치고 지나갔다.

아들이 아버지의 상념을 깨뜨리며 자신이 뭘 그리고 있는지 설명해 주었다.

"지금 그리는 건…… 평판이 안 좋은 집에서 노름을 하는 노름꾼들이고요. 노름판 사이사이 샴페인 잔을 손에 든 여자들이 몇 사람 서 있어요. 이 그림은 금방 완성될 거예요. 이 작은 그림은 벽난로 가예요…… 남자와 여자가…… 카드놀이를 하고 있어요. 카드 너머로 둘이서 미소를 짓고 있지요. 저기 구석에 반쯤 그린 그림은…… 중세시대가 배경인데…… 보병들이 주사위놀이를 해요. 근데 잘 안 돼요. 시대가 너무 옛날이라서 그래요."

아버지가 귀 기울여 아들의 설명을 듣는 동안 어둠이 깔리기 시작했다. 아들 역시 아버지가 있는 창가로 다가와 창문을 활짝 열었고, 열린 문으로 밤공기가 밀려 들어왔다.

여름밤이었다. 덥고 참담한 기분이었다. 거리의 소음이 그곳까지 올라오면서 잦아들었다. 어리석은 삶이 한결같이 흘러가고 있었다. 늘 똑같이 단조로운 소음, 저 아래에서 사람들이 하는 짓들이, 늘 똑같은 둔중한 소리가 위층까지 밀려왔다. 저물어 가는 마지막 햇살이 느릿느릿 옥상 테라스로 올라왔다가 그곳에서 차츰차츰 사위어 갔고, 그림자가 넓게 퍼져 나갔다. 하늘엔 아무렇게나 던져 놓은 듯 흩어진 구름이 나타났다. 흰 줄무늬가 두드러졌다. 황혼이 오래 머물렀다. 아버지는 황폐한 인생의 또 하루가 저물고 있는 하늘을 바라보았다.

예전보다 더 자주 그런 생각이 들었다. '이제 살날이 얼마 안 남았나?’ 너무 일찍 찾아온 온갖 노화의 징후들이 느껴졌다.

그들은 한동안 저녁 풍경을 바라보았다. 아버지가 침묵을 깨뜨렸다.

“새로운 아이디어가 있니?”

“새 아이디어요?”

“그래, 대작 아이디어 말이다.”

“대충 윤곽은 잡아 놨어요.”

“그래? 무슨 그림이냐?”

“클럽을 그리려고요.”

“클럽?”

“네, 귀족들이 드나드는 클럽의 게임 홀이오.”

아버지가 갑자기 벌떡 일어났다.

“그걸 그리겠다고?”

“너무 어려울 것 같으세요?”

“아, 아냐. 어디서 인물들을 구하려고?”

“클럽에서요.”

“한 번도 안 가 봤잖니?”

“아니에요. 두 번이나 가 봤어요.”

“거기에? 게임 홀에? 말도 안 돼.”

“회원 한 분이 데리고 가 주셨어요. 가장 최근에 그린 제 그림을 사 주신 신사분이세요.”

“‘검은 공’ 말이냐?”

“네…… 최근에 전시회에서 저한테 오셔서 제 재능에 관심이 있다고 말씀하셨어요. 그리고 여기까지 와서 제 스케치들을 살펴보셨고요. 그 기회를 틈타 클럽에 들어갈 수 있게 해 달라고 부탁을 드렸지요. 거기서 새로 구상 중인 대작에 필요한 것들을 관찰할 수 있게 해 달라고요."

"그래…… 그런데 그 사람이 어떻게 너한테 관심을 갖게 되었지?"

"전시회에서 제 그림을 보고 그랬겠죠."

"이름이 뭐냐?"

"슈파운 백작입니다."

아버지 벨다인이 움칠하더니 다시 의자에 털썩 주저앉았다. 밤이 깊어 아들은 아버지의 표정 변화를 눈치채지 못했다.

"슈파운……이라고……?"

"네, 쉰 정도 된 신사분이신데 예술에 조예가 깊고 상상력도 없지 않아요."

"상상력이라…… 어쨌든…… 그가 내 안부를 묻더냐?"

"아버지 안부요?"

아들이 미소를 지으며 되물었다.

"아니, 내 말은 가족 말이다."

"네, 지나가는 말로요. 부모님은 살아 계시냐, 집에 돈은 많냐……."

"그래서 대답했고?"

"별걸 다 물어보세요. 있는 그대로 대답했어요."

"아주 놀랐겠구나, 백작이."

“놀라요? 왜요?”

“내 말은 가난한 집안 출신의 젊은이가 이 정도로 성공을 했으니 말이다.”

“이 정도로 성공을 해요? 아버지는 정말로 그렇게 믿으세요?”

“당연하지. 사람들이 네 이름을 알지 않니? 화가 벨다인 하고 말야.”

아들은 다시 미소를 지었다. 아버지의 허영심이라는 생각에 억누를 수 없는 비애감이 밀려들었다. 아들이 창가에서 물러났다. 대화의 주제를 바꾸려는 듯 그가 말했다.

“불을 켤게요.”

“그래. 집에 있을 거냐?”

“기다리고 있어요.”

“누구를?”

“백작님요.”

아버지가 벌떡 일어섰다.

“그 사람이 온다고? 슈파운 백작이?”

그의 목소리가 공포에 질린 비명처럼 들렸다.

“왜 그러세요, 아버지?”

“아무것도 아니다. 그냥 나는…… 그런 신사분을 만나면 어떻게 해야 할지 몰라서…… 아니, 아니, 나는…… 너무 기쁘구나. 그런 분이면 너한테 도움이 많이 될 테니까. 그럼 잘 있어라, 프란츠.”

"왜 그러세요?"

희미한 촛불 빛에 비친 아버지의 모습을 아들이 이상하다는 듯 바라보았다.

"아무것도 아니다. 프란츠…… 이상한 건 너야. 내가 어쨌다고? 늘 어두워지면 갔지, 이렇게 오래 있은 적이 있었니? 친구들이 술집에서 기다린다. 너도 나갈 것 아니냐?"

"백작님하고 클럽에 갈 거예요."

그가 웃으며 한마디 더 덧붙였다.

"게임을 같이 할 수 없는 것도 좋은 점이 있어요. 지켜보고 있으면 마음이 흥분되거든요. 아버지는 한 번도 노름 안 해 보셨죠?"

"안 해 봤지, 한 번도."

두 사람은 창밖을, 어둠을, 허공을 바라보았다. 두 사람의 눈앞에 같은 장면이 떠올랐다. 환호하는 광채…… 그 한가운데에 놓인 커다란 초록색 탁자, 카드가 분배되고 돈이 이리저리 굴러다니고…… 황홀경이 그들을 덮쳤다. 기억을 떠올리는 노름꾼의 황홀. 우연의 변덕만 있으면 운이 째지게 좋아 벼락부자가 될 수 있다고 생각하는 사람들의 황홀. 한 줄기 바람이 불어왔고 촛불이 펄럭거렸다. 초록색 탁자가 가라앉고, 불빛의 광채도 돌연 꺼져 버렸다.

아버지가 모자를 집어 들고 일어섰다.

"잘 있어라, 아들."

문에서 그가 인사를 했다. 그리고 최대한 빠른 걸음으로 허둥

지등 계단을 내려갔다. 시간이 가까웠던 것이다. 그가 대문을 나오자마자 반대편에서 한 남자의 형체가 다가왔다. 그날 밤 이후 두 번 다시 보지 못했지만 한 번도 잊은 적이 없었던 바로 그 남자였다. 벨다인은 눈을 크게 뜨고 그 자리에 서 있었다. 그리고 그 남자가 대문 안으로 들어가 계단을 오르고 안으로 사라질 때까지 쳐다보았다. 당시 늦은 밤, 부자가 된 그를 거리에 남겨 둔 채 클럽의 계단을 오르던 그때처럼. 벨다인은 대문에서 더 떨어져 아들의 방 창문을 올려다보며 기다렸다. 맞은편 벽에 그림자가 나타나 움직였다. 아들과 슈파운 백작…… 소름이 돋았다. '이유가 뭘까?' 갑자기 이런 생각이 들었다. '백작이 아들에게 불행을 가져다줄 거야!' 벨다인은 다시 아들의 방으로 돌아가려고 했다. 올라가 아들을 구해야 했다. 복도의 환한 불빛 탓에 정신이 돌아온 그가 걸음을 멈추었다. "바보 같으니." 그가 중얼거렸다. 그리고 술집을 향해 걸음을 옮겼다.

VI

이른 아침, 프란츠 벨다인이 집으로 돌아왔다. 감명을 듬뿍 받아 열광의 숨결에 젖어 자리에 앉더니 몇 장의 스케치를 그렸다. 하지만…… 뭔가 거슬리는 것이 있었다. "그게 뭔지 난 알아." 그가 중얼거렸다. "내게 부족한 게 뭔지 알아…… 그래, 그 사람들 틈에 앉아서 그들이 느끼는 대로 느낄 수 있다면, 그럼 달라질 텐데. 그럼 그림이 나올 텐데. 그래, 그러면!"

그는 스케치를 계속했다. 한 시간이 지나자 피로가 몰려왔다. '조금만 쉬자.' 그가 생각했다. '침대에 눕지는 말고…… 그냥 구상만 해 보자.' 그는 소파에 드러누웠다. 눈을 감으니 눈앞에 그림이 펼쳐졌다. 당당한 단순미가 돋보이는 홀이다. 황금 테두리를 두른 커다란 거울 네 개…… 이 거울에서 저 거울로 비친 독특한 반사 영상들. 금발의 수염을 기른 키 큰 신사가 단춧구멍에 치자나무 꽃을 달고 문에 서 있다. 게임에는 관심이 없는 한 무리가 큰 창가에 서서 수다를 떨며 담배를 피운다. 그리고 탁자를 둘러싼 노름꾼들…… 검은 수염이 얼굴을 뒤덮은 신사. 아니다…… 이들은 구분이 안 된다. 그저 모든 이에게서 뭔가 희미한 빛이 흘러나온다. 각자의 표정에는 게임의 열정이 담겨 있고, 그가 보기엔 그 표정이야말로 독특한 점이다. 거의 모두가 침착해 보이지만 그는, 예술가는 다른 사람들이 못 보는 것을 본다. 어떤 사람은 입술 주위에서, 어떤 사람은 눈꼬리 주위에서, 또 어떤 사람은 이마에서 똑같이 타고 있는 불길의 반영을 그는 알아본다.

프란츠 벨다인은 눈을 감고 누워 있었다. 진실에 가까이 다가간 느낌이었다. 무거운 발걸음 소리에 그가 화들짝 놀랐다. 누군가 방으로 들어왔다. 화가가 눈을 떴다.

"누구세요?"

모르는 청년이었다. 벨다인이 허둥지둥 몸을 일으켰다.

청년이 모자를 손에 든 채 급하게 말했다.

"저기, 벨다인 씨, 아버님이…… 댁에서 오는 길입니다. 아버님이 편찮으세요. 가 보셔야 할 것 같습니다.”

“아파요? 어디가? 무슨 일이에요?”

“밤에 아버님이 집에 오셔서는…….”

“오셔서는?”

“밤새도록 소리를 지르고 노래를 부르시더니 지금 누워 계시
는데 열이 펄펄 나고…….”

“열이 나요? 의사는 불렀어요?”

“아니오. 먼저 이리로 달려가라고 해서…….”

“갑시다!”

두 사람은 서둘러 계단을 내려왔다. 계단에서 프란츠가 말했
다.

“옆집에 의사 선생님이 사시는데…… 모셔 와요! 알아들었
죠?”

“네, 그럴게요.”

젊은 화가는 아버지의 집으로 달려갔다. 자기 집에서 채 백 걸
음도 안 떨어진 곳이었다. 몇 분 후 그는 병자의 침대 머리맡에
도착했다. 옆집 할머니가 병상을 지키고 있었다.

아버지는 신음 소리를 내며 눈을 반쯤 감고 침대에 늘어져 있
었다. 얼굴이 시뻘겠다. 아들도 못 알아봤다. 아들이 아버지에게
소리쳤다.

“아버지, 아버지!”

마음씨 고운 옆집 할머니가 그를 위로했다.

“지금은 많이 진정된 거야.”

"그래요…… 그랬군요…….."

프란츠가 말했다. 두 사람은 한동안 어찌할 바를 모르고 노인을 바라보면서 서 있었다.

"저기 의사 선생님이 오시네."

옆집 할머니가 말했다.

"아, 드디어 오셨군요."

프란츠가 외치며 방으로 들어서는 의사를 향해 걸어갔다. 프란츠도 종종 진료받는 젊은 의사였다.

"그래, 어디가 아프십니까?"

의사가 물었다.

"제가 듣기론 아버님이 편찮으시다고요?"

"네, 선생님, 제 아버님이…….."

그리고 프란츠는 옆집 할머니를 쳐다보며 말했다.

"정말 감사드립니다. 혹시 또 이런 일이 있으면 그때도 잘 부탁드립니다."

할머니가 방을 나갔다.

의사는 침대로 다가가 환자를 꼼꼼하고 진지하게 살폈다. 그 옆에는 아들이 두려움에 떨며 서 있었다. 의사는 환자의 가슴에 귀를 대고 맥박 뛰는 소리에 귀를 기울였고, 호흡수도 세었다. 몇 분이 지나자 진찰이 끝난 듯 보였다.

"위독한가요?"

아들이 물었다.

"폐렴입니다."

"폐렴이라면…… 나을 수 있겠군요?"

"물론 나을 수 있습니다. 그런데 보아하니…… 아버님께서 애 주가셨군요. 그렇지요?"

"그렇기는 합니다만, 그게 영향이 있나요?"

"유감스럽게도 영향이 있습니다. 벨다인 씨, 그렇다고 용기를 잃을 것까지는 없습니다. 그게…… 조금 더 지켜봅시다."

"그러니까 위독하군요."

프란츠가 속삭였다.

의사는 그 말에는 대꾸하지 않고 처방을 내리고 조언을 해 주었다. 아들은 귀를 세우고 슬픈 표정으로 경청했다. 의사가 친절한 말로 작별을 고했고, 프란츠는 혼자 병자 곁에 남았다. 노인이 조금이나마 의식이 돌아온 것 같은 순간이 있었다. 그가 꿈결인 양 아들이 내민 손을 꼭 붙잡았다.

"뭐 필요한 거 있으세요? 아버지…… 뭐 드릴까요?"

아버지가 입술을 움직였다. 아들이 무슨 말을 하는지 알아내려고 허리를 굽혔다. 목소리는 잠겼지만 아주 또렷하게 아버지가 한마디를 내뱉었다.

"술!"

그리고 기침을 하기 시작했다. 한참을 고통스럽게…….

VII

며칠은 병세가 어지간했다. 하지만 사흘째 밤이 되자 기침이

심해졌고, 신음 소리에 두려움이 실렸으며, 얼굴 표정은 일그러졌다. 환자는 자면서 말을 했고, 침대에서 일어나려고 했다. 한 번이 아니라 열 번쯤 그랬다. 동틀 무렵이 되자 상태가 호전되었다. 다음 날도 상태는 나빴다. 닷새 되던 날 밤에 의사가 말했다.

"상태가 심각합니다. 마음의 준비를 하셔야겠습니다. 말씀을 드리는 것이 제 의무니까요."

"마음의 준비라……."

프란츠가 충격을 받아 중얼거렸다.

"마음의 준비라……."

"침착하셔야 합니다. 사나이 대장부잖습니까?"

그는 그 말을 마치고 갔다. 아들은 그 자리에 못 박힌 듯 의사의 뒷모습을 바라보며 서 있었다, 몇 분 동안. 환자의 머리맡에 놓아 둔 등불이 펄럭거렸다. 방 한가운데의 탁자에는 잘 타지 않는 기름등잔이 놓여 있었다.

프란츠는 뭔가 찾을 것이라도 있는 양 방 안을 서성이다가 침대 발치에 바짝 붙어 서서 양팔로 침대 보드를 짚었다. 너무 피곤해서 깜빡 잠이 들곤 했고…… 그 바람에 팔이 툭 떨어지고 침대가 삐걱거리면…… 그는 흠칫 놀라 침대에서 떨어졌다. 한동안은 복도를 거닐었다. 열린 창문으로 시원한 밤바람이 불어왔다. 보름달 빛이 복도 타일에 비쳐 반짝거렸다. 부드럽고 달콤한 그 빛에는 마음을 어루만져 주는, 위안을 주는 무언가가 담겨 있었다. 순간 아들은 아버지의 방에도 이 빛을 퍼트리고 싶다는 생각이 들었고, 방으로 들어가 내려져 있던 커튼을 걷어 올렸다. 달빛이 방 안으로 흘러 들어왔다. 창턱을 넘어 마룻바닥을 지나 침대를 넘었고, 하얀 침대 시트가 푸르스름하게 빛이 났다. 그 빛 때문에 말라 앙상한 아버지의 얼굴이 완전히 창백하게 빛났다. 너무나 창백했고…… 입술은 아주 하얬다. 궤짝 위에 놓인 빈 플라스크 병이 어른거렸다. 아들은 창가에 서 있었다. 피곤했고 슬펐으며 무기력했다. 지금, 바로 이 순간, 아버지가 아파 누운 이후 처음으로 그는 환자 말고 다른 생각을 했다. 그림이 눈앞에 떠올랐다. 자신이 이젤 앞에 앉아서…… 그림을 그리고 있었다. 한 획, 한 획 그가 상상 속에서 그림을 그렸다. 순식간에 주변의 모든 것을 깡그리 잊어버렸다. 갑자기 아버지의 목소리가 들렸다. 아버지가 의식을 찾으신 것이다! 아버지가 말을 하다니! 있을 수 있는 일인가? 그런데 한 번 더 아버지가 말했다.

"프란츠, 내 아들아!"

"아버지, 부르셨어요? 아버지!"

그는 아버지의 손을 잡고 침대 옆에 서 있었다. 아버지는 눈을 크게 떴지만 말이 없었다.

"뭐 필요한 거 있으세요, 아버지?"

아버지가 고개를 기울였다.

"왜 그러세요? 뭐라고 말씀하신 거예요?"

프란츠가 물었다. 아들은 침대에 걸터앉아 질문하는 눈빛으로 환자를 바라보았다.

"기적이다, 아들아. 기적이야!"

아버지가 말했다.

"네? 다시 몸이 좋아지신 거예요? 건강해지신 거예요?"

"아냐, 그게 아냐. 난 죽을 거다. 그렇지만…… 아…… 털어놓을 수라도 있으니 얼마나 좋은지 모르겠구나."

아버지가 눈을 감고 숨을 깊게 들이쉬었다. 있는 힘을 다해 달아나려는 생명을 붙잡으려는 것 같았다.

"아들아…… 이리 가까이 오거라. 내 입 가까이 와. 기적이다…… 20년 동안 생각이 안 나던 기억이 지금 이 순간 떠올랐어. 잘 들어라."

"듣고 있어요."

"프란츠, 넌 부자다. 보물이 묻혀 있어."

아들은 연민과 충격의 시선으로 아버지를 바라보았다. 확실했다. 아버지가 열에 들떠 헛소리를 하고 계신 것이다. 아들의 얼굴에서 그런 표정을 읽어 낸 아버지가 말했다.

"사실이야…… 보물…… 다리에…… 사자상 다리에……. 돈을 땄다. 그걸 묻었지……. 클럽에서 돈을 따서 숨겨 놨어."

"클럽에서요? 아버지가 돈을?"

"그래, 슈파운 백작…… 그 사람에게 물어보거라. 그날 밤 그가 날 그곳으로 데려갔고, 내가 엄청난 돈을 땄다고 말해 줄 거야. 취했었지, 많이, 아주 많이……. 돈을 숨겼어. 장소를 잊어버렸어…… 고통스러웠다. 그게 어떤 고통인지 너도 알 거다. 평생 동안…… 그런데 지금, 지금……."

그가 침대에서 몸을 일으켜 앉았다. 목소리에 더 힘이 실렸다. 숨도 쉬지 않고 귀 기울여 듣고 있는 아들의 손을 감싼 그의 손에도 힘이 들어가 있었다.

"지금, 갑자기, 이렇게 누워 있으니 생각이 났단다. 그날 밤 일이 전부 다! 그 다리, 그래! 그 다리…… 그곳이었어. 그건 알고 있었지! 다리 밑에…… 돌 밑에…… 그 옆에 망치 하나가 놓여 있었다. 땅을 파고…… 돈을 묻고 망치로 두들겼어. 그래서 쏵쏵 소리가 났고, 소리가 울렸던 거야."

"아버지, 그게 어디예요? 못 알아듣겠어요. 보물이…… 다리 밑에, 어디요?"

"사자상 다리…… 다리 밑 이쪽 편 길, 강 바로 옆에…… 지금 계절이면 강물에서 발 두 뼘 정도 떨어진 지점이야. 선착장으로 가는 좁은 길이 거기서 시작되고…… 포장이 되어 있어. 그때 한창 포장 공사를 하고 있었는데 거의 다 끝나가고 있었다. 망치로 포장석을 내리쳤어. 거기에 돈이 있어!"

"그렇지만……."

"안 믿는구나. 사실이야……."

"사자상 다리 밑에요?"

"포장된 길 밑에…… 확실히 거기야! 눈에 선해. 내가 돌 밑에 돈을 숨기던 광경이 눈에 보여. 아무도 꺼내 가지 못했을 거야. 그럴 수가 없어…… 네가 가서 꺼내거라. 넌 부자가 될 거야. 행복해질 거야."

"아버지…… 꿈꾸고 계신 거죠?"

"아냐. 꿈이 아냐. 난 알아."

"설사 그렇다 쳐도 다리 밑은 길이 너무 길어요."

"아냐, 그렇게 안 길어. 두 번째 교각에서 망치로 한번 두드려 보면 금방 찾을 거다."

프란츠가 이해할 수 없다는 듯 머리를 짚었다. 아버지의 말을 한마디도 알아들을 수가 없었다.

"얘야…… 서둘러…… 어서 가!"

"지금요?"

"그래, 지금 밤이잖니. 내 작업복을 입어라. 그리고 밖에 있는 망치를 들고 가. 난로 옆에 있다. 그래, 지금 당장 가거라. 내 눈으로 보고 싶구나. 천으로 싸 놓았다 …… 지폐와 금화. 가…… 어서 가!"

아들은 일어섰다. 생각할 여력이 없었다. 그는 서둘러 달려 나갔다. 현관 옷걸이에 걸려 있던 아버지의 흰 작업복을 입었고, 거기 놓여 있던 망치를 저고리 안에 숨겼다. 그 순간 보물 말고는 아무 생각도 나지 않았다. 죽어 가는 아버지 생각도 나지 않았다. 눈앞에서 돈이 춤을 추고 빙빙 돌았다. 돈이…… 밝게 빛나는, 춤을 추는 돈이!

그가 걸음을 재촉했다. 인적 없는 거리를 내달렸다. 그리고 오래전 아버지 벨다인이 노름으로 딴 돈을 들고 갔던 그 긴 거리에 도착했고…… 그 다음 날 아버지 벨다인이 행복을 선사했을 그 많은 돈을 발밑에 두고도 절망적인 심정으로 흐느끼며 서 있었던 바로 그 다리가 금방 나타났다. 그러니까 '저기가…….' 그는 벌써 두 번째 교각에 다다랐다. 머리 위엔 아치형의 다리가 걸려 있었고, 옆에선 강물이 물결에 달빛을 싣고 쏴쏴 소리를 내며 흘러가고 있었다.

　프란츠 벨다인은 작업을 시작했다. 몇 분 동안 두 겹으로 쌓아 놓은 포장석을 뜯어냈다. 없었다…… 아무것도. 그 순간 머리 위 다리에서 마차 한대가 지나갔다. 둔중하게…… 육중하게…… 프란츠가 다시 일을 시작했다. '여기야…… 그래…… 뭔가가 있어. 천의 끝자락 같은 것이…… 지금이야……. 돌 한 개만 더…… 쏴쏴 소리가 들렸고, 소리가 울렸다. 이건가? 이거다!' 다리 밑은 어두웠고, 프란츠는 두 손으로 거기 놓여 있던 하얀 것을 잡았다. 천이었다. 묶여 있었다. '풀어 보자…….' 그는 매듭을 풀었다. '금화…… 지폐…… 맞아, 그거야! 보물이야! 부와 행복이야!' 프란츠는 그걸 전부 저고리 안으로 쑤셔 넣었다. 손이 부들부들 떨렸다. '어떻게 이런 일이?' 다리 밑을 나오니 다정한 밤의 불빛이 그를 감싸며 반짝거렸다. 그는 무릎을 꿇고 울고 싶어졌다. 너무 기뻐서…… 너무 행복해서. 달리기 시작한 그가…… 갑자기 걸음을 멈추고…… 주변을 살폈다. 근처에 아무도 없나? 아니, 있었다. 아무것도 모르는 산책객 몇 사람이 있었다. 이 한밤중에 빨리 걸으면 의심을 살 수 있다. 의심이라니? 그가 무슨 나쁜 짓이라도 했단 말인가? 그래도…… 어쨌거나…… 그는 서두르지 않는 걸음걸이로 가던 길을 걸었다. 왼손은 여유 있게 바지 주머니에 찌르고, 오른손으로는 작업복 안에 숨긴 돈을 감쌌다.

끝이 없을 것 같은 평화의 느낌이 서서히 그를 휘감았다. 이젠 다 잘 되었다. 그의 그림은 완성된 거나 진배없고…… 평화와 돈…… 지상의 모든 희열! 그렇지만 죽어 가고 있는 노인은? 아들이 걸음을 재촉하기 시작했다. '찾아낸 돈을 보면 아버지가 건강을 되찾을지 누가 알겠는가! 아버지가 무엇 때문에 병이 들었던가? 가난과 절망, 고통 때문이었다. 그러니 가자! 얼른 가서 아버지께 행복과 좋은 날이 올 것이라는 확신을 심어 드리자.'

좁은 현관에 들어서자 집 안이 고요했다. 너무 서둘면 안 된다. 그는 옷을 갈아입고 작업복을 원래 있던 장소에 다시 걸었다. 돈을 싼 천은 셔츠 안으로 밀어 넣었다. 그리고 방으로 들어갔다.

"아버지."

그가 불렀다.

"가져왔어요. 찾았다고요."

그가 침대로 달려갔다. 아버지는 의식을 잃고 숨을 헐떡거렸다. 이마엔 식은땀이 맺혀 있었다. 의심의 여지가 없었다. 임종이 가까웠다.

"아버지!"

프란츠는 큰 소리로 불렀지만…… 대답이 없었다!

노인을 깨우려고 애썼지만 소용없었다. 프란츠는 고함을 지르고 아버지를 부르고 아버지의 헝클어진 머리카락을 쓸었다. 아버지의 입에 숨을 불어 넣었다. 따뜻한 손으로 아버지의 차가운 팔다리를 문질렀다. 한 번 눈꺼풀이 열리려고 하는 것 같았다. 아니…… 소용없었다. 호흡이 약해졌다. 움직임이 없었다.
대답도 없었다. 시간은 흘렀고, 프란츠는 어찌할 바를 모르고
그 자리에 앉아 있었다.

"아버지…… 돈이에요! 돈이 여기 있다고요."

아침 무렵에 의사가 왔다. 의사는 거의 들리지도 않게 인사를
건네며 서둘러 침대로 걸어갔고…… 맥박을 짚었다.

"맥박이 안 잡힙니다."

그가 말했다.

"네? 그럼……?"

"쉿!"

의사가 손가락을 입에 대고 속삭였다. 조용히 호흡을 관찰하
고 싶었던 것이다. 의사는 그 자리에 똑바른 자세로 서 있었다.
그러다가 환자의 가슴으로 허리를 굽혔고, 가슴에 귀를 갖다 댔
다. 10초, 20초가 지나자 그가 천천히 몸을 일으키더니 침대 발
치에 서서 두려움이 가득한 눈빛으로 의사를 바라보고 있는 아
들에게 오른손을 내밀었다. 말없이…….

"돌아가셨나요?"

프란츠가 고함을 질렀다, 손을 맞잡으면서.

"운명하셨습니다."

의사가 흥분한 목소리로 말했다. 프란츠가 의자에 털썩 주저
앉았다. 가슴께에 숨긴 금화가 부딪쳐 짤랑거리는 소리가 났다.
그는 화들짝 놀라 한 손으로 금화를 잡았다. 그리고 의사가 혹
시 눈치를 챘는지 쳐다보았다. 아니, 눈치 못 챘다! 의사는 창가

로 걸어갔다. 그리고 창문을 열었다.

"여긴 너무 덥군요."

그가 나지막하게 말했다. 옆집 지붕들 위로 아침 태양이 걸려 있었다.

VIII

두 남자가 나란히 클럽의 계단을 올랐다. 슈파운 백작과 프란츠 벨다인.

"정말로 그럴 기분이 나나?"

백작이 물었다.

"이상하세요?"

"이상하다마다. 한번 생각해 보게. 아버지 관 뚜껑이 닫히자마자 나한테 달려와서 오늘 여기로 데려가 달라고 간청을 하다니. 휘황찬란하고 웃음이 넘치는 장소로 말이야."

"저한텐 그런 장소가 아닙니다. 저한텐 연구의 장소지요. 그 그림이 그리고 싶어요. 그걸 그려야 합니다. 당장 그려야 해요."

"그거 아니라도 벌써 많은 작품을 그리지 않았나?"

"스케치라면…… 그랬지요. 아직 부족합니다. 뭔가가 부족해요."

그사이 현관에 도착한 그들은 곧바로 게임 홀로 걸음을 재촉했다.

"뭐가 부족한가?"

백작이 물었다.

"들으면 웃으실걸요."

"이 사람, 예술가의 기분을 두고 웃는 일은 결단코 없네."

두 사람은 게임 홀의 문으로 들어섰고, 노름꾼들이 앉아 있는 초록색 탁자 바로 옆으로 가서 걸음을 멈추었다.

"백작님."

젊은 벨다인이 눈으로는 카드를 쳐다보며 말을 이었다.

"그림에 대한 열정이 부족합니다."

"그래? 그거야 이상할 게 없지 않은가? 자네한테도 언젠가는 행복한 시간이 오겠지."

"언제요?"

"그건 나도 모르지."

백작이 미소를 지으며 말했다.

"전 압니다."

화가가 어찌나 격하게 말했는지 백작이 그를 의아하다는 듯 쳐다보았다. 그리고 물었다.

"그런가?"

"제가 직접. 그렇습니다, 백작님. 제가 직접 느껴 봐야 합니다, 여기 사람들이 어떤 기분인지."

"어떻게?"

"오해하지 마십시오, 백작님. 유감스럽지만 저는 압니다. 저의 그림에는 뭔가 병적인 것이 담겨 있습니다. 백작님도 아시겠지만…… 사실 특정한 그림밖에는 그릴 수가 없습니다. 그마저

126

완전히 제대로 그리는 것도 아니지요."

"그거야 그렇지."

백작이 말했다.

"약간 미친 것 같지."

백작이 말했다.

"미쳤다. 그렇습니다. 바로 그거예요. 저는 미쳤습니다."

벨다인이 내뱉었다.

"그렇습니다. 어찌나 미쳤는지 여기서 게임을 하고 싶을 정도입니다."

슈파운 백작은 흔들림 없는 고요한 표정으로 그를 쳐다보았다.

"여기서?"

"네……."

"흠!"

"이 불길을 가져갈 수 있어야 합니다. 이해하시지요? 이 불길, 다름 아닌 이 불길이 필요합니다!"

"이보게, 자네 아이디어는 실현하기가 힘들어. 그 자체로는 전혀 미친 생각이라고 보지 않네. 그래…… 심지어 정말 고민한 흔적이 엿보이네. 그렇지만 자네도 알다시피 여기서 자네는 재능 있는 화가로 통하지 않는가? 작품을 위해 살아 있는 숨결과 생명을 찾는 그런 예술가 말일세."

"왜요, 백작님? 백작님 한마디면 충분하지 않습니까? 하룻밤, 하룻밤만 손님 자격으로 여기 이 탁자에 앉게 해 주십시오."

"물론 그렇기야 하지. 내 말이라면 분명 거절 못할 걸세. 그렇지만……."

"그럼 왜 말씀을 안 해 주십니까?"

말을 하면서 그는 이글이글 타오르는 눈으로 카드에 걸린 엄청난 돈이 이리저리 오가는 광경을 쫓고 있었다.

"자네 눈으로 직접 보고 있지 않나? 여긴 판돈이 크다네."

"아, 백작님, 그건 문제가 안 됩니다."

"안 된다고? 내 생각은 다른데?"

"꼭 그만큼의 돈을 갖고 있습니다."

그가 날카로운 눈초리로 백작의 눈을 똑바로 쳐다보았다.

"아버님이 이 탁자에서 땄던 그만큼요."

한순간 백작이 말을 잃었다. 그러더니 한 발짝 뒤로 물러섰고, 벨다인에게 목소리를 낮추어 얼른 말했다.

"언제부터 알고 있었나?"

"아버님의 임종을 앞두고서야 알았습니다."

"그랬었군. 내가 오해했네. 처음엔 노름으로 돈을 다 탕진했거나 흥청망청 다 써 버렸다고 생각했지. 좀 지나서는 돈을 꽁꽁 숨겨 놓고 있는 거라고 생각했고. 자린고비가 되어 버렸다고 말일세."

"아닙니다. 백작님…… 그게 아니라…… 생각하신 것과 다릅니다. 나중에 말씀드리지요. 제가 유산을 받았고, 그 돈을 지금 갖고 있다는 것으로 충분하니까요."

백작은 더 이상 대꾸 없이 화가를 데리고 노름판으로 다가가 말했다.

"신사 여러분, 우리의 젊은 친구 화가 벨다인입니다. 여러분도 다들 아시지요? 이 사람이 여러분과 게임을 할 수 있는 영예를 달라고 간청하는군요."

"물론 되지요. 되고말고. 어서 와요. 이리 앉아요."

사람들이 그에게 한마디씩 건넸다. 그리고 그가 그 자리에 앉았다. 진짜로 말이다!

여기 녹색 탁자에! 기분 좋은 흥분이 밀려들었다. 그는 지폐를 꺼내 자기 앞 테이블에 놓았다. 거기에…… 무언가가 그의 앞으로 날아왔다. 카드 한 장이었다. 그가 집으려고 했다.

"죄송합니다."

딜러가 말했다.

"옆 자리 분 겁니다."

'아하, 그래, 그렇군…….' 아직 그의 차례가 아니었다. 옆자리 남자가 잃었다. 그에게는, 벨다인에게는 행운이었다. 더 큰 금액을 걸어도 좋았다. 이길 확률이 더 높아졌으니까. 그렇다면…… 그의 앞에 그의 카드가 놓였다.

그는 잃었다. '아, 첫판인데 뭘! 금방 되찾을 거야.' 그가 다시 돈을 걸었다. 첫판보다 더 큰 액수였다. 하지만 다시 잃었다. 세 번째 판…… 그는 더 많은 액수를 걸었고…… 또 잃었다.

같이 게임을 하던 노름꾼들이 놀란 표정으로 젊은이를 쳐다보았다. 그가 그렇게 돈이 많으리라고 생각하지 못했던 것이다. 정작 벨다인 본인은 미소 띤 표정으로 앉아 있었지만, 시선은 독특할 정도로 한곳에 고정되어 있었다. 슈파운 백작이 소리 죽여 말했다.

"이제 이 정도면 흥분은 충분히 맛본 것 같은데, 그렇지 않은가?"

하지만 젊은 남자는 꼼짝도 하지 않았다. 그는 게임을 계속했고 끊임없이 잃었다. 구경꾼 몇 사람이 모여들었다. 다들 화가의 대담한 게임에 놀랐다. 얼마 안 가서 다들 그가 엄청난 유산을 물려받았고, 그중 상당 부분을 잃었다는 사실을 알게 되었다. 다시 슈파운 백작이 끼어들었다.

"좀 쉬었다 하지 않겠나?"

하지만 벨다인은 계속 게임을 했고 판판이 잃었다. 사람들이 그를 동정하기 시작했고, 그의 정신 나간 게임에 고개를 절레절레 저었다. 그의 불운은 끝을 몰랐다. 잠깐 상황이 역전되는 듯했지만 그게 아니었다. 불운은 다시 시작되었다. 그래도 그는 연신 미소를 잃지 않았고 마지막에는 호탕하게 웃기까지 했다. 그리고 결국 자리를 털고 일어났다. 돈이 다 떨어진 것이었다.

"안녕히 계십시오, 여러분."

그가 말했다. 사람들은 너무 운이 안 좋기에 경의를 표해야 할 사람에게 하듯 그에게 길을 비켜 주었다. 그는 출구 쪽으로 걸어갔고…… 사람들은 그의 뒷모습을 지켜보았다. 백작이 그를 쫓아갔다. 벨다인은 허겁지겁 계단을 내려가더니 거리를 따라 걸어갔다. 길모퉁이에서 백작이 그를 따라잡았다.

"벨다인…… 벨다인!"

“아, 백작님!”

“어딜 그렇게 서둘러 가나?”

“저도 모릅니다…….”

“바보 같은 짓 하지 말게. 내 말 알아들었지! 허튼짓하지 마. 이젠 더 잃을 것도 없네.”

“그러게 말입니다. 없지요.”

“어차피 노름으로 딴 돈이었네. 그래, 일해 번 돈이었다면, 뼈 빠지게 번 돈이었다면…….”

젊은 화가는 아무 대꾸도 하지 않고 긴 골목길로 접어들어 허겁지겁 걸어갔다. 당시 그의 아버지가 그랬듯이. 백작은 무진 애를 써서 겨우 그를 따라잡았다. 그가 또 물었다.

“대체 어디로 가나? 그러지 말고 나랑 같이 가세. 술이나 한잔하자고.”

“말씀은 고맙습니다만 백작님 저를 쫓아오실 거면…… 저는 아주 특별한 장소로 가야 합니다. 거기로 가야 해요.”

“어디로?”

“어디냐고요? 아버지가 그날 밤 그 돈을 파묻으셨던 곳으로 갑니다.”

“그러니까 파묻었던 게로군!”

“네…… 그래 놓고 장소를 잊어버린 겁니다.”

“잊어버려?”

“네. 잊어버렸습니다. 그래서 20년 동안 돈은 많지만 그 돈이 어디 있는지를 모르는 부자로 사셨던 겁니다. 기가 막히지 않으세요? 그러다가 임종을 앞두고 갑자기 생각이 나신 겁니다."

"뭐라고? 그 무슨 동화 같은 이야기인가?"

"동화가 아니라 사실입니다. 백작님, 부자면서 굶주릴 수밖에 없었던…… 인생이라니! 그 영원한 고통이라니! 그런데 제가요, 갑자기 그 돈이 저한테 떨어진 겁니다! 제가 속박 없는 자유인이 된 겁니다."

"날 어디로 데려가는 건가?"

"따라만 오세요. 다 와 갑니다."

"그래, 거기 가서 뭘 하려고?"

"그냥 가고 싶어졌습니다."

한동안 그들은 말없이 걸음을 재촉했다. 그리고 강가에 도착했다.

"저기, 저 다리입니다."

"그래?"

백작이 물었다.

"따라만 오시라니까요."

그가 서둘러 다리 밑으로 내려가는 길로 접어들었다. 그리고 교각 옆에서 바닥에 엎어져 고함을 질렀다.

"여깁니다, 여기요!"

"그런데?"

"여기라고요…… 여기서 돈을 파냈습니다. 그리고…… 보세요…… 보이시죠?"

"뭐가? 강물이 튀겨서 돌이 축축하군."

“뭐라고요? 여기를 보세요.”

그가 무릎을 꿇고 손으로 돌을 집어 들었다.

“글쎄 뭘 보란 말인가?”

“여기 또 돈이 있잖습니까!”

“뭐라고?”

“아, 정말 많군요. 엄청난 액수예요.”

“대체 무슨 생각을 하나?”

“아…….”

그가 손톱으로 돌 사이의 모래를 파냈다.

“저는 다시 부자가 되었어요.”

“벨다인, 이게 무슨 미친 짓인가!”

“흐흐, 이게 웬 떡이야, 웬 떡!”

그가 모래와 작은 돌을 주머니에 쑤셔 넣었다.

“이게 무슨…… 벨다인! 자네 제정신이 아니야. 정신 좀 차리게. 아직 자네는 할 일이 많아. 정신을 차려. 위대한 작품이 자네를 기다리고 있네. 자네 그림 말이야.”

하지만 화가는 그의 말을 듣지 않았다. 땅을 파서 돌을 주머니에 밀어 넣었다. 백작이 그의 어깨를 붙잡고 고함을 질렀다.

“그만하게! 어서 가세. 어서 가!”

벨다인이 천천히 몸을 일으켰다.

“아, 갑니다. 절 다시 데려다 주세요…… 백작님!”

“어디로 말인가?”

“다시 클럽으로 데려다 주세요. 이제 다시 게임을 할 수 있어요!"

　백작은 망연자실 그 자리에 서 있었다. '어떻게 이런 일이 일어난단 말인가! 돈을 다 잃더니 미쳐 버린 건가?' 두 사람은 다시 다리 위로 올라가 다리 옆에 섰다. 백작이 젊은 화가의 손을 잡고 말했다.

　"진정하게."

　"시간이 늦었어요. 얼른 돌아가야 합니다."

　벨다인이 말했다.

　"이보게!"

　벨다인이 잡힌 손을 홱 뿌리치고 인적 드문 골목길로 미친 듯 빠른 속도로 달려갔다. 백작이 뒤에서 고함을 지르며 쫓아갔다. 몇 분 후 화가는 백작이 도저히 따라갈 수 없을 만큼 멀리 달려가 버렸다. '저 미친 친구가 어디로 달리는 걸까? 정녕 말대로 클럽으로 가겠다는 '건지…….' 백작은 다시 걸음을 재촉했다. '잠시 저러다 말겠지.' 걸어가며 그가 생각했다. '저렇게 갑작스럽게 흥분하는 건 이해할 만해. 그런데 어디로 갔지? 찾을 수 있겠지. 저 친구가 제 발로…… 아냐!' 그는 서둘렀다. 얼마 안 가서 그는 클럽 건물 근처까지 다다랐다. 그때 맞은편에서 화가가 그가 있는 쪽으로 걸어왔다.

　"자네군, 벨다인……왜 그러나?"

　"아, 백작님, 백작님!"

　목소리가 울먹였다.

　"왜 그러나? 제정신이 들었구먼. 그게 아닌가?"

"아, 백작님, 보세요."

그가 주머니를 뒤집어 모래와 돌을 꺼냈다.

"그게 어떻다고 그러나?"

백작이 흥분하여 물었다.

"안 보이세요? 돌이잖아요…… 모래잖아요!"

"맞네…… 자네도 이제 깨달았군, 그렇지? 다행이네. 정말 자
네가 걱정되어서 혼났네. 이제 다시 좋아졌어."

"아, 백작님!"

그가 다시 훌쩍거렸다.

"내 돈, 내 돈!"

"그래. 안됐지만 어쩌겠나, 다 잃었으니!"

"다 잃었다고요!"

"그래도 자네는 다른 걸 갖고 있잖나? 돈보다 더 좋은 걸 말이
야."

"내 돈!"

"조용히 하게."

밤거리를 지나던 사람들이 힐끗 쳐다보았다.

"제가 파묻어 놨어요. 파묻었어요."

"뭐? 또 무슨 말도 안 되는 생각을 하나?"

"묻었다고요! 숨겨 놨어요! 그런데 어딘지 모르겠어요!"

"노름으로 다 날렸잖은가, 벨다인! 내 말 들어. 자네가 클럽에
서 다 잃었다고."

"아, 아냐, 아, 아냐. 그렇게 많이, 그렇게 많이 땄는데! 그걸 숨

겨 놓고 어디다 숨겼는지 모르다니. 아, 불쌍한 우리 마누라! 불쌍한 내 새끼! 우리 프란츠!"

백작의 등줄기로 소름이 지나갔다. 갑자기 화가의 얼굴이 이상하게 변한 것 같았다. 마치 아버지 벨다인이 정말로 거기 서서 눈물마저 마른 눈으로 허공을 바라보며 소리 죽여 우는 것 같았다.

"내 아들, 내 불쌍한 아들!"

프로하르친 씨

Господин Прохарчин

Fyodor Mikhailovich Dostoevsky

도스토옙스키 지음 | 이항재 옮김

도스토옙스키 Fyodor Mikhailovich Dostoevsky | 제정 러시아의 소설가
(1821~1881). 19세기 러시아 리얼리즘 문학의 대표자로, 잡지 〈시대〉와 〈세기〉를 간행하면서
문단에 확고한 터전을 잡았다. 인간 심리의 내면에 깃들인 병적이고 모순된 세계를 밀도 있게
해부하여 현대 소설에 막대한 영향을 끼쳤다. 작품에 〈가난한 사람들〉, 〈죄와 벌〉, 〈카라마조프
씨네 형제들〉 등이 있다.

우스티니야 표도로브나의 셋집에서 가장 어둡고 허름한 한쪽 귀퉁이에 세묜 이바노비치 프로하르친 씨가 살고 있었는데, 이미 나이가 지긋한 사람으로 사려 깊고 술도 마시지 않았다. 프로하르친 씨는 관등도 낮았고 자기 근무 능력에 딱 맞는 봉급을 받고 있던 터라 우스티니야 표도로브나는 방세로 매달 5루블 이상 받을 수 없었다. 다른 사람들은 여주인이 그렇게 집세를 적게 받는 데는 그녀만의 무슨 특별한 고려가 있을 거라고 말들 했지만, 어쨌거나 프로하르친 씨는 이 모든 독설가들에게 분풀이라도 하듯이 여주인의 총애까지 받고 있었다. 물론 여주인의 총애를 받는다는 말은 고상하고 공정한 의미로 이해해야 한다. 미리 말해 두지만 우스티니야 표도로브나는 매우 존경할 만하며 뚱뚱한 여자로, 기름기 많은 음식이나 커피를 특히 좋아해서 육식을 금하는 기간을 아주 힘들게 견뎌 내곤 했다. 그녀의 집에는 다른 하숙인들이 몇 사람 더 살고 있었다. 그들은 세묜 이바노비치보다 두 배가 넘는 방세를 지불했지만 점잖지 못했고, 게다가 하나같이 그녀의 황당한 행동이나 의지할 데 없는 신세를 '짓궂게 놀려 대곤 했기 때문에' 그녀에게 잔뜩 미움을 사고 있었다. 만약 그들이 방세를 못 내기라도 한다면 그녀는 그날로 그들을 집 안에 발도 들여놓지 못하게 했을 뿐만 아니라 아예 자기 집에서 그들을 보고 싶어 하지도 않았을 것이다. 세묜 이바노비치가 그녀의 총애를 받게 된 것은 독한 술을 너무 좋아하여 퇴직한 사람, 아니 더 정확히 말하면 직장에서 쫓겨난 어떤 사람이 볼코보 공동묘지로 실려 나간 직후부터였다. 술독에 빠져 직장에서 쫓겨난 사람의 말을 빌리면, 자신은 용감하게 싸우다가 얻어맞아서 한쪽 눈언저리에 멍이 든 채 다니다가 다리 하나가 부러졌다는 것이다. 그러나 어쨌든 간에 그는 우스티니야 표도로브나의 호감을 얻는 데 성공했고, 그녀의 총애를 독차지하게 되었다. 그가 술독에 빠져 아주 비참하게 최후를 마치지만 않았어도 그는 그녀의 가장 신뢰받는 충복이 되었을 뿐만 아니라 식객으로 오랫동안 그녀의 집에 머물렀을 것이다. 이 모든 일은 아직 새집으로 이사 오기 전 페스키에서 살 때 일어났는데, 그때 하숙인라곤 모두 세 사람밖에 없었다. 그 후 더 호사스럽게 꾸며진 새집으로 이사 왔을 때 하숙인이 열 명으로 불어났고, 그때까지 남아 있던 옛날 하숙인은 프로하르친 씨뿐이었다.

프로하르친 씨에게 떼어 낼 수 없는 허물이 있었는지, 다른 하숙인들에게 허물이 있었는지 처음부터 그들은 그다지 사이좋게 지내지 못했다. 미리 말해 두자면 우스티니야 표도로브나의 새로운 하숙인들은 모두 하나같이 친형제나 되는 듯 아주 잘 어울려 지냈고, 그중 몇 사람은 같은 직장에 근무하고 있었다. 모두 매달 월급 받는 날에는 이런저런 노름을 즐기면서 받은 월급을 잃기도 하고 따기도 했으며, 얼큰하게 술에 취하면 인생은 번쩍 하는 한순간이라고 즐겨 말하면서 함께 모여 술을 마시며 시간을 보내곤 했다. 때때로 그들은 고상한 주제에 대해 대화를 나누기도 했는데, 그럴 때마다 그 대화는 항상 말다툼으로 끝나기가 일쑤였다. 그러나 그들은 편견이 없었기 때문에 그런 경우에도 상호 친목은 절대 깨지는 법이 없었다. 하숙인들 중 특히 훌륭한 사람이 몇몇 있었다. 그중 한 사람이 마르크 이바노비치인데 영리하고 박식했다. 그리고 오플레바니예프라는 하숙인, 겸손하고 사람 좋은 프레폴로벤코라는 하숙인, 어떻게든 상류 사회로 진출하겠다는 한결같은 염원을 갖고 살아온 지노비 프로코피예비치, 마지막으로 한때 세몬 이바노비치를 제치고 여주인의 총애를 받을 뻔했던 서기 오케아노프, 또 한 명의 서기 수지빈, 그리고 잡계급[1] 출신인 칸타레프 등이 있었다. 그러나 이 모든 하숙인들에게 세몬 이바노비치는 어울리기 힘든 사람이었다. 그러나 아무도 그에게 적대감을 갖고 있지는 않았고 처음에는 프로하르친 씨를 정당하게 평가하려고 애썼다. 마르크 이바노비치의 말을 빌리면, 프로하르친은 사교적이진 않지만 착하고 온순한 사람이며, 물론 개인적인 허물이 없는 것은 아니지만 아첨꾼은 아닌 것이 분명하고, 만약 그가 고통을 겪게 되는 일이 있다면 그것은 다름 아니라 그에게 상상력이 부족하기 때문이라고 사람들은 판단했다. 이렇게 상상력이 부족한 사람으로 판정받은 프로하르친 씨는 자신의 풍채나 행동으로 그 누

---

1) 19세기 러시아에서 귀족이 아닌 성직자, 관리, 의사, 농민, 상인 등 다양한 계급 출신의 지식 계급인.

구에게도 좋은 인상을 주진 못했지만(이 때문에 남을 비웃기 좋아하는 사람들은 트집 잡기를 좋아한다.) 그의 모습은 아무렇지도 않다는 듯 전혀 문제되는 법이 없었다. 게다가 마르크 이바노비치는 영리한 사람들이 흔히 그렇듯이 형식적으로 세묜 이바노비치를 옹호했는데, 프로하르친은 나이도 지긋하고 견실한 사람으로 이미 오래전에 로맨스를 즐길 시기는 졸업한 사람이라고 썩 그럴 듯한 멋진 말을 구사하면서 다른 사람들 앞에서 그를 옹호하기도 했다. 그래서 만약 세묜 이바노비치가 사람들과 잘 어울리지 못한다면 그것은 모든 점에서 상대방에게 문제가 있기 때문이라는 것이다

사람들이 맨 먼저 주목한 것은 의심할 여지없이 세묜 이바노비치가 보여 준 극도의 절약과 인색함이었다. 사람들은 이 점을 즉시 알아챘고 자신과 관련시켜 생각했다. 세묜 이바노비치는 그 누구에게도, 그 어떤 이유로도, 단 1분간도 자신의 찻주전자를 빌려 주지 않았기 때문이다. 게다가 불공정한 것은 그 자신은 차를 거의 마시지 않았고, 만약 뭔가 마셔야 할 필요가 있다면 차 대신 들꽃이나 어떤 약초를 달인 물을 마신다는 점이었다. 그는 그런 약초나 들꽃 말린 것을 아주 많이 가지고 있었다. 더욱이 그가 먹는 음식은 다른 하숙인들이 먹는 일상적인 음식과는 달랐다. 예를 들자면 그는 우스티니야 표도로브나가 하숙인들에게 매일 차려 주는 점심을 모두 먹는 일이 한 번도 없었다. 점심 값은 은화로 50코페이카[2]였다. 세묜 이바노비치는 점

---

2) 러시아의 화폐 단위. 100코페이카는 1루블이다.

심 값으로 동화(銅貨) 25코페이카만을 사용했고, 그 이상은 절대 쓰지 않았다. 그래서 그는 25코페이카어치의 식사를 하거나 만두와 양배추 수프 한 그릇, 아니면 달랑 소고기만 먹기가 일쑤였다. 종종 그는 양배추 수프도 소고기도 먹지 않았고, 양파나 응고된 우유 혹은 절인 오이를 얹은 구운 빵이나 아니면 양념을 바른 구운 빵을 적당히 먹었다. 이것들은 아주 형편없는 싸구려 음식이었다. 그러다 도저히 배가 고파 견딜 수 없으면 다른 사람의 절반에 해당하는 점심을 다시 먹곤 했다.

여기서 전기 작가가 고백할 것이 있는데, 이렇게 무가치하고 저급한, 심지어 미묘한 것까지, 말하자면 고상한 문장의 다른 애호가가 화를 낼 정도로 자세히 묘사를 하는 것은 이처럼 상세하게 묘사해야만 이 소설 주인공의 주요 특성을 이해할 수 있기 때문이다. 그 자신이 이따금 분명히 말했듯이 항상 배불리 먹을 수 없을 만큼 가난한 사람은 아니었는데도 불구하고, 다른 사람들의 입방아에도 아랑곳하지 않고, 수치심도 없이 자신의 이상한 변덕을 만족시키기 위해 그토록 인색하고 지나칠 정도로 조심스럽게 굴었던 이유는 나중에 훨씬 더 분명히 알게 될 것이다. 그러나 우리는 세묜 이바노비치의 모든 변덕을 묘사하여 독자를 지루하게 하지는 않을 것이다. 예를 들자면 독자들에게 아주 재미있고 흥미로울 수 있는 그의 우스꽝스런 복장에 대한 상세한 묘사도 생략할 뿐만 아니라 우스티니야 표도로브나의 진술만 아니었다면 세묜 이바노비치가 평생 자기 속옷을 세탁소로 보낼 결심을 했는지 안 했는지, 아니면 너무 드물게 세탁물을 맡겨서 그 사이에 그가 속옷을 입었는지 입지 않았는지 전혀 알 수 없었다는 사실에 대해서도 언급하지 않았을 것이다. 여주인의 진술에는 이런 의미도 포함되어 있었다. "세묜 이바노비치라는 사람, 오오, 그 어린 비둘기 같은 사람의 영혼을 보호하소서. 우리 집 한구석에서 부끄러워하지 않고 20년 동안이나 썩고 있었어요. 그는 이 땅에 살아 있는 동안 내내 고집스럽게 양말이니 수건이니 하는 물건들을 멀리했어요." 심지어 우스티니야 표도로브나 자신이 낡은 칸막이 틈으로 직접 본 바에 의하면, "비둘기 같은 그 사람은 자신의 하얀 살을 가릴 만한 것이 아무것도 없었다."는 것이다. 이 말은 세묜 이바노비치가 죽은 후에 한 말이었다. 그러나 생전에(바로 이 점이 가장 중요한 불화의 요인들 중 하나였다.) 그는 주변 사람들 중 가장 좋은 관계에 있는 사람일지라도 허락을 받지 않고 자신의 구석방에 냄새를 맡으려고 얼씬거린다거나 낡은 병풍 틈으로 자신을 엿보려고 하면 버럭 화를 내곤 했다. 그는 절대로 자기 의견을 굽히는 법이 없었고, 입이 무거웠으며 빈말이라곤 해 본 적이 없는 사람이었다. 또한 그는 다른 사람의 충고도 듣기 싫어했고, 남의 일에 끼어드는 일이라면 질색을 했으며, 만약 누군가가 자신을 비웃는다거나 충고라도 할라치면 심한 무안을 주며 이렇게 사태를 끝맺음했다. "이봐, 이 애송이야, 제 앞가림도 못하는 주제에 누구에게 충고를 하려 드는 거야. 잘 들어, 이 애송이야, 네 주머니나 잘 살펴보고 네 각반을 꿰매는 데 실이 얼마나 들었는지 헤아려 보란 말이야, 알아들었어!" 세묜 이바노비치는 단순한 사람이었고, 아무에게나 서슴없이 '너'라고 했다. 이따금 누군가가 그의 습관을 알면서도 장난을 치려고 그의 궤에 무엇이 들어 있는지 끈질기게 캐물으면 그는 참지 못했다. 세묜 이바노비치에게는 조그만 궤가 하나 있었다. 그는 이 궤를 침대 밑에 놓아두고 아주 소중히 여겼다. 모든 사람들이 그 궤 속에는 천 조각이나 두세 켤레의 해진 구두, 들고 다니기에도 쑥스러운 잡동사니들 말고는 아무것도 없다는 것을 다 알고 있었는데도 세묜 이바노비치는 자신의 전 재산을 아주 가치 있는 것으로 평가하고 있었다. 심지어 언젠가 한번은 오래되기는 했지만 아주 튼튼한 열쇠를 못미더워하면서 다른 열쇠나 특별한 여러 가지 장치가 달려 있고 비밀 용수철이 붙어 있는 독일제 열쇠로 바꿔야겠다고 말하는 것을 들은 사람이 있을 정도였다. 한번은 지노비 프로코피예비치가, 세묜 이바노비치가 후손에게 물려주기 위해 분명히 가방 안에 무언가를 숨겨 두었을 거라며 엉뚱하고 말도 안 되는 이야기를 하자 사람들은 그의 이런 엉뚱한 언동에 아연실색해서 거의 기절할 뻔한 적도 있었다. 처음에 프로하르친 씨는 그런 노골적이고 거친 생각에 대답할 적당한 말을 얼른 찾아내지 못하고 어리둥절해하기조차 했다. 오랫동안 그의 입에서 아무 의미도 없는 말이 흘러 나왔는데, 사람들은 나중에야 세묜 이바노비치가 무슨 말을 하는지 겨우 알아듣게 되었다. 먼저 세묜 이바노비치는 지노비 프로코피예비치가 예전에 저질렀던 사소한 잘못을 끄집어내어 욕을 하고 나서 그는 아무리 노력해도 상류사회에 끼어들기는 틀렸고, 양복 값을 지불하지 못해 양복점 주인한테 반드시 얻어맞을 거라고 말했다. 그러고는 세묜 이바노비치는 이렇게 덧붙였다. "이 애송이야, 너는 그래, 경기병의 견습사관이라도 되고 싶은 모양인데 너 같은 놈은 어림도 없어. 미역국이나 먹으란 말이야. 게다가 네 상관도 너에 대한 이야기를 알게 되어 너를 잡아다 서기로나 써먹고 말 거야. 이제 알겠어, 이 애송이야!" 그러고 나서 세묜 이바노비치는 다소 안정을 되찾기는 했지만 다섯 시간 동안 드러누워 있다가 또다시 이전의 기분 나쁜 이야기를 기억해 냈는지 처음에는 혼잣말로 중얼거리다가 나중에는 지노비 프로코피예비치를 향해 다시 욕지거리를 해 대며 창피를 주기 시작했다. 그러나 일이 이것으로 끝난 것은 아니었다. 저녁때 마르크 이바노비치와 프레폴로벤코가 서기인 오케아노프를 불러 차를 마시려는데 세묜 이바노비치가 침대에서 일어나 이들 곁으로 다가와 앉았다. 그는 갑자기 차를 마시고 싶어졌다는 표정을 지으며 20코페이카인지 15코페이카인지를 내놓고는 가난뱅이는 아무리 해 봐야 가난뱅이에 불과하고 아끼려고 해도 아무것도 아낄 것이 없다는 등의 장황한 이야기를 늘어놓기 시작했다. 그러고 나서 프로하르친 씨는 뭔가 그들에게 자신의 속마음을 털어놓기라도 할 것처럼 이야기를 시작했다. 자신은 아주 가난한 사람이라서 사흘 전부터 한 건방진 사람에게서 몇 루블을 빌리려고 했지만 그 자가 거드름을 피우지 못하게 이제 빌리지 않을 것이다, 또한 자기 월급이 너무 적어서 입에 풀칠하기도 힘들다, 이렇게 가난한 자신이 트베리에 살고 있는 누이에게 매월 5루블씩 보내 주고 있다, 만약 자기가 돈을 보내 주지 않았다면 그녀는 벌써 굶어 죽었을 것이다, 만약 그녀가 죽었다면 자신은 벌써 새 옷을 장만했을 수도 있었을 거라는 등의 이야기였다. 그런 식으로 그는 오랫동안 가난뱅이에 대해, 루블에 대해, 누이에 대해 이야기했고, 듣는 사람들에게 더 강한 인상을 주려고 그랬는지 했던 말을 다시 반복하다가 결국 자기 말에 헷갈려서 완전히 입을 다물고 말았다. 그러고는 사흘이 지나 이미 그 일에 대해 모두가 거의 잊어버릴 만했을 때 마치 결론을 내리기라도 하듯 다시 이렇게 덧붙여 말했다. 만약 지노비 프로코피예비치가 경기병에 들어가 전쟁터에 나가게 되면 이 나쁜 놈은 다리 하나를 잘릴 게 분명하고, 의족을 달고 와서는 "착한 세묜 이바노비치 아저씨, 한 푼 도와주세요!"라고 말하게 될 터인데, 그럴 경우 자신은 땡전 한 푼 주지 않을 테고, 저런 못돼 먹은 자식은 거들떠보지도 않을 거며, 저런 녀석은 어쩔 수가 없는 놈이라고 지껄여 댔다.

이 모든 일은 늘 그렇듯이 매우 흥미롭고 동시에 아주 우스꽝스러워 보였다. 이 하숙집의 모든 사람들은 길게 생각해 볼 필요도 없이 앞으로 일이 어떻게 진행될지 연구하려고 모두 뭉쳤다. 단지 호기심에서 그들은 세묜 이바노비치를 공격하기로 결정했다. 그런데 어쩐 일인지 프로하르친 씨 역시 최근에, 그러니까 그 일이 있고 난 후부터 다른 사람과 어울리게 되었고, 그 나름대로 무슨 비밀스런 이유가 있는지 갑자기 모든 일에 흥미를 갖고 알고 싶어 하며 질문을 하고 호기심을 보이기도 해서 이 적대적인 두 진영은 아무런 예비 공작이나 불필요한 노력을 할 필요도 없이 자연스럽게, 마치 저절로 그렇게 된 것처럼 교제하게 되었다. 이 교제를 시작하기 위해 세묜 이바노비치는, 어느 정도 독자들이 이미 알고 있는 제법 교활하고 잘 고안된 방법인 그 나름의 수법을 가지고 있었다. 즉, 그는 이따금 하던 버릇대로 차를 마실 시간이면 침대에서 기어 나왔고, 어디선가 다른 사람들이 뭔가 마시려고 준비하는 것을 보면 겸손하고 영리하며 아주 다정한 사람처럼 당당하게 20코페이카를 내놓으며 자기도 끼고 싶다고 말했다. 그러면 젊은 사람들은 서로 눈짓을 주고받으며 세묜 이바노비치를 상대로 이야기를 시작했다. 처음에는 점잖고 예의에 어긋나지 않는 이야기를 하다가 누군가가 갑자기 여러 가지 새로운 뉴스를 전하기 시작한다. 이런 이야기들은 완전히 꾸며 낸 새빨간 거짓말이었다. 예를 들면 누군가가 오늘 놀라운 소식을 들었는데, 각하가 데미드 바실리예비치에게 말한 내용으로, 결혼한 관리들이 결혼하지 않은 관리보다 훨씬 더 쉽게 더 높은 관직에 오르는데 유리한 이유는 평온한 가정생활을 하는 사람들이야말로 훨씬 더 제 능력을 발휘할 수 있다는 점에서 그렇다는 것이다. 그래서 이야기하는 본인자신도 가능하면 빨리 페브로니야 프로코피예브나나 다른 누군가에게 장가를 들어 승진할 기회를 가져야겠다는 것이다. 그런가 하면 그들의 동료 가운데 많은 사람들이 사교성이나 좋은 매너가 없어서 사교계 부인들의 호감을 사지 못하는 경우가 많은데, 그런 사람들이 직책을 악용하는 것을 막기 위해서는 서둘러 월급에서 얼마씩을 모아 그 돈으로 춤도 배울 수 있고 좋은

품성과 훌륭한 태도를 기를 수 있으며, 또 남에게 친절을 베풀고 노인에 대한 공경심을 배우며 활달한 성격이나 선량하고 상냥한 마음씨, 그리고 다른 여러 가지 매너를 배울 수 있는 강당을 마련해야 한다는 것이었다. 그리고 머지않아 교양 있는 관리를 육성하기 위해 제일 오래 근무한 관리들부터 순서대로 전 과목에 걸쳐 시험을 치르는 법이 곧 시행될 것이고, 그렇게 되면 몇몇 사람은 어쩔 수 없이 사표를 내야 할 상황에 직면하게 될 것이며, 수많은 사람들이 벌써부터 두려워하고 있다는 등 사족까지 덧붙였다. 사람들은 그 이야기가 사실인 것처럼 보이게 하려고 그 사실을 믿어 의심치 않는다는 표정을 지어 보이기도 했고, 이젠 어떻게 하면 좋겠느냐고 묻는가 하면, 자기 자신도 그런 일을 당할지 모른다는 걱정을 하기도 했다. 몇몇 사람은 머리를 흔들며 슬픈 표정을 짓고는 만약 그런 일이 생기면 어떻게 하면 좋겠느냐고 서로 충고를 구하기도 했다. 물론 프로하르친 씨보다 훨씬 덜 너그럽고, 덜 겸손한 사람이라고 해도 그렇게 모두들 한목소리를 내면 당황하고 혼란스러울 것이다. 게다가 여러 특징으로 보건대 세묜 이바노비치는 너무나 무딘 사람이고, 새로운 생각에 빨리 적응할 수 있는 머리도 없었다. 예를 들면 어떤 새로운 소식을 접하면 일단 몇 번이고 곱씹어 보고 이런저런 궁리를 하고 나서 자기만의 특별한 방식으로 겨우 이해할 수 있는 그런 사람이 분명했다. 그런데 이런 일이 일어난 후부터 세묜 이바노비치에게서 지금까지 전혀 상상하기 어려웠던 흥미로운 성격이 나타나기 시작했다. 여러 가지 악평과 말들이 나돌기 시작했고, 여기에 이런저런 이야기가 덧붙여져서 마침내 관청에까지 들어가게 되었다. 프로하르친 씨가 아주 오래 전부터 거의 항상 똑같았던 얼굴 표정을 갑자기 아무 이유 없이 바꾼 것도 효과를 증폭시켰다. 그는 불안한 표정에 겁 많고 소심하고 약간 의심 어린 시선을 보내며 약삭빠르게 걸어 다니기 시작했고, 갑자기 몸을 떨고 뭔가에 귀를 기울이는가 하면, 급기야 진실을 찾아내는 것을 몹시 좋아하게 되었다. 그는 진실에 대한 사랑을 추구하여 마침내 매일 수십 개씩 접하는 새로운 뉴스의 진위 여부를 바로 그 데미드 바실리예비치에게 두어 번씩 알아볼 정도였다. 만약 우리가 여기에서 세묜 이바노비치가 보인 이러한 최근의 돌연한 행동에 대해 침묵한다면 그것은 다름 아닌 그의 평판에 대한 진정한 동정심 때문이다. 그리하여 사람들은 그가 사람을 싫어하고, 사회의 예의범절을 무시한다고 생각했다. 나중에 사람들은 그에게서 기괴한 점을 많이 발견하게 되었는데 그들의 생각은 전혀 틀리지 않았다. 세묜 이바노비치는 이따금 망연자실해 있는가 하면, 입을 멍하니 벌린 채 한자리에서 꼼짝 않고 펜을 허공에 들어 올린 채 굳어 버린 사람이나 돌로 변한 사람처럼 앉아 있곤 했다. 이럴 때 그는 이성적인 존재라기보다는 이성적인 존재의 그림자와 흡사했다. 때때로 뭔가를 찾는 듯이 스쳐 지나가는 몽롱한 그의 시선과 갑자기 부딪히게 된 어떤 동료는 자기도 모르게 움찔하고 당황해서 무심결에 중요한 서류에다 유대인 놈이라든가 아니면 전혀 불필요한 말을 적어 놓기도 했다. 세묜 이바노비치의 비정상적인 행동은 정말 착한 사람들까지도 당황하게 만들었고 모욕감을 느끼게 했다. 이젠 세묜 이바노비치의 머리가 비정상적이라는 사실을 모두들 믿어 의심치 않게 되었다. 어느 날 아침, 프로하르친 씨가 데미드 바실리예비치까지 놀라게 했다는 소문이 관청에 쫙 돌았다. 왜냐하면 데미드 바실리예비치가 복도에서 세묜 이바노비치와 마주치게 되었는데, 세묜 이바노비치의 행동이 얼마나 이상하고 괴상했던지 데미드 바실리예비치가 뒤로 물러설 수밖에 없었기 때문이다. 세묜 이바노비치의 실책을 마침내 그 자신도 알게 되었다. 이런 실책에 대해 전해 들은 세묜 이바노비치는 곧바로 일어나서 책상과 의자들 사이를 조심스럽게 빠져나가 현관에 이르러 외투를 손수 찾아 입고 밖으로 나가서는 기약 없이 사라져 버렸다. 그가 겁을 먹었는지 아니면 다른 것에 관심을 갖게 되었는지 우리는 모른다. 그러나 집에서도 관청에서도 얼마 동안 그는 발견되지 않았다.

우리는 세묜 이바노비치의 운명을 정말 이상한 방향으로 설명하지는 않을 것이다. 그러나 이 점만은 독자에게 꼭 말해야 한다. 그것은 우리의 주인공이 사교적인 사람은 아니지만 아주 온순한 사람이고, 이번 하숙집 사람들과 만나기 전까지는 조용하고 그 누구와도 어울리지 않는 고독한 삶을 살아왔으며, 심지어 어떤 신비함까지도 지닌 사람이었다는 것이다. 왜냐하면 최근까지 페스키에서 살면서 그는 늘 병풍 뒤에 있는 자기 침대에 누워 아무 말도 하지 않고 그 누구와도 교제하지 않았기 때문이다. 그의 오랜 이웃이 두 사람 있었지만 그들 역시 그와 완전히 똑같은 삶을 살아가고 있었다. 그들도 역시 비밀스럽게 15년을 병풍 뒤의 침대에 누워 지냈다. 이렇게 단순하고 소박한 정적 속에서 행복하고 꿈꾸는 듯한 나날과 시간이 계속 흘러갔다. 그리고 주변의 모든 것도 순조롭게 흘러갔기 때문에 세묜 이바노비치도 우스티니야 표도로브나도 그들이 언제 만났는지조차 잘 기억하지 못했다. "10년인가? 아니면 한 15년, 아니 벌써 25년 동안 내내 그는 내 집에 자리 잡고 살았다오. 주여, 그의 영혼을 보호하소서." 이렇게 그녀는 이따금 새 하숙인들에게 말하곤 했다. 그러니 꼭 1년 전에 교제에 익숙하지 않은 견실하고 수줍음 많은 이 소설의 주인공이 갑자기 소란스럽고 법석대는 젊은 열 명의 새 하숙인들에게 둘러싸이게 되었을 때 얼마나 놀라고 불쾌했을지는 아주 자명한 일이다.

세묜 이바노비치의 실종은 그의 하숙집에 적잖은 소동을 불러일으켰다. 그 첫 번째 이유는 그가 하숙집 여주인의 총애를 받는 사람이었고, 두 번째 이유는 여주인이 보관하고 있던 그의 신분증이 이때 우연히 없어졌기 때문이다. 우스티니야 표도로브나는 울고불고 야단법석을 떨었다. 이 방법은 어려운 일을 당할 때면 언제나 그녀가 취하는 버릇이었다. 이틀 동안 그녀는 하숙인들을 욕하고 들들 볶아 댔다. 그녀는 하숙인들이 어린 병아리를 내몰듯이 그를 내몰았고, '악의적인 조롱'으로 그를 망쳐 놓았다고 소란을 피워 댔다. 사흘째 되던 날엔 급기야 그가 죽었든 살았든 당장 그를 찾아오라고 모두를 집 밖으로 내쫓았다. 저녁이 되자 첫 번째로 서기 수지빈이 돌아와서 드디어 그

의 흔적을 찾아냈고, 톨쿠치 시장[3]에서뿐만 아니라 여기저기에
서 그 도망자를 보았는데 그 뒤를 따라다니다가 가까이 서 있
기도 했지만 감히 말을 걸지는 못했으며, 크리보이 골목[4]에 있
는 한 건물에서 불이 났을 때는 바로 그 옆에 서 있었다고 말했
다. 30분이 지난 후에 오케아노프와 잡계급 출신인 칸타레프가
돌아와서 수지빈의 말을 그대로 확인해 주었다. 그들은 세묜 이
바노비치가 서 있던 곳에서 불과 열 걸음도 안 되는 가까운 곳
에 서 있기도 했고 그를 따라 다니기도 했지만 그들 역시 감히
말을 걸지는 못했으며, 세묜 이바노비치가 술 취한 거지와 함
께 있었다고 말했다. 마침내 다른 하숙인들도 모두 한자리에 모
여서 이야기를 주의 깊게 듣고 나서 프로하르친 씨는 지금 그리
멀지 않은 곳에 있으며 곧 돌아올 것이라는 결론을 내렸다. 그
러나 무엇보다 그가 술 취한 거지와 함께 다닌다는 사실에 모두
들 주목했다. 이 술 취한 거지는 아주 추잡하고 난폭한 아첨꾼
이었기 때문에 모두들 그자가 세묜 이바노비치를 거기에서 유
혹했다고 생각했다. 그는 세묜 이바노비치가 실종되기 꼭 일주
일 전에 렘네프라는 친구와 함께 이 집에 나타나 방 한구석에서
잠시 살았다. 그의 말로는 예전에 정의를 위해 고통을 받으며
어느 군에서 근무를 했는데, 어느 날 그곳에 감사관이 들이닥쳐
서 정의를 위해 일했다는 이유로 자신과 동료들을 뒤흔들어 놓
았다는 것이다. 그 후 페테르부르크에 나타나서 포르피리 그리

---

3) 페테르부르크의 사도바야 거리에 있다.
4) 1840년대 페테르부르크의 크리보이 골목은 폰탄카와 자고로드노이 거리 사이의 모스코프
   지역에 있었다.

고리예비치의 발아래 엎드려 자신을 받아 줄 것을 간청한 결과 한 관청에서 자리를 얻게 되었는데, 가혹한 운명의 저주로 이 관청이 개편되는 바람에 다시 일자리를 잃게 되었다고 했다. 게다가 이 새롭게 편성된 기구는 자신이 근무 능력이 없어서라기보다는 다른 이유, 즉 능력과는 전혀 거리가 먼 이유로 자신을 받아들이려 하지 않았다고 했다. 이 모든 것이 정의를 사랑했기 때문이며, 결국은 적들의 간계 때문이라고 했다. 이야기를 하는 동안 지모베이킨 씨는 거칠고 수염도 깎지 않은 자기 친구인 렘네프 씨에게 몇 번이나 입맞춤을 했다. 이야기를 끝내고 나서 그는 방에 있던 모든 사람, 심지어 식모 아브도치야에게까지 순서대로 머리가 땅에 닿도록 절을 하고는 그들 모두를 은인이라고 불렀으며, 자신은 돼먹지 못한 인간이고 비천하며 난폭하고 우둔한 사람이니 착한 사람들이 자신의 저주받은 운명과 단순함을 제발 책하지 말기를 바란다고 말했다. 모든 사람들의 비호를 얻은 지모베이킨 씨는 알고 보니 명랑한 사람이었다. 그는 매우 즐거워하면서 우스티니야 표도로브나가 거칠고 고상한 손이 아니라고 부끄러워하는데도 그녀의 손에 입 맞추고 저녁에는 자기가 아주 잘 추는 색다른 춤을 보여 주겠다고 말했다. 그러나 다음 날, 그가 아주 형편없는 사람이라는 것이 밝혀졌다. 그의 춤이 지나치게 색달랐기 때문이었는지, 아니면 우스티니야 표도로브나의 말마따나 "야로슬라프 일리치와도 아는 사이고, 원하기만 했다면 벌써 오래전에 위관의 아내가 되었을 몸인 나를 무시하고 아무렇게나 대하려고 했다."는 이유 때문이었는지는 모르지만 아무튼 그는 바로 자기 집으로 줄행랑을 치고 말았다. 그렇게 떠난 뒤에 그는 이곳에 다시 한 번 들어왔다가 무자비하게 또 쫓겨난 적이 있었다. 그 후 세묜 이바노비치의 동정과 환심을 얻어 주변을 맴돌다가 그의 새 승마 바지를 빼앗기도 했는데, 이제는 결국 세묜 이바노비치의 유혹자로 다시 나타난 것이었다.

여주인은 세묜 이바노비치가 건강하게 살아 있고, 이제 신분증을 찾지 않아도 된다는 것을 알고 나서 곧바로 울음을 그치고 안정을 되찾았다. 그러는 사이에 하숙인들 중 몇몇이 이 도망자에게 성대한 환영회를 열어 주기로 결정했다. 그들은 벽에 붙어 있던 장식을 뜯고, 실종자의 침대에서 병풍을 약간 밀어낸 다음 이부자리를 약간 흐트러뜨리고 그 악명 높은 궤를 들어서 침대 위에 놓았다. 그리고 침대 위에 여주인의 낡은 스카프와 외투와 실내 모자로 감쪽같이 속아 넘어갈 만큼 그의 누이 모습과 비슷하게 인형을 만들어 놓았다. 일을 끝내고 나서 그들은 세묜 이바노비치가 돌아오면 그 불쌍한 누이가 시골에서 올라와 병풍 뒤에 있는 그의 침대에서 잠을 자고 있다고 하려고 그가 돌아오길 기다렸다. 그들은 기다리고, 기다리고 또 기다렸다. 기다리는 동안 마르크 이바노비치는 하숙인 프레폴로벤코와 칸타레프에게 자기 월급의 절반을 노름으로 날렸고, 오케아노프의 코는 '코 때리기'와 '코 꼬집기' 놀이에 져서 빨갛게 부풀어 올랐으며, 식모인 아브도치야는 실컷 잠을 자고 난 후 두 번이나 나무를 가져와 난로를 피우려고 준비했다. 지노비 프로코피예비

치는 세묜 이바노비치가 돌아오는지 보려고 대문 밖을 들락거
리다가 몸이 흠뻑 젖어 버렸다. 그러나 세묜 이바노비치도 주
정뱅이 거지도 나타나지 않았다. 그러자 모두들 잠자리에 들었
고, 만일의 경우를 대비해서 누이 인형은 병풍 뒤에 남겨 두었
다. 새벽 네 시가 되어서야 문을 두드리는 소리가 들렸다. 문을
얼마나 세게 두드려 댔는지 그동안 하숙인들이 기다리고 고생
한 보람을 충분히 보상받을 정도였다. 바로 그 사람, 세묜 이바
노비치 프로하르친 씨였다. 그러나 그의 몰골을 보는 순간 모두
가 경악을 금치 못했고 그의 누이에 대해서는 완전히 잊어버렸
다. 이 도망자는 실신한 상태였다. 그를 데려온 사람, 더 정확히
말해 그를 어깨에 메고 온 사람은 온몸이 흠뻑 젖은 채 덜덜 떨
고 있는, 누더기 옷을 걸친 심야 마부였다. 어디서 이 사람이 이
렇게 술에 곯아떨어졌느냐고 묻는 하숙집 여주인에게 그는 "이
사람은 취한 것이 아닙니다. 술을 마신 것이 아니에요. 내가 보
장하건대 이 사람은 정신을 잃었거나 아니면 갑자기 몸에 이상
이 생겼거나 그것도 아니면 아마 뇌졸중일 거요." 라고 대답했
다. 사람들은 그를 살펴보기 편하게 페치카 위에 눕히고 자세히
들여다보기 시작했다. 실제로 그는 술에 취하지도 않았고, 뇌졸
중을 맞은 것도 아니었으며, 다른 어떤 이상한 점도 발견되지
않았다. 세묜 이바노비치는 마치 무슨 경기(驚氣) 들린 사람처럼
혀가 돌아가지 않았고, 눈만 희멀겋게 뜨고는 잠옷 바람으로 자
신을 바라보고 있는 사람들을 이 사람 저 사람 의아하게 둘러볼
뿐이었다. 잠시 후, 사람들은 마부에게 그를 어디서 데려왔느냐

고 묻기 시작했다. "칼로몬에서 온 사람들이 있었는데, 신사 양반인지 아닌지 모르지만 아무튼 얼큰하게 취한 분들이 내게 넘겨주었어요. 싸움을 했는지, 경련이 일어나 땅바닥에 뒹굴었는지, 여하튼 무슨 일이 있었는지 모르지만 나더러 데려다 주라고 하더군요. 아주 명랑하고 좋은 사람들이었어요!" 이렇게 마부가 대답했다. 사람들이 세묜 이바노비치를 붙잡아 몇몇 건장한 사람들의 어깨 위로 들어 올려서 그의 침대로 옮겨 놓았다. 침대에 누운 세묜 이바노비치는 손으로 누이를 만져 본 후, 발이 자신의 비밀스런 궤에 닿자 험한 욕지거리를 하며 비명을 질러 대고 네 발로 기면서 온몸을 벌벌 떨고는 할 수 있는 한 손과 몸으로 침대 위에 공간을 확보하려고 애썼다. 주변에 모여 있는 사람들을 이상한 눈초리로 쏘아보며 벌벌 떠는 그의 모습은 마치 자신의 초라한 재산 중 1퍼센트라도 누군가에게 양보하느니 차라리 죽는 편이 더 낫다고 말하는 것 같았다.

  세묜 이바노비치는 자기 침대 주변에 병풍을 바싹 둘러놓고 이삼일 동안 줄곧 누워 있었는데, 그것은 괜히 자신을 성가시게 하는 이 세상 모든 것으로부터 스스로를 격리시키려고 하는 것 같았다. 모든 일이 그렇듯이 다음 날에는 모두들 그에 대해 완전히 잊어버렸다. 그 사이에 시간은 순조롭게 흘러갔고, 또 하루하루가 차례로 지나갔다. 환자는 계속 비몽사몽인 상태에서 열이 펄펄 끓어올랐다. 그러나 그는 조용히 누워 있었고, 신음 소리를 내거나 불평 따위도 하지 않았다. 반대로 그는 조용히 입을 다문 채 토끼가 사냥꾼의 총소리를 듣고 공포에 질려 땅속으로 숨어드는 것처럼 자기 침대에 더욱더 바싹 들러붙어 숨을 죽였다. 때때로 집 안은 오랫동안 슬픔 어린 고요 속에 잠기기도 했다. 하숙인들이 모두 근무를 하러 나갔다는 증거였다. 그런 때면 세묜 이바노비치는 가만히 눈을 뜨고 가까운 부엌에서 여주인이 분주하게 일하는 소리나 식모가 뒤꿈치가 다 해진 신발을 질질 끌며 이 방 저 방으로 왔다 갔다 하면서 이런저런 잔소리를 늘어놓고, 털고 씻고 문지르면서 이 구석 저 구석을 청소하는 소리를 들으며 자신의 아픔을 달랬다. 조리대에서 규칙적으로 똑똑 소리를 내며 떨어지는 물소리처럼 잠을 몰아오는 나른하고 지루한 시간이 이렇게 흘러가기도 했다. 그러다가 하숙인들이 떼를 지어 오거나 혼자서 집으로 돌아올 때면 세묜 이바노비치는 그들이 날씨를 탓하거나 배가 고프다고 불평하는 소리, 소란을 피우고 담배를 피우며 욕지거리를 했다가 다시 화해하는 소리, 카드놀이를 하는 소리, 차를 마시러 모여들면서 찻잔을 부딪치는 소리 등을 모두 분명하게 들을 수 있었다. 세묜 이바노비치는 함께 돈을 모아 차를 마시는 모임에 참여하려고 안간힘을 쓰며 일어나려고 했지만 어느 순간 다시 혼수상태에 빠져들었고, 꿈속에서 식탁에 앉아 그들과 함께 차를 마시고 대화를 나누는 착각에 빠져들었다. 지노비 프로코피예비치는 이 기회를 이용해서 세묜 이바노비치의 누이와 각계각층의 훌륭한 사람들과 그와의 정신적 유대 관계에 대한 어떤 구상을 이야기하곤 했다. 그러면 세묜 이바노비치는 그 말을 부정하고 사실을 말하려 했지만 모든 사람의 입에서 동시에 "이미 여러 번

언급되었소."라는 말이 튀어나와 그의 부정을 완전히 무시해 버렸다. 세묜 이바노비치는 다른 좋은 것을 아무것도 떠올리지 못했고 단지 "오늘이 초하루니까 관청에서 월급을 받는 날이구나." 하고 중얼거리는 것 말고는 다른 새로운 말을 생각해 내지 못했다. 그는 계단 위에서 월급봉투를 꺼내 재빨리 주변을 살펴보고는 법적으로 받을 권리가 있는 그 월급을 되도록 빨리 반으로 나누고 나서 절반은 장화 속에 감췄다. 그는 자신이 지금 침대에 있다는 것도 꿈속이라는 것도 의식하지 못하고 모든 일이 지금 그 계단 위에서 일어나고 있다고 생각했는데, 집에 돌아가 여주인에게 지불해야 할 방값과 식비를 빼고 사야 할 물건들을 사고 나서 아주 실망하고 절망스런 표정을 지은 채 모든 것을 지불하고 나니 한 푼도 남지 않았다고 푸념하며 자기 누이에게 보낼 돈도 없다고 말했다. 그러고 나서 누이가 아주 불쌍하다는 동정의 말을 하고, 그 누이에 대해 많은 말을 되풀이했다. 그리고 한 열흘이 지나면 자기 친구들이 혹시 잊어버릴지도 모르니 그때 다시 한 번 누이의 궁핍함에 대해 슬쩍 상기시켜 줘야겠다고 마음먹었다. 이렇게 결정하고 나서 그는 안드레이 예피모비치를 보았다. 몸집이 아주 작은 그는 대머리에 언제나 말이 없었고, 세묜 이바노비치가 근무하는 방에서 세 번째 떨어진 방에서 근무하고 있었다. 프로하르친이 20년 동안 한마디 말도 걸어 본 적이 없는 그 사람이 계단에 서 있었다. 그 사람 역시 자기가 받은 월급을 세어 보고 나서 머리를 한 번 흔들고는 말을 걸어왔다. "이 돈 좀 보세요! 이것이 없으면 죽도 못 먹지요." 그 사람은 계단을 내려가면서 침울한 표정을 짓고는 바깥 현관에서 이렇게 덧붙이며 말을 맺었다. "우리 집은 아이들이 일곱이나 되지 뭡니까!" 이 대머리 역시 자기가 유령처럼 비현실적으로 행동한다는 것을 전혀 알아채지 못하면서 마루에서 75센티미터 정도 되는 높이에서 한 손을 아래쪽으로 흔들고는 제일 큰 녀석은 벌써 중학교에 다닌다고 중얼거렸다. 그러고 나서 집에 애들이 일곱이나 되는 것이 프로하르친 때문인 것처럼 세묜 이바노비치를 울화가 치민 눈으로 쳐다보고 허름한 모자를 눌러쓰더니 외투를 걸쳐 입고 사라져 버렸다. 세묜 이바노비치는 한 지붕 아래 일곱이나 되는 아이들이 우글거리는 것에 자신은 아무런 책임이 없음을 굳게 믿고 있었지만 점점 두려움을 느끼게 되었고, 이 문제에 대해 잘못한 사람은 아무도 없으며 오직 자신에게만 죄가 있다고 결론을 내렸다. 그는 놀라서 도망치기로 결정했다. 아무래도 이 대머리 양반이 다시 자기를 뒤쫓아 와서 세묜 이바노비치에게는 이 세상에 누이가 존재하지 않는다고 말하고, 일곱이라는 불가항력적인 숫자에 초점을 맞추어 자기 월급을 빼앗아 갈 것만 같았다. 프로하르친 씨는 달리고 또 달렸다. 그와 함께 수많은 사람들이 연미복 뒷주머니에 월급으로 받은 루블 은화를 짤랑거리며 마구 달리고 있는 듯했다. 드디어 모든 사람들이 달리기 시작했고, 화재가 났을 때 나는 소리가 울리기 시작했다. 사람들이 그를 불길이 타오르고 있는 곳으로 떼밀어 가고 있었는데, 그 화재가 난 곳은 얼마 전에 자신이 주정뱅이 거지와 함께 서서 보았던 바로 그곳이었다. 주정뱅이, 달리 말해 지노베이킨 씨는 벌써 그곳에 와 있었고, 세묜 이바노비치를 아주 열렬하게 환영하며 그의 손을 잡고 사람들이 빽빽하게 들어찬 곳으로 데려갔다. 그곳에는 수많은 군중들이 소리를 지르고 있었고, 폰탄카 강을 가로지르는 두 개의 다리며 강변이며 거리를 꽉 메우고 있었다. 그때와 마찬가지로 세묜 이바노비치와 주정뱅이는 어떤 울타리 같은 곳 뒤로 떠밀려 갔다. 여기에서 그들은 톨쿠치 시장과 그 근방의 건물과 선술집에서 몰려나온 구경꾼들로 인산인해를 이룬 거대한 신탄장(薪炭場)에서 집게에 낀 것처럼 꽉 눌린 채 꼼짝할 수 없었다. 세묜 이바노비치는 예전에 본 것과 똑같은 것을 목격하고 있었다. 그는 열에 들떠 헛소리를 하면서 서로 다른 이상한 얼굴들이 자기 앞에서 어른거리기 시작하는 걸 보았다. 몇몇은 낯익은 사람들이었다. 그중 한 사람은 누가 봐도 몹시 인상적이었는데, 키가 2미터가 넘고 수염이 70센티미터나 되었다. 화재가 났을 때 뒤에서 세묜 이바노비치를 고무하던 바로 그 사람이었다. 그러자 우리의 주인공도 어떤 감동에 사로잡혀 소방대의 활약에 갈채를 보내는 듯 발을 구르고 있었다. 그가 서 있는 곳에서 소방대원들의 활약상이 똑똑히 보였기 때문이다. 또 한 사람은 건장한 젊은이로, 세묜 이바노비치가 누군가를 구하려고 벽을 타 넘으려고 했을 때 다른 벽을 기어오르는 척하면서 그에게 한 방 먹인 사람이었다. 그 앞에서 어떤 노인의 모습이 스쳐 지나갔다. 치질 환자의 얼굴을 한 그 노인은 낡고 두툼한 솜옷에 허리띠를 두르고 있었는데, 화재가 나기 전에 자기 하숙인을 위해 마른 빵과 담배를 사러 나왔다가 돌아가는 길이었다. 그는 한 손에 우유병을 들고 다른 손에는 무슨 자루를 들고 꽉 찬 군중 사이를 헤치고 불타고 있는 집으로 다가가려 안간힘을 쓰고 있었다. 불타고 있는 그 집에 아내와 딸이 있고, 방구석에 놓아 둔 깃털 요 밑에서 자신의 30루블 50코페이카가 타고 있다고 했다. 그런데 여기서 세묜 이바노비치는 병을 앓으면서 꿈속에서 몇 번씩이나 본 가난하고 죄 많은 아낙을 발견했다. 지금 나타난 이 아낙도 그녀와 똑같았다. 그녀는 예전 모습 그대로 헌 누더기 옷을 걸친 채 짚신을 신고 긴 지팡이를 들고 있었으며, 등에는 나뭇가지로 엮어 만든 바랑을 메고 있었다. 그녀는 지팡이와 손을 마구 휘저으며 소방대원들이나 모여 있는 군중들보다 더 큰 소리로 외쳐 댔고, 자신은 어디 어디에서 자식들에게 버림받았는데 그때 5코페이카짜리 두 개를 잃어버렸다고 소리소리 질러 댔다. 아이들과 5코페이카, 5코페이카와 아이들이라는 말이 그녀의 입에서 계속 뒤죽박죽 흘러나왔는데, 그 말을 이해하려고 하면 할수록 헷갈려서 포기해 버렸다. 그녀는 여간해서 입을 다물려고 하지 않았고, 계속 팔과 지팡이를 휘두르며 거리의 모든 사람을 모이게 한 화재에도, 그녀의 곁에 있던 엄청난 인파에도, 다른 사람들의 불행과 심지어 그곳에 몰려든 사람들의 머리 위로 떨어지기 시작하는 불똥에도 전혀 아랑곳하지 않고 계속 자신의 이야기를 큰소리로 떠들어 대고 있었다. 마침내 프로하르친 씨는 공포의 감정을 느끼기 시작했다. 왜냐하면 그 모든 것이 단순히 아무 의미 없이 일어나는 것이 아니라는 것을 깨달았고, 그냥 이대로 모든 일이 끝날 것 같지 않다는 느낌을 받았기 때문이다. 실제로 그가 있는 곳에서 얼마 떨어지지 않은 곳에 한 남자가 허름한 웃옷의 앞섶을 다 풀어 헤치고 불에 그을린 머리카락과 수염을 산발한 채 장작더미 위로 올라가면서 세묜 이바노비치를 공격하라고 군중들을 선동하고 있었다. 사람들이 점점 더 몰려들었고, 그 남자는 계속해서 소리를 질렀다. 공포에 사로잡힌 프로하르친 씨는 문득 지난 일을 떠올렸다. 바로 그 남자는 세묜 이바노비치가 5년 전에 속여 먹은 적이 있는 마부였다. 그때 그는 돈을 내기 전에 몰래 앞문으로 살금살금 빠져나가 뜨겁게 달구어진 판석 위를 맨발로 달리는 것처럼 걸음아 날 살려라 하고 도망쳐 버린 적이 있었다. 절망에 빠진 프로하르친 씨가 아무리 소리를 질러 대도 목소리가 나오지 않았다. 분노한 군중들은 마치 뱀처럼 그를 에워싸고 목을 조르기 시작했다. 그는 있는 힘을 다해 빠져나오려고 몸부림치다가 잠에서 깨어났다. 그런데 이번에는 자기 구석방이 불타고 있는 것이 보였다. 그의 병풍이 불타고, 온 집이 불타고, 우스티니야 표도로브나와 그녀의 하숙인들이 모두 불타고 있었다. 그리고 그의 침대와 베개와 이불과 궤가 불타고 있었고, 더구나 가장 아끼는 요까지 타고 있었다. 세묜 이바노비치는 벌떡 일어나 요를 움켜쥐고 질질 끌면서 여주인의 방으로 달려갔다. 여주인의 방으로 달려간 우리의 주인공은 부끄러움도 잊고 맨발에 셔츠만 입고 있었다. 사람들이 그를 붙잡아 병풍 뒤에 있는 그의 침대로 다시 데려왔다. 병풍은 전혀 불타지 않았고, 오히려 타고 있는 것은 세묜 이바노비치의 머리였다. 그는 다시 침대에 눕혀졌다. 그의 형상은 다 해진 옷에 면도도 하지 않고 침울한 얼굴로 샤르만카[5]를 켜는 노인이 자기 여행용 가방 속에 집어넣은, 난폭하게 행동하여 모든 사람들을 박살 내고 영혼을 악마에게 팔아 버린 후 마침내 자신의 모든 역할을 끝낸 펀치[6]의 모습과 비슷했다. 펀치는 인형극이 새로 시작될 때까지 도깨비나 흑인 같은 나무인형들과 꼭두각시, 카테리나 아가씨와 그녀의 행복한 애인인 경찰서장 같은 다른 인형들과 함께 그 가방 속에 있어야 한다.

즉시 늙은이건 젊은이건 모두가 세묜 이바노비치를 빙 둘러싸고 그의 침대 곁에 일렬로 서서 기대에 가득 찬 얼굴로 환자를 바라보고 있었다. 한동안 그는 정신을 차리지 못하다가 겨우 의식을 되찾고 나서 양심에 가책을 받아서 그랬는지 아니면 다른 이유에서였는지 있는 힘을 다해 이불을 끌어당기기 시작했다. 아마 그는 자신을 동정하는 사람들로부터 얼굴을 가리려고 했던 것이 분명했다. 마침내 마르크 이바노비치가 맨 먼저 입을 열었다. 그는 영리한 사람들이 그렇듯이 가장 먼저 침묵을 깼는데, 세묜 이바노비치가 완전히 안정을 되찾아야 하고 작은 아이들처럼 앓는 것은 나쁘고 부끄러운 일이니 어서 건강을 회복해서 근무를 시작해야 한다고 말했다. 그러고는 앓고 있는 관리에 대한 봉급 책정이 아직 정확하게 결정된 것은 아니지만 분명한

___
5) 등에 메고 다니는 소형 손풍금.
6) 익살스런 영국의 인형극에 나오는 주인공. 펀치는 매부리코에 꼽추로, 아이와 아내를 죽이고 끝내는 교수형을 당한다.

것은 직급이 몹시 낮아질 것이라서 자기 생각엔 병을 앓는 것은
그다지 큰 이익이 되지 않을 것 같다고 우스갯소리를 하며 말을
마쳤다. 한마디로 모두가 세묜 이바노비치의 운명에 대해 진정
으로 염려하는 것이 분명했다. 그런데도 세묜 이바노비치는 이
해할 수 없는 무례한 태도로 계속 침대에 누워 입을 굳게 다물
고 있었으며, 고집스럽게 이불만 더욱더 세게 끌어당기는 것이
었다. 마르크 이바노비치는 자신의 패배를 인정하지 않고 여전
히 마음을 애써 진정시키며 병자에게 해야 할 행동을 해 보이며
세묜 이바노비치에게 다정스레 이야기를 하고 있었다. 그러나
세묜 이바노비치는 그의 말에 공감하려고 하지 않았다. 반대로
그는 전혀 믿을 수 없다는 표정을 짓고 입속말로 뭐라고 중얼거
리더니 주위 사람들을 증오에 찬 눈초리로 노려보았다. 그는 자
기를 동정하고 있는 이 모든 사람들이 해골로나 변했으면 하고
바라는 듯이 눈을 치뜨고 눈알을 좌우로 흘기기 시작했다. 이제
그에게 더 이상 할 말이 없었다. 마르크 이바노비치도 더는 참
지 못하고 세묜 이바노비치가 끝까지 고집을 피우고 있다는 사
실에 모욕을 느꼈는지 화가 단단히 나서는 다정한 어투가 아니
라 아주 단호한 어조로 이젠 일어나는 것이 좋지 않겠느냐, 더
이상 누워 있을 필요가 없지 않으냐, 밤낮으로 그놈의 화재니
누이니 주정뱅이니 열쇠니 궤니 하는 말은 그만 집어치워라, 그
런 말로 사람을 모욕하는 일 따위는 아주 우둔한 짓이고 예의가
아니다, 세묜 이바노비치 자신이 잠을 자고 싶어 하지 않는 거
야 할 수 없는 일이지만 다른 사람을 방해하는 행동은 하지 말

아야 한다, 그리고 이 모든 것들을 꼭 명심하라며 끝을 맺었다. 이 말이 효과가 있었는지 세묜 이바노비치는 마르크 이바노비치를 향해 재빨리 몸을 돌리더니 비록 아직 약하고 쉰 목소리였지만 아주 단호한 어투로 이렇게 말했다. "이봐, 이 애송이야, 쓸데없는 소리 집어치우고 입 다물어! 교활한 놈 같으니! 이 구두 뒤축만도 못한 녀석아, 네가 무슨 공작이라도 되는 줄 알아? 말귀를 알아들었어, 응?" 이 말을 들은 마르크 이바노비치는 화가 잔뜩 났지만 병자에게 화를 내면 안 된다는 생각에 간신히 화를 가라앉혔고, 반대로 상대방을 골려 줄까도 생각했지만 그것도 그만둬 버렸다. 그도 그럴 것이 세묜 이바노비치는 그가 자신에게 농담을 하려고 한다는 것을 알아채고는 돼먹지 못한 행동을 할 경우 네놈이 시를 쓴대도 용서하지 않겠다고 으름장을 놓았기 때문이었다. 2분가량 침묵이 흘렀다. 깜짝 놀랐다가 겨우 정신을 차린 마르크 이바노비치가 약간 당황하긴 했지만 분명하고 고상한 어투로 세묜 이바노비치는 훌륭한 사람들과 같이 지내고 있다는 사실을 알아야 하며, 신사라면 훌륭한 사람에게 어떤 태도를 취해야 하는지 알아야 한다고 말했다. 마르크 이바노비치는 기회가 있을 때마다 고상하게 말하는 법을 알았고, 또한 듣는 사람들에게 충고하는 걸 아주 좋아했다. 반면 세묜 이바노비치는 어떤가 하면, 오랫동안 말을 하지 않아서 그렇게 됐는지도 모르지만 말에 앞뒤가 없었다. 그 밖에도 예를 들면 그가 어떤 긴 말을 하려고 할 때면 이야기가 진행되면서 말 하나하나가 다른 말로 새어 나가 버리고, 다른 말은 또 제3, 제4의 다른 말로 변해 버려 그의 입은 말로 가득 차게 되고 그 말은 현란하게 뒤얽혀 버렸다. 영리한 세묜 이바노비치가 이따금 이렇게 바보 같은 말을 하는 것도 모두 그 때문이었다.

"거짓말 마, 이 녀석아. 너는 아직 애송이에 불과해! 빈둥거리고 노는 주제에 넌 목에 자루나 걸고 구걸이나 하러 돌아다니게 될 거야. 너는 자유사상가[7]야. 너는 방탕한 놈이야. 맞아, 이 알량한 시인아!"

"아니, 세묜 이바노비치, 당신, 아직 헛소리를 하고 있는 거요?"

"그래, 내 말 좀 들어 봐."

세묜 이바노비치가 대답했다.

"헛소리는 멍청이나 하는 짓이고 주정뱅이나 개가 하는 짓이야. 현명한 사람은 분별 있는 일을 하는 법이야. 그래, 내 말 듣고 있나? 너는 일이 뭔지 모르는 작자야. 너는 빈둥거리고 노는 놈팡이야. 학자인 체하는 너, 겉멋으로나 책을 읽는 주제에 그래 너 같은 놈은 불에 태워 버려야 해. 머리가 타서 떨어져 나가는 줄도 모를 거야. 그래, 이런 이야기 들어 봤어?"

"그러니까…… 무슨 말인지…… 세묜 이바노비치, 머리가 타서 떨어져 나가다니?"

마르크 이바노비치는 더 이상 말하지 않았다. 누가 보더라도 세묜 이비노비치가 아직 제정신이 아니고 여전히 헛소리를 하

---

7) 종교나 국가의 통치 이념에 회의적인 태도를 지닌 사람으로, 19세기 러시아에서는 위험인물로 간주되었다.

고 있는 것이 분명했기 때문이다. 그러나 여주인은 참지 못하고 얼마 전에 크리보이 골목에 있는 한 집에서 대머리 계집애가 집에 불을 냈는데, 그 계집애가 초에 불을 붙여 헛간을 몽땅 태웠지만 지금 이 집에서 그런 일이 일어날 리 만무하고 아무 일도 없을 거라고 말했다.

"그런데 세묜 이바노비치!"

지노비 프로코피예비치가 극도로 흥분해서 여주인의 말을 가로막으며 말했다.

"세묜 이바노비치, 도대체 당신은 어떻게 된 사람이기에 지금 이러고 있는 거요? 정말 당신하고 농담하고 있는 줄 아시오? 당신 누이나 무용 시험에 대해 농담하고 있는 줄 아시오? 그렇게 생각해요?"

"자, 내 말 좀 들어 봐."

우리의 주인공은 있는 힘을 다해 침대에서 몸을 엉거주춤 일으키고 나서 자기를 동정하는 사람들에게 증오심을 보이며 말하기 시작했다.

"누가 실없는 사람이라는 거야? 실없는 놈은 바로 너야. 실없는 놈은 개란 말이야. 그런데 나는 말이야, 너 같은 놈의 명령에 따라 실없는 짓이나 하고 있을 사람이 아니란 말이야. 알았어, 이 애송이야. 이봐, 난 네 머슴이 아니야!"

세묜 이바노비치는 뭔가 더 말하려고 했지만 힘없이 침대 위에 쓰러지고 말았다. 그에게 동정을 보낸 사람들은 정신이 멍해져서 입을 쩍 벌리고 있을 뿐이었다. 이제야 세묜 이바노비치가 어떻게 됐는지 알게 되었지만 어디서부터 손을 대야 할지 몰랐다. 그때 부엌문이 삐걱거리며 열리고 술주정뱅이 친구, 즉 지모베이킨이 머뭇거리며 고개를 숙이고는 언제나처럼 냄새를 맡기라도 하듯 살금살금 들어왔다. 모두들 그를 기다리고 있었다는 듯이 빨리 들어오라며 불렀다. 지모베이킨은 아주 좋아하면서 외투도 벗지 않고 서둘러 세묜 이바노비치의 침대 곁으로 다가갔다.

형색으로 보아 지모베이킨은 밤새 한잠도 자지 않고 무슨 중요한 일이라도 하고 온 사람 같았다. 오른쪽 얼굴에는 뭔가가 붙어 있었고, 부풀어 오른 눈꺼풀은 눈에 고름이 흘러서 젖어 있었다. 연미복이나 바지도 모두 너덜너덜했으며, 그나마 한쪽은 어디 시궁창에라도 빠진 모양인지 온통 흙에 범벅이 되어 있었다. 그는 누구의 것인지 알 수 없는 바이올린을 한쪽 옆구리에 끼고 있었는데 아마도 그것을 팔러 가는 모양이었다. 그가 도움이 될 거라고 생각한 사람들의 예상은 빗나가지 않았다. 그도 그럴 것이 그는 문제가 무엇인지 금방 알아채고 재빨리 세묜 이바노비치에게 다가갔다. 그러고는 모든 주도권을 쥐고 있는 사람처럼, 또 이 일을 어떻게 처리해야 하는지 알고 있는 사람처럼 말했다.

"센카! 자네, 이게 어찌된 일인가? 일어나게. 이봐, 센카, 일어나란 말이야. 현명한 프로하르친 씨! 이제 그만 정신을 차려야지. 계속 이러면 자네를 끌어 내리겠어. 허세를 부려도 분수가 있지."

이렇게 짧고 단호한 그의 말은 곁에 있던 사람들을 놀라게 했다. 게다가 더욱 놀라운 것은 세묜 이바노비치가 이 말을 듣고 자기 앞에 서 있는 사람이 누군지 알아보고는 아주 당황하고 겁먹은 얼굴로 간신히 입을 벌려 소곤거리는 말로 무언가 꼭 할 말을 해야겠다고 결심한 사람처럼 말한 것이다.

"이런 불행한 녀석, 저리 가. 자넨 불행한 도둑놈이야! 알아들었어? 자넨 정말 대단한 사람이고 공작이야. 정말 대단한 사람이야!"

"아닐세, 이 사람아."

지모베이킨이 침착하고 점잖게 말했다.

"이러면 안 돼. 이보게, 지혜로운 프로하르친! 자네는 프로하르친다운 사람이야."

지모베이킨이 세묜 이바노비치의 말을 약간 조롱하고는 득의양양해서 주의를 둘러보고 계속 말했다.

"이봐, 이젠 그만하면 됐네. 이젠 충분하다고. 그렇지 않으면 자네 얘기를 모두 해 버리겠어. 모두 말이야. 알아들었어?"

세묜 이바노비치는 이 말을 알아듣는 듯했다. 왜냐하면 그는 이 말을 끝까지 듣고 몸을 움찔했고, 몹시 낙심한 표정으로 재빨리 사방을 둘러보기 시작했기 때문이다. 자기 말의 효과에 만족한 지모베이킨 씨가 계속해서 말을 하려고 했으나 이때 마르크 이바노비치가 그를 제지했고, 세묜 이바노비치가 조용해지고 완전히 온순해져서 안정을 되찾을 때까지 기다렸다가 그에게 훌륭하고 긴 설교를 늘어놓기 시작했다.

"첫째, 무슨 생각을 지금 그의 머릿속에 주입시키려고 하는 것은 아주 무익한 일이며, 둘째, 무익할 뿐만 아니라 해롭기까지 하며, 해로운 만큼이나 완전히 비도덕적인 것이오. 그 이유는 세묜 이바노비치가 많은 사람들을 유혹에 빠뜨리고, 또 나쁜 본보기가 되기 때문이오."

모두들 그 말을 듣고는 좋은 결과가 나오리라고 생각했다. 이 때문인지 세묜 이바노비치는 완전히 조용해졌고 온순한 태도로 대답을 하기 시작했다. 가벼운 언쟁이 일어났다. 그것은 어떻게 해서 그가 이렇게 얼빠진 사람처럼 온순하게 변했는가 하는 것이었다. 세묜 이바노비치는 대답을 하긴 했지만 뭔가 비유적으로 대답을 했다. 사람들이 그에게 다시 반대 심문을 하자 세묜 이바노비치는 이를 반박했다. 또한 두 가지 점에서 이의가 제기되었다. 그러다가 나중에는 늙은이고 젊은이고 할 것 없이 서로 엇갈려서 언성을 높이기 시작했고, 결과적으로 어떻게 해결해야 할지 알 수 없는 난감한 상황에 이르고 말았다. 언쟁은 마침내 초조감을 불러일으키고, 초조감은 고함 소리를 불러일으키고, 고함 소리는 눈물까지 자아내게 했다. 마르크 이바노비치는 화가 머리끝까지 나서 게거품을 물고 지금껏 이렇게도 꽉 막힌 사람은 처음 보았다고 말하며 자리를 떴다. 오플레바니예프는 침을 뱉었고, 오케아노프는 깜짝 놀랐으며, 지노비 프로코피예비치는 눈물을 줄줄 흘렸다. 우스티니야 표도로브나는 소리 내어 통곡까지 했다. "내 하숙인이 나를 버리고 떠나더니 정신이 돌아버렸어. 아직 젊은 사람인데 신분증도 없이 죽으려는 모양이야. 이제 나는 완전히 외톨이가 되어 버렸어. 이제 사람들이 나를 더 못살게 굴게 틀림없어." 한마디로 다음과 같은 내용이 모든 사람들에게 분명해졌다. 세묜 이바노비치가 사람들 틈에서 들볶이는 동안 머리가 이상해졌다는 것이다. 모두들 입을 다물었다. 지금껏 세묜 이바노비치가 모든 사람들을 두려워했다면, 이번엔 세묜 이바노비치를 동정하는 모든 사람들이 그를 두려워하기 시작했다.

"어떻게 된 일이오!"

마르크 이바노비치가 소리를 질렀다.

"도대체 당신은 뭘 두려워하고 있소? 뭣 때문에 정신이 나갔느냔 말이오? 누가 당신 따위에게 관심이나 있는 줄 아시오? 두려워할 권리라도 있는 줄 아시오! 당신은 도대체 누구요? 뭣 하는 사람이냔 말이오? 당신은 아무것도 아니오. 그저 부침개에 불과하단 말이오. 그런데 무슨 이유로 이런 소동을 벌이느냔 말이오? 거리에서 어떤 여인이 마차에 치었다고 해서 당신도 그렇게 될 거라는 거요? 어느 주정뱅이가 호주머니를 털렸다고 해서 당신 옷자락이 잘릴 거라고 생각하는 거요? 어느 집에 불이 났다고 왜 당신 머리가 불에 타느냔 말이오? 왜 그래요? 왜 그러느냔 말이오?"

"너, 너, 너란 놈은 멍청한 자식이야!"

세묜 이바노비치가 웅얼거렸다.

"네 코를 잘라 빵과 버무려 먹어도 너는 알아채지 못할 거야……."

"그래, 구두 뒤축이라고 해도 좋아."

잘 듣지도 않고 마르크 이바노비치가 말했다.

"그래, 내가 구두 뒤축만도 못한 사람이라고 치자고. 그러나 난 시험을 친다거나 결혼을 한다거나 춤을 배워야 할 이유도 없어. 나는 아무런 걱정이 없는 사람이란 말이오. 왜 이러시오, 이 양반아, 당신이 서 있을 넓은 자리가 없어서 그러오? 당신 발밑의 마루가 꺼지기라도 한단 말이오? 그렇소?"

"그래서 어떻다는 거야. 누가 너에게 물어보기라도 했어? 닳아 버리면 그만이야."

"아니, 뭘 닳아 버린단 말이오? 무슨 할 말이 더 있소?"

"저기, 주정뱅이를 파면시켰잖아……."

"파면시켰지. 그러나 당신이나 나는 제대로 된 사람들이란 말이오!"

"그래, 사람이지. 그렇지만 있다가 없어진단 말이야."

"없어지다니! 도대체 뭐가 없어진단 말이오?"

"관청…… 과-아-안-처-엉!!!"

"당신은 행복한 인간이오. 물론 관청은 필요하지, 관청이야……."

"관청은 필요하단 말이야. 내말 듣고 있어? 내일까진 필요할지 모르지. 그런데 그 다음 날은 필요 없게 될지 누가 안단 말이야? 그런 이야기를 내가 들었다고……."

"당신에게 봉급을 지급하고 있지 않소! 당신은 포마 같은 사람이군. 당신은 포마야. 의심 많은 사람이란 말이오! 당신은 고

참 관리니까 다른 자리에서도 그만한 대우를 해 줄 거요…….”

“봉급이라고? 그래, 나는 봉급을 다 먹어 버렸지. 도둑이 와서 다 가져가 버릴 거야. 게다가 나에겐 부양해야 할 누이가 있어. 알아들었어? 누이가 있단 말이야! 이 못대가리야…….”

“누이라! 당신이란 사람은 정말…….”

“그래, 나는 사람이야. 그런데 책 많이 읽은 너 말이야, 이런 멍청이, 이 못대가리야. 너는 못대가리란 말이야, 알겠어? 농담으로 이런 말 하는 게 아니야. 사실 그런 자리가 있어. 얼마 안 가서 없어질 그런 자리가 있단 말이야. 데미드, 너, 내 말 듣고 있어? 데미드 바실리예비치 말로는 자리가 없어진다는 거야…….”

“오오, 데미드, 데미드! 그가 바로 장본인이군요, 그렇죠?”

“그래, 순식간에 자리를 잃을 거야…….”

“그래요, 당신 결국은 거짓말을 하고 있거나 정신이 완전히 돌았어! 우리에게 모두 얘기하는 것이 어떻소, 응? 고백하시오, 무슨 나쁜 짓을 했소? 부끄러워할 게 뭐가 있어! 아니면 완전히 돌기라도 한 거요, 응?”

“그래, 나는 미쳤다! 정신이 나갔어!”

모두들 어쩔 줄 모른 채 완전히 맥이 풀렸다. 여주인은 마르크 이바노비치의 두 손을 잡고 제발 세묜 이바노비치를 괴롭히지 말라고 애원했다.

“이교도 같으니라고. 자네는 이교도의 영혼을 가진 사람이야. 아주 영리하기도 하군!”

지모베이킨이 애걸했다.

"세냐[8], 자네는 화를 낼 줄 모르는 사람이 아닌가? 자네는 아주 선량한 사람이야. 친절한 사람이라고. 자네는 아주 순박하고 좋은 사람이야…… 듣고 있나? 이것은 모두 자네가 착해서 그런 거야. 그런데 나로 말할 것 같으면 난폭한데다 멍청이란 말이야. 게다가 나는 거지가 아닌가. 그런데 착한 사람들은 나를 저버리려 하지 않는단 말이야. 나에게 존경을 표한다고. 그리고 여기 사람들과 여주인에게 고마울 따름이야. 자, 보라고. 내가 정중하게 인사를 올릴 테니까 말이야. 이렇게 나는 자신의 의무를 다한단 말이야, 주인아주머니!"

이렇게 말하고 지모베이킨은 정말로 거북할 정도로 땅에 머리가 닿도록 정중하게 절을 했다. 잠시 후 세묜 이바노비치가 앞서 말하던 것을 계속하려 했지만 이번에는 모두들 그가 말하는 것을 허락하지 않았다. 모두가 그를 설득하고 간청도 하고 확언도 하면서 위로를 해 주려고 하자 세묜 이바노비치도 그만 수줍어하면서 연약한 목소리로 설명할 기회를 달라고 말했다.

"그래, 모두 좋은 이야기야."

그가 말했다.

"나는 선량한 사람인데다 얌전하고 남에게 해코지도 않고, 충실하며 믿을 만한 사람이라고. 말하자면 나라는 사람은 마지막 피 한 방울까지도 아끼지 않는단 말이야. 그런데 너는 말이야, 이 풋내기야, 자리가 있다면 그건 괜찮아. 그런데 나는 가난뱅

---

8) 세냐, 셴카는 모두 세묜 이바노비치의 애칭.

이란 말이야. 그런데 자리를 빼앗기기라도 하면 말이야, 이 풋
내기야, 잠자코 생각을 해 보란 말이야. 갑자기 자리를 빼앗기
면 말이야…… 이봐, 이 사람아, 지금은 자리가 있지만 나중에
는 없다고…… 내 말뜻을 알겠어? 나는 말이야, 이 사람아, 작은
손가방이라도 가지고 있어야 해. 알아들었나?”

“센카!”

떠들썩한 소리를 압도하기라도 하듯이 지모베이킨이 화를 내
며 말했다.

“자네는 뭔가 자유사상을 가진 사람이야. 지금 고발해 버릴
거야. 자네는 뭔가? 도대체 자네는 누구야? 그래, 깡패라도 된단
말인가. 이런 멍청한 작자 같으니라고. 난폭하고 멍청한 사람은
말이야, 내 말 듣고 있나? 해고 통지서도 없이 자리에서 쫓겨나
고 말아. 자네 뭐하는 사람이야?”

“그게 바로, 그게…….”

“그게 대체 뭐야? 그런 작자는 내버려 둬!”

“그런 작자라니?”

“그러니까 만약 그가 자유로운 사람이라면 말이야. 나도 자유
로운 사람이야. 그래서 줄곧 누워 있는 동안에 그 작자를…….”

“뭘 말이야?”

“그러니까 자유사상가를…….”

“자-유-사-상-가! 센카, 자네가 자유사상가라고!”

“잠깐!”

프로하르친 씨는 한 손을 내저어 소리치려는 것을 막으며 소

리를 질렀다.

"나는 그런 사람이 아니야. 잠깐만 기다려 봐. 기다려 보란 말이야. 이런 염소 같은 자식아, 나는 온순한 사람이야. 오늘도 온순하고, 또 내일도 온순할 거야. 그런데 그 다음에는 온순하지 못하고 난폭해졌어. 자유사상가가 되었지!"

"무슨 말을 하고 있는 거요?"

마르크 이바노비치가 화가 잔뜩 나서 잠시 앉아 쉬고 있던 의자에서 벌떡 일어나더니 온몸을 부르르 떨며 있는 힘을 다해 그의 침대 쪽으로 달려와 소동을 벌였다.

"무슨 말을 하는 거야, 이 숫양 같으니! 당신은 빈털터리야. 이 세상에 자기 혼자 산다고 생각하나? 아니면 세상이 당신을 위해 만들어졌다고 생각하나? 당신이 무슨 나폴레옹이라도 된단 말인가? 당신이 뭐야? 누구냐고? 당신이 나폴레옹이라도 되냐고? 말 좀 해 보시지, 선생. 나폴레옹이야, 아니야?"

그러나 프로하르친 씨는 이 질문에 대해 아무 대답도 하지 않았다. 그는 자신이 나폴레옹이라는 것에 수치심을 느껴서도 아니고 그런 책임을 맡는 것이 두려워서도 아니었다. 전혀 그런 것이 아니었다. 그는 이미 더 이상 싸울 힘이 없었다. 지금 말을 하고 있을 처지가 아니었다. 병의 위기가 닥쳐 온 것이다. 맹렬한 불길에 휩싸여 번득이고 있는 그의 잿빛 눈에서 갑자기 굵은 눈물이 줄줄 흘러내리기 시작했다. 그는 병으로 야윈 앙상한 손으로 불덩이 같은 머리를 움켜쥔 채 침대 위에서 몸을 일으키고는 엉엉 울면서 말했다. 즉, 자신은 완전한 가난뱅이고 불행하고 천하고 멍청하고 둔한 사람이며, 사람들이 자기를 용서하고 돌봐 주기를 원하며, 먹는 것과 마시는 것을 챙겨 주고, 만일 자신이 궁지에 빠지면 자신을 구해 달라는 등 알아들을 수 없는 말을 계속 중얼거렸다. 이렇게 중얼거리면서 그는 금방이라도 천정이 꺼지지는 않나, 마루가 무너지지는 않을까 걱정하며 잔뜩 겁먹은 사람처럼 주위를 둘러보았다. 모두들 이 가련한 사람을 보자 불쌍한 생각이 들었고 마음도 곧 누그러졌다. 여주인은 시골 아낙처럼 자신의 홀몸 신세를 한탄하고 통곡하면서 병자를 직접 침대 위에 눕혀 주었다. 마르크 이바노비치는 나폴레옹에 대한 말은 아무런 득이 될 것이 없다고 생각하고는 갑자기 상냥한 사람으로 변해 자신도 뭔가 도움을 주려고 애썼다. 다른 사람들도 뭔가 할 일이 없나 기다리면서 모든 병에 효과가 있고 기분이 훨씬 좋아질 거라며 환자에게 딸기 잼을 권하기도 했다. 그러나 지모베이킨은 이런 병에는 진하게 달인 약초즙을 먹는 것보다 더 좋은 방법은 없다고 주장하며 다른 사람들의 의견을 묵살해 버렸다. 지노비 프로코피예비치로 말할 것 같으면, 그는 워낙 선량한 마음씨를 가진 사람인지라 눈물을 줄줄 흘리고 엉엉 울면서 세묜 이바노비치를 이런저런 일로 놀린 것을 사과하고, 이 환자의 마지막 말에 감동되었는지 자신은 아주 가난해서 어쩔 수 없으나 여기 하숙집 사람만이라도 그를 먹여 살릴 수 있는 방법을 마련해서 서명을 받자고 제안했다. 모두들 한숨을 짓고 안타까워했으며 그를 가련하게 생각하고 가슴 아파했지만 사람이 어떻게 이렇게 갑자기 소심해질 수 있을까 하고 놀라기도 했다. 무엇 때문에 그렇게 소심해졌는가? 큰 직책이라도 맡고 있다든가 아내가 있고 자식을 기르고 있다면 얘기가 달라지겠지만, 또 만약 무슨 사건으로 법정에라도 끌려갔다면 모르겠지만 이 사람은 완전히 가난뱅이에다 가진 것이라고는 독일산 자물쇠가 달린 궤 하나가 전부이고, 병풍 뒤에서 20년이 넘도록 죽은 듯이 누워서 입도 벙긋하지 않고 슬픔이니 기쁨이니 하는 것도 모르고 검소하게 살아온 사람인데 무슨 헛소리를 듣고 갑자기 머리가 돌아 버려 이 세상에 사는 것이 갑자기 괴로워졌단 말인가……. 다른 모든 사람도 살기 힘들다는 것을 이 사람은 모른단 말인가! 나중에 오케아노프가 말했다. "다른 모든 사람도 힘들다는 것을 그 사람이 알았더라면 머리가 돌지도 않았을 테고, 저런 못난 짓을 하지 않고 그럭저럭 지냈을 텐데……." 온종일 세묜 이바노비치에 대한 이야기가 화제였다. 모두가 그를 문병 와서 그의 근황에 대해 물어보고 위로했다. 그러나 저녁이 되자 그런 위로가 문제가 아니었다. 가련한 병자는 헛소리를 하기 시작했고 열이 펄펄 끓어올랐다. 그는 갑자기 의식을 잃었다. 이 때문에 의사를 부르러 갈 참이었다. 하숙인들 모두가 밤새 번갈아 가면서 세묜 이바노비치를 간호하고 돌보며 무슨 일이 생기면 바로 모두를 깨우기로 약속했다. 환자의 침대 곁에서 자리를 잡은 채 온종일 앉아 있다가 밤을 새우게 해 달라고 부탁하는 주정뱅이 친구를 환자에게 붙여 놓고 다른 하숙인들은 카드놀이를 하려고 둘러앉았다. 이 노름은 판돈을 걸지 않아서 모두들 금방 따분해했다. 사람들은 카드놀이를 그만두고 무슨 이야기를 하다가 언쟁을 하기 시작했다. 그러다가 소란을 피우기 시작했고 결국엔 모두들 편을 지어 갈라져서 여기저기 귀퉁이에 모여 앉아 오랫동안 소리를 지르며 실컷 말다툼한 다음, 모두들 화가 나서 아무도 환자를 지키지 않겠다고 하며 잠들어 버렸다. 텅 빈 무덤처럼 사방은 고요해졌고 게다가 지독하게 추운 날씨였다. 그중에서 마지막으로 잠들었던 오케아노프가 나중에 이렇게 말했다 "꿈이었는지 생시였는지 분간하기가 어려웠어요. 그러니까 새벽녘이었는데 그렇게 멀리 떨어지지 않은 곳에서 두 사람이 이야기를 하고 있었어요." 오케아노프는 그가 지모베이킨이라는 것을 알게 되었다고 했다. 지모베이킨이 친구인 렘네프를 깨워 오랫동안 속삭이며 이야기를 나누었고 잠시 후 지모베이킨이 방을 나갔다는 것이다. 그리고 그가 부엌문을 열쇠로 여는 소리가 들렸다는 것이다. 나중에 여주인의 말에 의하면 열쇠는 그날 밤 자신이 베개 밑에 놓아두었는데 없어졌다는 것이다. 결국 그들 둘이 환자가 누워 있는 병풍 뒤로 가서 촛불을 켰다는 것이다. 그러고는 더 이상 아무것도 기억이 나지 않으며 바로 잠이 들었고 아침에 다른 사람들과 함께 일어났다고 했다. 그곳에 있던 사람들은 병풍 뒤에서 사람이 죽는 듯한 비명이 들려서 모두들 깜짝 놀라 잠에서 깨어났다. 그때 많은 사람들은 촛불이 꺼지는 것을 느꼈다. 큰 소동이 벌어졌다. 모두들 가슴이 덜컥 내려앉았다. 모두가 비명이 난 곳으로 달려갔다. 그때 이미 병풍 뒤에서 욕설을 해 대고 큰 소리를 지르며 싸우는 소리가 들렸다. 지모베이킨과 그의 친구인 렘네프가 고함을 지르고 욕지거리를 해 대며 맞붙어 싸우고 있었다. 불빛이 두 사람을 비추자 한 사람이 소리를 질렀다.

"나는 강도가 아니야!"

그러자 다른 사람, 즉 지모베이킨이 소리를 질렀다.

"거짓말 마! 나는 결백해. 지금 당장 맹세라도 할 수 있어!"

두 사람 모두 인간의 몰골이 아니었다. 그러나 지금 그들에게 정신을 팔고 있을 때가 아니었다. 누워 있던 환자가 보이지 않았다. 두 싸움꾼을 떼어 내서 옆으로 밀어 놓고 보니 프로하르친 씨가 침대 밑에 떨어져 쭉 뻗어 있었다. 그는 완전히 의식을 잃은 상태였다. 베개와 이불을 모두 같이 떼밀어 내기라도 했는지 그의 침대 위에는 기름때가 낀 낡은 요 한 장만이 몰골을 드러내고 있었다(그는 침대 시트라고는 사용해 본 적이 없었다). 사람들은 세묜 이바노비치를 끌어 올려 요 위에 눕혔지만 수선을 떨 것도 없이 세묜 이바노비치가 완전히 뻗어 버린 것을 금방 알아챘다. 그의 두 손은 점점 굳어 갔고 간신히 숨만 쉬고 있었다. 모두들 그를 에워쌌다. 그는 온몸을 덜덜 떨며 안간힘을 다해 손을 움직여 보려고 애쓰고 있었다. 이미 혀도 굳어 버려 말도 못하고 눈만 깜빡거리고 있는 모양이 마치 참수당한 머리가 아직 따뜻한 피로 범벅이 되어 파닥거리는 모습 같았다.

마침내 모든 것이 잠잠해졌다. 임종의 전율과 경련을 이미 끝낸 프로하르친 씨는 다리를 쭉 뻗은 상태에서 모든 선행과 죄를 그대로 지닌 채 죽고 말았다. 세묜 이바노비치가 무엇에 겁을 먹었는지, 아니면 나중에 렘네프가 말한 대로 무슨 꿈이라도 꾼 것인지, 아니면 다른 무슨 죄를 지었는지 알 수 없었다. 문제는 지금 하숙집에 집행관이 나타나서 개인적으로 자유사상이나 폭동이나 음주 때문에 세묜 이바노비치에게 면직을 언도한다 해도, 혹은 다른 문으로 어떤 여자 거지가 들어와서 자신이 세묜 이바노비치의 누이라고 말한다고 해도, 혹은 지금 그가 200루블의 보너스를 받는다 해도, 혹은 집이 불타고 세묜 이바노비치의 머리가 타기 시작한다고 해도 그는 손가락 하나 까딱할 수가 없다는 데 있었다. 망연자실했던 순간이 지나자 그곳에 있던 사람들은 다시 떠들썩하게 말을 하기 시작했고 소란을 피우며 억측을 하거나 뭔가 의심을 하고 소리를 지르는 동안, 우스티니야 표도로브나는 침대 밑에서 궤를 꺼내고 베갯속이나 요 심지어 그의 장화 속까지 살펴보고 있었다. 사람들이 지모베이킨과 렘네프를 심문하고 있는 동안 지금까지 가장 온순하고 조용했으며 우둔한 사람으로 알려져 있던 오케아노프가 갑자기 침착성을 되찾고는 숨어 있던 자신의 재능과 재질을 발휘하여 모자를 집어 들고 소란을 피우며 집을 빠져나갔다. 최근까지 아주 평온하고 조용했던 하숙집이 온통 쑥대밭이 되어 소란에 휩싸여 있을 때 큰소리를 내며 갑자기 문이 열리더니 품위 있는 한 신사가 엄격하지만 못마땅한 표정을 지은 채 들어왔다. 그 뒤를 따라 야로슬라프 일리치, 그 뒤로 그의 부하와 또 이런 경우에 항상 얼굴을 내미는 사람들이 들어왔으며 맨 나중에 오케아노프가 주저하면서 들어왔다. 품위 있고 엄격해 보이는 그 신사는 곧장 세묜 이바노비치가 있는 곳으로 다가가서 맥을 짚어

보더니 얼굴을 잔뜩 찌푸리고 어깨를 으쓱해 보이고는 죽었다
고, 이미 모두가 알고 있는 사실을 말했다. 그러고는 이삼일 전
에도 아주 존경받고 높은 지위에 있던 신사 한 사람이 죽은 사
건이 있었는데, 그도 역시 잠든 사이에 느닷없이 사망했다고 말
했다. 그 신사는 아주 못마땅한 표정을 짓고 세묜 이바노비치의
침대 곁을 떠나면서 괜한 야단법석을 떨었다고 말하고는 나가
버렸다. 그 즉시 야로슬라프 일리치가 그 신사를 대신해서(렘네
프와 지모베이킨은 당연히 인계되었다.) 몇 사람에게 질문하기 시작
했다. 야로슬라프 일리치는 여주인이 안간힘을 다해 열려고 했
던 궤를 넘겨받았고, 세묜 이바노비치의 장화가 다 해지고 쓸모
없다는 것을 확인하고는 제자리에 다시 놓아두었다. 그리고 베
개를 다시 요구했고, 오케아노프를 불러서 궤의 열쇠를 달라고
요구했다. 그 열쇠는 주정뱅이 친구의 호주머니에 들어 있었다.
그러고는 입회할 필요가 있다고 생각되는 사람들을 불러다 놓
고 엄숙하게 세묜 이바노비치의 궤를 열었다. 거기에는 모든 것
이 다 들어 있었다. 옷가지가 두 벌, 양말 한 켤레, 절반만 남은
수건, 낡은 모자, 단추 몇 개, 낡은 신창과 장화의 허리 가죽, 송
곳, 비누, 속옷 몇 가지 등 모두 쓰레기 같은 것들이었고, 고물과
오물과 잡동사니 등에서는 지독한 냄새가 났다. 한 가지 괜찮
은 것은 독일산 자물쇠뿐이었다. 다시 오케아노프를 불러 엄하
게 심문했지만 그는 법정의 증인대에도 설 준비가 되어 있다고
말했다. 이번에는 베개를 요구하여 그것을 살펴보았다. 더럽기
는 했으나 여러모로 보아 틀림없는 베개였다. 요를 가져오도록

일렀다. 그것을 집어 들어 검사를 하려는데 갑자기 전혀 뜻하지 않았던, 뭔가 무거운 덩어리가 둔탁한 소리를 내며 마룻바닥으로 굴러 떨어졌다. 사람들이 허리를 굽히고 이리저리 더듬어 떨어진 종이 뭉치를 찾아냈다. 그 뭉치 속에는 수십 개의 1루블짜리 은화가 들어 있었다. "이게 뭐야!" 야로슬라프 일리치가 요 속의 허름하고 솜이 비어져 나와 보푸라기가 너덜거리는 곳을 보여 주며 말했다. 그곳을 곧바로 살펴보기 시작했다. 그곳에는 바로 방금 전에 칼로 30센티미터쯤 베어 낸 자국이 있었다. 손을 넣고 헤집어 보니 요를 찢고는 당황해서 그곳에 그냥 남겨둔 것으로 보이는 여주인의 식칼이 들어 있었다. 야로슬라프 일리치는 그 자리에서 칼을 채 빼기도 전에 다시 "여기 또!" 하고 말했다. 바로 그때, 다른 종이로 싼 뭉치 하나를 또 발견한 것이었다. 그 속에서 50코페이까짜리 은화 두개, 25코페이카짜리 은화 한 개, 그리고 잔돈 몇 개와 예전에 사용하던 무거운 5코페이카짜리가 마구 쏟아져 나왔다. 사람들이 그것들을 긁어모으기 시작했다. 사람들은 가위로 요를 완전히 뜯어 보는 것도 나쁘지 않다고 생각했다. 가위를 가져오라고 일렀다.

한편 맹렬하게 타오르는 촛불이 아주 흥미로운 광경을 비춰 주고 있었다. 열 명쯤 되는 하숙인들이 멋지게 옷을 차려입고서 수염도 깎지 않고 얼굴도 씻지 않은 채 이제 막 잠에서 깨어난 졸린 모습으로 침대 근처에 떼를 지어 몰려 서 있었다. 어떤 사람은 하얗게 질려 있었고, 어떤 사람은 이마에 땀이 배어 있었으며, 또 어떤 사람은 한기로 몸을 떨었고, 어떤 사람은 열에 들

떠 있었다. 멍해진 여주인은 숨을 죽이고 야로슬라프 일리치의
선처를 바라며 손을 모으고 서 있었다. 페치카 위에서는 식모
아브도치야와 주인집 고양이가 머리를 내밀고 호기심 어린 눈
으로 내려다보고 있었다. 주위에는 산산조각 난 병풍 조각들이
널려 있었다. 활짝 열려진 궤는 그다지 볼품없는 자기 뱃속을
드러내 보여 주고 있었다. 이불과 베개와 터진 요에서 나온 솜
들이 여기저기 흩어져 있었다. 다리가 세 개 달린 나무 책상 위
에는 불어나는 은화와 온갖 동전 더미들이 빛을 발하고 있었다.
세몬 이바노비치만이 냉정하고 얌전히 자신의 침대 위에 누워
서 자신의 파산을 전혀 짐작하지 못하고 있는 것 같았다. 가위
를 가져오자 야로슬라프 일리치의 조수가 상관을 대신해서 약
간 더듬거리며 조심스럽게 요를 잡아 당겼다. 이 주인의 등 밑
에서 그것을 쉽게 빼내기 위해서였다. 그러자 예의상 그랬는지
세몬 이바노비치는 처음에 이 탐색자에게 등을 보이고 옆으로
돌아누우며 약간 자리를 비켜 주었다. 다시 빼내려고 요를 잡아
당기자 이번에는 완전히 엎어지면서 자리를 내주었고, 마지막
에는 더 이상 옆으로 돌아눕기에도 좁은 침대 모서리에 걸려 침
대에서 머리가 굴러 떨어졌고, 앙상하게 남은 뼈가 드러나 보이
는 시퍼런 두 다리만이 타고 남은 나무토막처럼 간신히 침대 위
에 걸쳐져 있었다. 프로하르친 씨는 오늘 아침 자신의 침대에서
두 번째로 굴러 떨어진 셈이다. 이것은 뭔가 의심스러운 일이라
고 결론지었다. 곧바로 몇몇 하숙인들이 지노비 프로코피예비
치의 제안으로 침대 밑에 무엇이 숨겨져 있는지 살펴보려고 그

밑으로 기어 들어가 보기로 했다. 그러나 이 탐색자들은 그곳에서 서로 박치기만 했다. 야로슬라프 일리치는 그들을 향해 빨리 세묜 이바노비치를 끌어 올리라고 소리쳤고, 그들 중 머리가 좋은 두 사람이 각각 팔과 다리를 잡고 이 뜻밖의 갑부를 어두침침한 바닥에서 밝은 빛의 세상으로 끌어 올려 침대 위에 눕혔다. 그 사이 솜뭉치와 깃털이 주변에서 날리고 있었고, 은화는 점점 늘어만 갔다. 오, 맙소사! 그곳에는 없는 것이 없었다. 우아한 루블 은화며, 단단한 1루블 50코페이카짜리 은화, 깜찍하게 생긴 50코페이카짜리 은화, 약간 볼품없는 25코페이카짜리와 20코페이카짜리 은화, 그리고 하찮은 10코페이카짜리 은화가 모두 종이에 싸여 아주 꼼꼼하고 질서 정연하게 정리되어 있는 것이 아닌가! 그중에는 아주 진귀한 것들도 있었는데, 어떤 메달이 두 개, 나폴레옹이 그려진 20프랑짜리 금화, 어떤 건지 알 수 없지만 아주 희귀한 동전 하나, 그리고 아주 연대가 오래된 루블 은화 몇 개도 있었다. 거의 닳고 쪼개진 엘리자베스 여왕 시대의 동전, 독일의 십자 마크가 붙은 화폐, 표트르 대제[9] 시대의 동전, 예카테리나 여제[10] 시대의 동전, 그리고 지금은 아주 구하기 힘든 것으로 구멍을 뚫어 귀고리로 사용하는 10코페이카 은화들도 있었다. 모두 닳고 닳은 것들이었지만 모두다 여전히 법적으로 통용되는 것이었다. 동전들도 있었지만 완전히 녹슬

---

9) 유럽을 모델로 국가와 사회의 개혁을 강력히 추진하여 러시아제국을 건설한 황제(1672~1725, 재위 1682~1725).
10) 예카테리나 2세(1729~1796, 재위 1762~1796). 1762년 궁정 혁명으로 즉위하여 한때 계몽 군주로 자처하기도 했으며, 러시아제국의 관료주의와 전제주의를 공고히 했다.

어 녹색을 뛰고 있었다. 10루블짜리 붉은색 지폐[11]도 한 장 있었지만 그 이상은 없었다. 드디어 모든 해부가 끝나고, 요를 몇 번이고 털어 이젠 아무것도 남지 않았다는 것을 확인하고는 돈을 모두 책상 위에 놓고 계산을 하기 시작했다. 100만 루블이라고 해도 믿을 만큼 ―아주 거대한 돈더미였다― 많은 액수였지만 그래도 100만 루블은 아니었다. 계산을 해 본 결과 적지 않은 액수인 2497루블 50코페이카였다. 그래서 만약 어제 지노비 프로코피예비치가 제안한 모금이 이루어졌다면 아마 총 2500루블은 되었을 것이었다. 고인의 현금은 압수되고 궤에 봉인이 붙여졌다. 여주인의 제안대로 만약 누군가 고인에게 돈을 빌려 주었다면 언제 어떻게 고인에게 돈을 빌려 주었는지 증거 서류를 제출하라는 지시가 떨어졌다. 만약 필요하다면 영주증도 쓰도록 했다. 그때 누군가가 그의 누이에 대한 이야기를 했다. 그러나 누이는 어떤 의미에서 하나의 신화, 즉 세묜 이바노비치의 빈곤한 상상력이 만들어 낸 작품이라고 결론지어졌고(이 점에 대해 조사서에서 고인은 여러 번 비난을 받았다.) 더구나 그런 이야기는 프로하르친 씨의 평판에 아무런 득이 되지 않을 뿐만 아니라 해롭기까지 한 것으로 결론이 났다. 이렇게 사건은 종결되었다. 최초의 공포가 가라앉고 정신을 수습하게 되어 고인이 어떤 사람이었는지를 알게 되자 모두들 숙연해졌고, 믿기지 않는다는 듯 의아한 눈으로 서로를 바라보기 시작했다. 그중 몇몇은 이런 세묜

11) 당시 통용되던 지폐는 색깔로 그 가치가 구분되었다. 붉은색은 10루블, 녹색은 3루블, 푸른색은 5루블, 회색은 50루블이었다.

이바노비치의 행동을 지나치게 마음에 두고 화가 잔뜩 난 사람도 있었다. 그렇게나 많은 돈을! 그렇게나 많은 돈을 모았다니! 마르크 이바노비치는 정신을 가다듬고 어떻게 세묜 이바노비치가 그렇게 갑자기 겁을 먹게 되었는지 설명하려 했지만 그 누구도 그의 이야기를 듣는 사람이 없었다. 지노비 프로코피예비치는 무언가 매우 심각한 생각에 잠겼고, 오케아노프는 술을 조금 마셨으며, 나머지 사람들은 서로 기대고 있었고, 참새 코가 특징적이고 체구가 작은 칸타레프는 저녁 무렵 자기의 짐을 꼼꼼하게 꾸리고 나서는 호기심 어린 눈으로 질문하는 사람들에게 가뜩이나 어려운 때에 이 하숙집에서 살기에는 호주머니가 넉넉하지 않다고 쌀쌀맞게 설명하고는 집을 떠나 버렸다. 여주인은 세묜 이바노비치가 의지할 데 없는 자기 처지를 몰라주고 자신을 버렸다고 원망하면서 계속해서 통곡했다. 누군가 마르크 이바노비치에게 왜 세묜 이바노비치가 그 돈을 은행에 맡기지 않았을까 하고 물었다

"그건 말이죠, 그 사람이 미련해서 그랬던 겁니다. 머리가 거기까지 미치지 않았던 거지요."

마르크 이바노비치가 대답했다.

"그래요, 아주머니. 당신도 참 단순한 사람이에요."

오케아노프가 그녀를 들먹였다.

"20년 동안이나 당신 집에서 참고 살았던 사람인데 좀 신경을 써 주지 그랬어요. 하기야 당신은 양배춧국을 끓이느라 그럴 짬이 없었을 테죠! 에이, 이 아주머니야!"

"오오, 이런, 넌 아직 어려, 어리단 말이야!"

여주인이 계속해서 말했다.

"그래, 은행 정도는 아니더라도 조금이라도 돈을 가져와서 나에게 건네주면서 '우스티뉴쉬카, 이것 얼마 되지 않지만 내가 살아 있는 동안 가련한 나를 거둬 주구려.' 하고 말했다면 나는 신께 맹세코 그를 먹여 주고 재워 주고 돌봐 줬을 텐데. 오오, 벌받을 사람 같으니. 거짓말을 해서 나를, 이 의지할 데 없는 나를 속이다니!"

사람들이 다시 세묜 이바노비치의 침대 곁으로 몰려들었다. 그는 이제야 자기 품위를 지키고 누워 있었다. 비록 단 한 벌밖에 없는 옷이기는 했지만 단정하게 입혀졌고, 앙상한 목에는 약간 옆으로 매어진 넥타이가 둘러져 있었으며, 깨끗이 씻겼고 머리도 잘 매만져 있었지만 면도질은 되어 있지 않았다. 이 집 안에는 면도기가 없었기 때문이다. 지노비 프로코피예비치가 갖고 있던 유일한 면도기는 작년에 이가 나가서 톨쿠치 시장에서 좋은 값에 팔렸던 것이다. 그래서 다른 사람들은 이발소로 면도하러 다니곤 했다. 아직 현장은 난장판이었다. 부서진 병풍은 그대로 널브러져 있었고, 세묜 이바노비치의 고독한 모습을 그대로 드러내 보이고 있었다. 그 모습은 마치 죽음이란 것이 우리들의 모든 비밀이나 음모, 간계 등의 온갖 베일을 벗겨 준다는 것을 의미하는 것 같았다. 요도 해진 채 그대로 뭉뚱그려져 나뒹굴고 있었다. 이렇게 갑자기 주인을 잃어버린 그의 방 한구석은 마치 시인이 "자기의 보금자리를 소중히 하는 제비의 망가진 둥지"라고 표현할 만한 모습을 하고 있었다. 폭풍 때문에 산산조각으로 망가진 둥지에 어미 새와 어린 새끼가 모두 다 죽어버리고 둥지 주변에는 그들의 따뜻했던 털이나 깃털 그리고 솜털 등이 마구 흩트려져 있는 그런 모습 같았다. 게다가 세묜 이바노비치는 늙은 욕심쟁이나 도둑 참새처럼 그것들을 보고 있었다. 그는 자신은 아무런 죄가 없다는 듯, 부당한 방법으로 부끄러움도 모르고 수치심도 없이 선량한 사람들을 속인 것은 자기가 아니라는 듯 완전히 숨을 멈추고 조용한 모습으로 누워 있었다. 그는 이제 자신을 홀로 남겨 놓고 떠난 것에 절망하고 원망하는 여주인의 울음소리도 듣지 못했다. 반대로 그는 무덤에 누워서 단 1분도 일 없이 시간을 그냥 보내려고 하지 않는 경험 많고 노련한 자본가처럼, 어떤 투기사업에 온통 몰두하는 사람처럼 보였다. 그의 얼굴에는 어떤 깊은 생각이 어렸고, 입술은 매우 의미심장하게 꼭 다물어져 있었다. 이런 모습은 세묜 이바노비치가 생전에 한 번도 지어 본 적이 없는 표정이었다. 그는 조금 영리해진 것처럼 보였다. 그는 오른쪽 눈을 어쩐지 교활하게 가늘게 뜨고 있었다. 그리고 세묜 이바노비치는 무슨 말을 하고 싶어 하는 것 같았고, 시간을 낭비하지 않고 서둘러 뭔가를 전하고 해명하고 싶어 하는 것 같았다. 그런데 그 후에 일이 많아져서 그럴 시간이 없었고…… 그리고 마치 이런 말이 들리는 것 같았다.

"도대체 어떻게 된 거요? 이젠 그만 울어요. 이봐요, 바보 같은 아주머니! 흐느끼지 말아요! 자, 이봐요, 아주머니, 잠 좀 주

무시구려! 나는 죽었다고요. 이젠 울 필요 없어요. 정말 어떻게
된 일이오? 이렇게 누워 있으니 좋구먼. ……. 그러니까 나는 말
이오, 내 말은 그게 아니오. 당신은 정말 좋은 여자요, 최고라고.
그러나 명심해요. 이제 나는 죽었단 말이오. 그런데, 그런데 내
가 죽지 않았다고 해요. 그렇게 될 수도 없겠지만, 그런데 내가
죽지 않았다면 말이오. 내 말 듣고 있소? 내가 살아서 일어난다
면 도대체 무슨 일이 일어날까, 응?"

백만 파운드 지폐

The £1,000,000 Bank-Note

Mark Twain

마크 트웨인 지음 | 이상원 옮김

마크 트웨인 Mark Twain | 미국의 소설가(1835~1910). 구어(口語)를 사용한 유머와 사회 풍자로 사실주의 문학을 개척하였다. 미국의 제국주의적 침략을 비판하고 반제국주의, 반전 활동에 열성적으로 참여하였다. 작품에 〈톰·소여의 모험〉, 〈허클베리 핀의 모험〉 등이 있다.

스물일곱 살이던 나는 샌프란시스코 광산업 주식중개회사의 직원으로 주식거래에 대해서는 모르는 것이 없는 전문가였다. 세상 천지에 친척 하나 없는 외톨이 신세로 나 자신의 재주와 좋은 평판만이 유일한 밑천이었으나 마침내 행운을 잡았고 밝은 미래를 앞두고 있었다.

매주 토요일 오후 장이 끝나고 난 후의 자유 시간이면 나는 샌프란시스코 만으로 나가 작은 요트를 타곤 했다. 그런데 어느 날 너무 멀리까지 나간 끝에 먼바다로 밀려가고 말았다. 밤이 되면서 모든 희망이 사라지려는 순간 런던행 소형 범선에 간신히 구조되었다. 길고 험한 항로에서 나는 뱃삯 대신 견습 선원 일을 해야 했다. 마침내 런던에 발을 디뎠을 때 나는 누더기 차림이었고 주머니에는 단돈 1달러뿐이었다. 그 1달러로 24시간 동안 밥과 잠자리를 해결했다. 그리고 다음 24시간 동안은 먹을 것도, 쉴 곳도 없이 지냈다.

사흘째 되던 날 아침 10시경 나는 배고픈 거지 꼬락서니로 고급 주택가인 포틀랜드 플레이스를 느릿느릿 걷고 있었다. 유모 손을 잡고 가던 한 아이가 탐스러운 배를 겨우 한 입 베어 먹고는 길가에 휙 내버렸다. 나는 걸음을 멈추고 그 보물 같은 흙투성이 배를 뚫어지게 쳐다보았다. 입에 침이 고이고 위장이 아우

성을 쳤다. 온몸이 그 배를 향해 돌진하려는 듯했다. 하지만 배를 줍기 위해 몸을 굽히려 할 때마다 길 가는 행인이 있었고 그럼 나는 몸을 바로 하며 배 따위에는 관심이 없는 척, 아예 생각도 안 하는 척 굴었다. 몇 번이고 같은 상황이 반복되었고, 나는 배를 주워 올리지 못했다. 결국 수치심을 무릅쓰고 기어이 배를 줍겠다고 작정한 순간 뒤쪽 집의 창문이 열리더니 어느 신사가 말했다.

"자, 이리로 좀 들어오시겠소?"

나는 멋진 제복의 하인에게 안내되어 나이 지긋한 신사 두 명이 앉아 있는 호화로운 방으로 들어갔다. 신사들은 하인을 내보내고 내게 자리를 권했다. 막 아침 식사를 끝낸 모양이었는데 나는 남은 음식에서 눈을 뗄 수가 없었다. 하지만 먹어 보라는 권유가 없는 상황이었으므로 안간힘을 다해 간절한 식욕을 억눌러야 했다.

당시 그 방에서는 어떤 일이 일어난 후였다. 그 일이 무엇인지는 나도 한참 지나서야 알게 되었지만 여러분에게는 미리 말해 주겠다. 형제지간인 두 노신사가 며칠 동안 격렬한 논쟁을 벌인 끝에 결국 내기로 결판을 짓자는 결론에 도달했던 것이다. 영국에서는 무슨 일이든 그렇게 내기로 결말을 짓곤 한다.

특별한 목적으로 외국과 거래하는 과정에서 영국 은행이 100만 파운드[1]짜리 지폐를 딱 두 장 발행한 적이 있었다는 것을 혹시 아는가? 그 중 한 장은 사용되어 사라졌고, 나머지 한 장은

---

1) 영국의 화폐 단위. 1파운드는 1페니의 100배이다.

은행 금고에 보관되어 있었다. 형제들은 잡담을 나누다가 친구도, 돈도 없이 런던에 오게 된 정직하고 똑똑한 이방인이 난데없이 그 100만 파운드 지폐 한 장을 얻게 된다면, 하지만 그 지폐를 지니게 된 이유를 설명할 수 없는 상황이라면 과연 어떤 운명을 맞을 것인지 의문을 품게 되었다. 형제 A는 그 이방인이 굶어 죽을 수밖에 없으리라 생각했지만 형제 B는 그렇지 않다고 맞섰다. 지폐를 은행이든 어디든 가져가 돈으로 바꾸려는 순간 그 이방인은 바로 체포될 것이라는 게 A의 생각이었다. 논쟁 끝에 B가 이방인이 그 지폐를 가지고 30일 동안 살아남을 수 있고 감옥도 가지 않는다는 데 2만 파운드를 걸겠다고 했다. A도 내기를 받아들였다. B는 은행으로 가서 100만 파운드 지폐를 사 왔다. 그야말로 뼛속까지 영국인다운 행동이 아닐 수 없다. B는 비서에게 유려한 글씨로 받아쓰도록 하여 편지도 써 두었다. 그때부터 두 형제는 하루 종일 창가에 앉아 적당한 사람이 나타날 때까지 기다리기 시작했다.

정직해 보이기는 하지만 그리 똑똑하지는 않을 것 같은 사람들이 여럿 지나갔다. 똑똑하지만 정직하지 않을 것 같은 사람도 많았다. 똑똑하고도 정직한 사람이다 싶으면 그리 가난하지 않았고, 충분히 가난하다 싶으면 이방인이 아니기도 했다. 하여튼 내가 나타나기 전까지는 마땅한 후보가 없었다. 두 형제는 나를 지켜보면서 모든 조건이 딱 들어맞는다는 데 합의했다. 그리하여 내가 그 호화로운 방에 불려 들어갔던 것이다. 형제는 내 신상에 대해 몇 가지 질문을 던졌고 곧 내 상황을 파악했다. 그러고는 내가 자신들이 찾던 바로 그 사람이라고 말했다. 나는 반가운 말이기는 한데 왜 나를 찾는 것이냐고 물었다. 신사 한 명이 내 손에 봉투를 쥐어 주며 그 안에 설명이 있다고 말했다. 바로 봉투를 열려고 하자 숙소로 돌아가 자세히 살펴보라고, 함부로 경솔하게 굴어서는 안 된다고 만류했다. 나는 조금 더 이야기를 듣고 싶었지만 두 신사는 어리둥절한 나를 그대로 내보냈다. 나는 놀림감이 된 것이라 생각했고, 그렇게 부유하고 힘 있는 신사들 앞에서 화도 내지 못한 채 처분을 받아들여야 했다는 데 서글픔과 모욕감을 느꼈다.

이제는 온 세상이 지켜본다 해도 버려진 배를 집어 먹어치우리라 생각했지만 배는 이미 사라진 후였다. 놀림감이 된 대가로 배까지 놓쳤다는 생각에 두 신사에 대한 미움과 원망이 더욱 커졌다. 나는 두 신사의 시야를 벗어났다 싶었을 때 바로 봉투를 열어 보았다. 놀랍게도 지폐가 들어 있었다! 두 신사에 대한 생각은 백팔십도 바뀌었다! 나는 지체 없이 봉투를 주머니에 쑤셔 넣고 제일 가까운 싸구려 음식점으로 돌진했다. 오, 얼마나 잔뜩 먹었는지! 더 이상 한 입도 넣지 못할 지경이 되었을 때 나는 다시 지폐를 꺼내 펼쳐 보았다. 그 순간 기절할 뻔했다. 100만 파운드, 자그마치 500만 달러에 달하는 액수의 지폐가 아닌가! 충격과 당혹감에 머리가 빙글빙글 돌았다.

그렇게 넋이 나간 듯 지폐만 바라보다가 제정신을 차리기까지 한 1분은 흘렀으리라. 제일 먼저 식당 주인의 얼굴이 눈에 들어왔다. 그는 지폐에 시선을 고정한 채 화석처럼 굳어 있었다.

온몸과 마음으로 그 지폐를 숭배하는 모양새였지만 손발은 꼼짝달싹하지 못했다. 나는 그 순간 기지를 발휘해 그 상황에서 유일하게 합리적인 행동을 했다. 지폐를 내밀면서 아무렇지 않은 듯 "좀 거슬러 주십시오."라고 말한 것이다.

제정신을 차린 식당 주인은 지폐에는 손가락 하나 대려 하지 않은 채 거슬러 드리지 못해 죄송하다고 수없이 사과를 해 댔다. 그는 지폐에서 눈을 떼지 못했다. 아무리 오래 봐도 싫증나지 않는 듯했다. 하지만 한사코 손은 대지 않았다. 마치 평범하고 가난한 자기 같은 사람이 감히 만질 수 없는 신성한 물건이라도 된다는 것처럼. 나는 "불편을 드려 죄송합니다만, 이걸로 계산을 해 주서야겠습니다. 달리 가진 돈이 없어서요."라고 다시 말했다.

그러자 주인은 신경 쓰지 말라고, 몇 푼 안 되는 밥값은 다음에 와서 달라고 했다. 한참 동안은 이 근처에 올 일이 없을지 모른다고 해도 괜찮다고 했다. 한술 더 떠 언제든 원할 때 와서 원하는 음식을 드시라고, 무기한으로 외상을 달아 드리겠다고 덧붙였다. 그리고 일부러 험한 옷을 입고 놀이 삼아 돌아다니는 장난기가 있다손 쳐도 나 같은 부자 신사는 얼마든지 신용할 수 있다고 했다. 그 순간 다른 손님이 들어왔고, 식당 주인은 그 굉장한 물건은 남들 눈에 안 띄게 넣어 두는 것이 좋겠다고 넌지시 일러 주었다. 그리고 내가 식당 문을 나설 때까지 줄곧 허리를 펴지 못하고 절을 했다. 나는 곧장 수수께끼의 신사들 집으로 향했다. 경찰에 수배되기 전에 문제를 바로잡기 위해서였다.

내가 잘못한 것은 없었지만 불안하고 겁이 났다. 부랑자에게 준 돈이 1파운드가 아니라 100만 파운드 지폐였다는 것을 알게 되었을 때 대개의 사람들은 자신의 나쁜 시력을 탓하기보다 그 부랑자에게 미친 듯 화를 낼 거라는 정도는 나도 알고 있었다. 그 집이 가까워 오면서 내 흥분 상태도 가라앉기 시작했다. 집 안팎이 평온한 것으로 보아 아직 실수를 깨닫지 못한 것이 분명했다. 초인종을 눌렀다. 아까 봤던 하인이 나타났다. 나는 신사들을 만나게 해 달라고 말했다.

"떠나셨습니다."

거만하고 차가운 말투였다.

"떠나셨다고요? 어디로요?"

"여행 가셨습니다."

"어느 쪽으로 말입니까?"

"유럽 대륙으로 가셨을 겁니다."

"유럽 대륙이오?"

"네."

"어느 방향으로, 어느 경로로요?"

"그건 말씀드릴 수 없습니다."

"언제 돌아오시나요?"

"한 달 후라고 하셨습니다."

"한 달이라고요! 이거 참 큰일이군요! 어떻게든 연락을 취할 방법이 없을까요? 아주 중요한 일이랍니다."

"그건 불가능합니다. 저도 그분들이 어디로 가셨는지 모르니까요."

"그럼 가족 중 누구라도 뵈어야겠습니다."

"가족도 안 계십니다. 몇 달째 외국에 나가 계십니다. 아마 이집트와 인도에 계신 듯합니다."

"이보세요, 중대한 착오가 있었습니다. 아마 오늘 밤이 되기 전에 주인분들이 돌아오실 겁니다. 제가 왔었다고, 다시 찾아와 일을 바로잡겠다고, 그러니 걱정할 필요 없다고 좀 전해 주시겠습니까?"

"돌아오신다면 전해 드리겠습니다만 아마 그럴 일은 없을 겁니다. 주인어른들께서는 이미 당신이 이렇게 찾아올지 모른다고 하셨고, 그러면 저한테 모든 것이 다 틀림없다고, 약속한 시간에 돌아와 기다리겠다고 전해 달라 하셨습니다."

나는 단념하고 돌아설 수밖에 없었다. 대체 이게 무슨 일이란 말인가! 실성이라도 할 판이었다. 잠깐, 약속한 시간에 돌아와 기다리겠다고 했지? 그건 또 무슨 뜻일까? 아, 봉투 속에 들어 있던 편지를 읽어 보면 될지도 모르겠다. 편지에 대해서는 까맣게 잊고 있었던 것이다. 나는 편지를 꺼내 읽었다. 그 내용은 다음과 같았다.

얼굴만 봐도 당신은 총명하고 정직한 분이군요. 우리는 당신이 가난한 이방인이라고 판단했습니다. 여기 돈을 좀 넣어 두었습니다. 30일 동안 이자 없이 빌려 드립니다. 30일이 지나면 다시 집에 찾아와 주십시오. 저는 당신을 두고 내기를 걸었습니다. 제가 내

기에 이기면 일자리를 구해 드리겠습니다. 당신이 익숙하고 또 잘
하는 일을 할 수 있게끔 제 힘닿는 한 좋은 일자리로 마련해 드리
지요.

서명도, 주소도, 날짜도 없는 편지였다.

참으로 수수께끼 같은 일이었다! 여러분은 이런 상황이 벌어
진 연유를 알고 있지만 당시 나는 그렇지 못했다. 아무리 머리
를 굴려 봐도 도무지 알 수가 없었다. 대체 무슨 영문인지, 그 상
황이 내게 좋은지 나쁜지도 판단이 서지 않았다. 나는 공원으로
가서 벤치에 앉아 앞으로 어떻게 해야 좋을지 생각을 정리하기
시작했다.

그리고 한 시간이 흐른 후 다음과 같이 결론을 내렸다.

두 신사의 행동은 호의일 수도, 악의일 수도 있다. 알 방법이
없으니 그건 그냥 놓아두자. 무슨 시합이나 실험을 하는 모양인
데 이 또한 구체적인 내용을 알 수 없으니 넘어가자. 나를 두고
내기를 걸었다고 하는 부분도 일단 내버려 두자. 이런 불확실
한 부분들을 제쳐 두고 나면 남은 문제는 분명하다. 확실하다고
까지 말할 수 있다. 자, 영국 은행을 찾아가 이 지폐를 소유주 계
좌로 넣어 달라고 하면 그렇게 해 줄 것이다. 나는 몰라도 은행
은 소유주를 알 테니까. 하지만 그 과정에서 지폐가 어떻게 내
수중에 들어왔는지 물을 것이고, 사실대로 털어놓았다가는 정
신병원에 들어가고 말 것이다. 거짓말을 꾸며 낸다 해도 감옥에
갇히기 십상이다. 이 지폐를 내 이름으로 예금하거나 담보로 잡

아 돈을 빌리려 해도 결과는 마찬가지이리라. 결국 두 신사가 돌아올 때까지 좋든 싫든 이 어마어마한 부담을 지고 갈 수밖에 없다. 이 고액지폐는 마치 한 줌의 재처럼 내게 쓸모가 없지만 어떻게든 잘 간수해야 한다. 누구한테 줘 버릴 수도 없다. 정직한 시민이든 노상강도든 이 지폐를 받아 골치 아픈 상황에 휘말리려는 사람은 하나도 없을 테니까. 두 신사는 걱정할 것 없는 입장이다. 내가 지폐를 잃어버리거나 심지어 태워 버린다 해도 그렇다. 은행에 연락해 지폐의 효력을 정지시키면 그만이니까. 반면 나는 한 달 동안 받는 것도 없이 고통을 감수해야 한다. 물론 내막을 알 수 없는 무슨 내기에 이기도록 도와주면 일자리를 마련해 준다는 말을 듣기는 했다. 그래, 그 일자리를 꼭 얻어야겠다. 그런 신사들이 구해 주는 일자리라면 꽤 괜찮을 것이다.

나는 그 일자리에 대해 이런저런 생각을 하기 시작했다. 희망이 부풀어 올랐다. 분명 월급도 많을 것이다. 한 달 후에 일을 시작할 수 있다면 그 다음에는 제대로 살 수 있다. 기분이 좋아졌다. 어느새 나는 다시 거리를 걷고 있었다. 양복점이 눈에 들어오자 누더기를 벗어 버리고 제대로 된 옷을 입고 싶은 마음이 솟구쳤다. 그게 가능할까? 100만 파운드 지폐 한 장 외에는 동전 한 닢 없으니 당연히 불가능했다. 나는 눈을 딱 감고 양복점 앞을 지나쳤다. 하지만 곧 그 자리로 돌아왔다. 내 마음속의 간절한 바람을 나도 어찌할 수 없었다. 안절부절못하며 양복점 앞을 오간 것이 여섯 번은 족히 되었으리라. 마침내 나는 내 마음에 굴복했다. 양복점으로 들어가 혹시 주문했다가 맞지 않아 반품된 옷들이 없느냐고 물었다. 점원은 대답 없이 턱짓으로 다른 직원을 가리켰다. 그쪽으로 갔더니 그 역시 턱짓으로 또 다른 직원을 가리켰다. 세 번째 직원은 "잠깐 기다려요."라고 말했다.

그 직원은 하던 일을 끝낼 때까지 나를 한참 기다리게 한 후 뒷방으로 데려가 쌓인 반품 옷 중에서 제일 허름한 걸 골라 주었다. 입어 보았다. 치수도 맞지 않고 마음에 드는 구석도 없는 옷이었지만 어떻든 새 옷이었으므로 갖고 싶었다. 나는 자신 없는 목소리로 "혹시 며칠 있다가 돈을 치러도 될까요? 지금 잔돈이 없어서 그럽니다만."라고 말했다.

직원은 한껏 비웃는 표정을 짓더니 "아, 잔돈이 없으시다고요? 물론 그러실 줄 알았습니다. 손님 같은 신사 분들은 고액권만 갖고 다니시니까요."라고 대답했다.

나는 좀 화가 났다. "이보시오, 옷차림만으로 상대를 판단해서는 안 되는 겁니다. 난 옷값을 지불할 능력이 충분히 있지만 고액권을 거슬러 달라고 하는 게 미안해서 이러는 것뿐이라오."

점원은 태도를 약간 누그러뜨렸지만 여전히 거만한 투로 받아쳤다. "뭐 특별히 악의가 있었던 것은 아닙니다. 하지만 그렇게 절 질책하시는 분이 저희가 손님의 고액권을 거슬러 드리지 못한다고 단정 짓는 것도 온당치 못하군요. 저희는 얼마든지 거슬러 드릴 수 있는데요."

나는 "아, 그렇군요. 미안합니다."라고 말하면서 점원에게 지폐를 건네주었다.

점원은 미소 띤 얼굴로 지폐를 받았다. 주름이며 움푹 들어간

구멍을 만들며 얼굴 가득 퍼진 그 미소는 마치 벽돌 한 장을 던져 넣은 연못 수면과도 같았다. 지폐를 눈으로 확인한 순간 점원의 얼굴은 미소 짓는 표정 그대로 누렇게 변했다. 폼페이 베수비오 화산에서 흘러내려 구불구불 굳어 버린 용암처럼 말이다. 미소가 그렇게 굳어 버리는 모습은 난생 처음 보았다. 점원이 그런 꼴로 서 있는 것을 본 양복점 주인이 무슨 일인가 싶어 달려왔다.

"저기, 무슨 일이시죠? 뭐 문제라도 생겼나요?"

내가 대답했다.

"문제는 없습니다. 저는 거스름돈만 받으면 됩니다."

"자, 자, 어서 손님에게 거스름돈을 내드려. 토드, 어서 내드리라니까."

직원이 대꾸했다.

"거스름돈을 내드리라고요? 사장님, 말은 쉽지요. 직접 지폐를 좀 보십시오."

주인은 지폐를 보더니 낮은 휘파람 소리를 냈고 반품 양복 더미를 이리저리 헤치기 시작했다. 그리고 혼잣말처럼 중얼거렸다.

"괴짜 백만장자 손님에게 저런 말도 안 되는 옷을 내주다니! 토드란 놈은 바보 멍청이야. 늘 저런 식이라니까. 부랑자와 백만장자를 구별하지 못하니 귀한 손님이 오셔도 내몰고 말지. 아, 제가 찾던 옷이 여기 있군요. 그 형편없는 옷은 어서 벗으십시오, 손님. 난롯불에 던져 버리셔도 됩니다. 이 셔츠와 양복을 입혀 드리겠습니다. 아주 잘 맞으시는군요. 수수하면서도 화려하고 평범하면서도 귀족적인 옷입니다. 외국 귀빈께서 주문하신 옷입지요. 우리 손님께서도 아마 아시겠지요, 바로 핼리팩스의 총독 각하 말입니다. 맞추신 옷을 여기 두고 예복을 가져가셔야 했답니다. 모친께서 위독하다는 연락이 와서요. 다행히 돌아가시지는 않았습니다만. 뭐, 그래도 괜찮습니다. 늘 저희가, 그러니까 손님들께서 바라는 대로 상황이 풀리는 것은…… 아, 바지도 아주 맞춤이네요. 다음으로 이 조끼는, 아하, 역시 완벽합니다! 이제 윗옷까지 입으시면 그야말로 멋진 모습이십니다. 완벽해요! 제 평생 이렇게 잘 어울리는 옷차림은 본 적이 없습니다.”

나도 만족감을 표시했다.

“대단히, 대단히 좋습니다. 그러니까 임시변통으로는 말입니다. 자, 이제 손님 치수에 딱 맞는 옷을 저희가 어떻게 만들어 드릴지 두고 보십시오. 토드, 이리 오게. 펜하고 공책을 가져와 적도록 해. 다리 길이는 32인치이고…….”

내가 뭐라 말하기도 전에 주인은 내 몸 치수를 쟀고 정장, 예복, 셔츠, 기타 등등의 주문서를 작성했다. 나는 간신히 기회를 잡아 끼어들었다.

“저, 주인 양반, 지금은 주문을 할 수 없답니다. 저 돈을 거슬러 주든지, 아니면 양복 값을 무기한으로 기다려 줘야 하는 상황이어서…….”

“무기한이라고요? 무기한이 아니라 영원히라도 기다려 드리겠습니다. 자, 토드, 어서 양복 주문을 처리해 이 신사분 댁으로 보내도록 해. 하찮은 손님들 주문은 미뤄 버려. 이 손님의 주소를 확인하고⋯⋯."

"지금 이사하는 중이어서요, 일간 들러서 새 주소를 남겨 드리겠습니다."

"좋습니다. 그렇게 하시지요. 자, 그럼 제가 배웅해 드리겠습니다. 이쪽입니다. 안녕히 가십시오."

자, 다음 상황이 어떻게 풀려 갔는지 짐작이 가는가? 나는 무엇이든 원하는 물건을 고르고 거스름돈만 요구하면 그만이었다. 한 주 만에 필수품에서 사치품에 이르기까지 필요한 모든 것을 갖추었고, 하노버 광장의 값비싼 호텔에 거처를 정하게 되었다. 저녁은 호텔에서 먹었지만 아침 식사만은 100만 파운드 지폐를 들고 처음 찾았던 해리스의 식당에서 먹었다. 내 덕분에 해리스의 식당은 번창했다. 주머니에 100만 파운드 지폐를 넣고 다니는 외국인 괴짜가 그 식당의 단골손님이라는 소문이 널리 퍼졌던 것이다. 간신히 입에 풀칠이나 하는 정도였던 허름하고 한산한 식당이 이제 손님이 몰려드는 유명한 곳으로 바뀌었다. 해리스는 고맙다면서 억지로 내게 돈을 빌려 주었다. 그리하여 나는 실상 무일푼이었음에도 부유한 명사처럼 돈을 쓰며 살 수 있었다. 다만 언제 재앙이 닥칠지 모른다는 생각이 이 우스꽝스러운 상황에 진지하고 이성적인, 더 정확히 말하면 비극적인 측면을 더해 주었다. 어두운 밤이 오면 그 비극적인 측면이 전면에 부각되며 경고와 위협을 가했다. 나는 신음하고 뒤척이며 잠을 이루지 못했다. 하지만 밝은 낮이면 비극적인 측면은 자취를 감추고 나는 신나게 돌아다니며 현기증이 날 정도로 행복했다.

그럴 수밖에 없었다. 전 세계의 중심지인 런던에서 유명세를 떨치게 되었으니 머리가 홱 돌지 않으면 오히려 이상한 일이 아니겠는가! 영국이나 스코틀랜드, 아일랜드에서 발행되는 어떤 신문을 펼치더라도 '100만 파운드 지폐를 지닌 사나이'가 어떤 말과 행동을 했는지에 대한 기사가 실려 있었다. 처음에는 인물 동정란의 제일 아래쪽에 있더니 준남작 동정, 남작 동정 등을 넘어서 한 단계씩 위로 올라갔고 종국에는 공작 동정보다 더 위쪽, 더 이상 올라갈 수 없는 자리에 등장하게 되었다. 하지만 그때까지는 호기심의 대상에 불과했다. 그러다가 단숨에 나를 명사 반열에 올려 준 일이 일어났으니 바로 '펀치'라는 잡지에서 내 캐리커처를 실은 것이다! 나는 성공한 인물로 확고한 지위를 누리게 되었다. 미소를 보낼 수는 있지만 비웃지는 못할 상대가 된 것이다. 그 잡지에 등장한 나는 누더기 옷차림을 하고 런던 탑 경비병들과 흥정을 벌이는 모습이었다. 이전까지 단 한 번도 세간의 주목을 받아 보지 못한 젊은이가 갑자기 그렇게 되었을 때 어땠을지 상상해 보라. 내가 하는 말 한마디 한마디가 신문에 실리고, 한 발짝이라도 움직일 때면 "저기 간다! 바로 저 사람이야!"라는 속삭임 소리가 사방에서 들리며, 오페라 극장에 들어가면 수많은 오페라글라스가 내 쪽으로 집중되는 상황이었다. 한마디로 나는 하루 종일 찬란한 명성 속에서 허우적대며 지냈다.

사실 그 전까지는 누더기 옛날 옷을 보관해 두었다가 가끔씩 꺼내 입곤 했다. 상점에서 모욕당한 후 100만 파운드 지폐를 내밀어 상대를 기절초풍하게 만드는 과거의 장난을 즐기기 위해서였다. 하지만 그 장난은 더 이상 불가능했다. 〈펀치〉 지 때문에 내 누더기가 아주 유명해졌고 그걸 입고 나서면 구경꾼들이 줄줄 따라붙었다. 상점에 들어가면 지폐를 꺼내기도 전에 주인이 어서 상점 전체를 외상으로 가져가시라고 말할 정도였다.

그렇게 명성을 얻은 지 열흘쯤 되던 날, 나는 조국에 대한 의무를 다하기 위해 미국 공사관을 찾아갔다. 공사는 나를 열렬히 환영하면서 그렇게 늦게 찾아온 것을 나무랐다. 그리고 그날 저녁 파티에 아파서 오지 못하게 된 손님 대신 참석해 준다면 뒤늦은 방문을 용서하겠다고 했다. 나는 초대를 받아들였다. 이어 이야기를 나누다 보니 공사와 내 아버지가 어린 시절 친구이자 예일대 동창이었으며, 아버지가 돌아가실 때까지 우정을 나눴다는 것을 알게 되었다. 공사는 시간이 날 때마다 자기 집에 들러 달라고 했고 나도 기꺼이 수락했다.

사실을 말하자면 '기꺼이' 수준이 아니라 반색할 일이었다. 훗날 재앙이 찾아왔을 때 공사는 내가 완전히 몰락하지 않도록 도울 수 있었다. 그 구체적인 방법을 지금 나로서는 알 수 없지만 하여튼 공사는 뭔가 수를 생각해 낼 것이었다. 모든 사실을 솔직히 털어놓기에는 뒤늦은 때였다. 런던에 도착해 이 터무니없는 일에 휘말리자마자 공사를 만났다면 바로 그렇게 했을 테지만 말이다. 그렇다. 이미 뒤늦은 시점이었다. 새로운 친구에게 사실을 밝히는 위험을 무릅쓰기에는 너무 깊이 발을 들여놓은 셈이었다. 그래도 그 깊이가 완전히 감당 못할 정도는 아니었다. 돈을 빌려 산다고는 해도 앞으로 벌게 될 돈의 범위를 벗어나지 않도록 세심하게 신경을 썼기 때문이다. 나중에 내가 받을 월급이 얼마일지 정확히는 몰랐지만 짐작할 근거는 충분했다. 노신사들은 내기에 이기면 내 능력에 맞는 일자리를 주겠다고 했다. 나는 충분히 내 능력을 증명해 보일 수 있다. 그 점에는 의심의 여지가 없었다. 내기에 대해서도 걱정하지 않았다. 난 늘 운이 좋았으니까. 그리하여 나는 연봉이 600파운드에서 1000파운드가량 될 것으로 예상했다. 첫해에는 600파운드를 받고 능력을 인정받으면 해마다 조금씩 올려 받게 될 것이었다. 그리고 그 시점에서 나는 첫해 연봉만큼만 빚을 졌을 뿐이었다. 모두가 내게 돈을 빌려 주려 했지만 나는 이런저런 핑계를 대며 거절했다. 600파운드의 빚 중에도 돈으로 빌린 것은 300파운드뿐이고 나머지는 생활비나 물건 구입비였다. 알뜰하게 절약하며 지낸다면 두 노신사를 다시 만날 때까지 두 해째 연봉을 지출하는 정도로 버틸 수 있었다. 그렇게 한 달을 채우면 두 노신사가 돌아올 것이고 나는 아무 문제도 없게 된다. 향후 2년치 연봉에 대한 권리를 채권자들에게 넘겨주고 바로 일을 시작하면 되기 때문이다.

그날 저녁의 파티는 훌륭했다. 모두 열네 명이 참석했는데 쇼어디치 공작 부부, 이 부부의 따님인 앤 그레이스 엘리노어 셀

210

레스트 어쩌구저쩌구 드 보훈 양, 뉴게이트 백작 부부, 치사이드 자작, 블래더스카이트 경 부부, 작위가 없는 몇몇 남녀, 공사 부부와 그 딸, 공사 딸의 친구로 공사관에 머물고 있다는 스물두 살의 영국 아가씨 포셔 랭검 등이었다. 나는 불과 2분 만에 포셔라는 아가씨와 사랑에 빠졌다. 포셔 역시 나를 마음에 들어 한다는 건 안경 따위 쓰지 않고도 훤히 보였다. 그 밖에 미국인도 한 명 있었는데 이 사람 얘기는 조금 이따가 하겠다. 모두가 응접실에 모여 식전 술을 마시며 뒤늦게 오는 손님에게 탐색의 시선을 집중시키는 와중에 하인이 큰 소리로 외쳤다.

"로이드 헤이스팅스 님이 도착하셨습니다."

예의상 인사치레가 한바탕 끝난 후 로이드가 나를 알아보고 손을 내밀며 다가왔다. 하지만 다음 순간 걸음을 멈추고 당황한 표정을 지었다.

"아, 죄송합니다. 제가 아는 사람으로 착각했습니다."

"자네가 아는 사람 맞네, 이 친구야."

"아닙니다. 당신은 바로 그 100만 파운드 지폐……."

"100만 파운드 지폐를 지닌 사나이 말인가? 내가 바로 그 사람이야. 뭐, 그렇게 불러도 좋아. 난 그 별명에 익숙해졌으니."

"아니, 이거 정말 놀랄 일이구먼. 별명 옆에 자네 이름이 함께 실린 적도 몇 번 있었지만 내가 아는 바로 그 헨리 애덤스일 거라고는 꿈에도 생각하지 못했네. 샌프란시스코 블레이크 홉킨스 사에서 월급쟁이로 일하면서 굴드 앤 커리 광산회사 서류를 함께 정리하고 야근하던 때가 불과 6개월 전이지 않나? 그런데

자네가 어마어마한 백만장자가 되어 런던의 명사가 되어 있다
니! 이건 마치 아라비안나이트 같아. 난 도무지 영문을 모르겠
네. 내가 진정할 때까지 조금만 기다려 주게.”

“로이드, 사실은 나도 자네처럼 어안이 벙벙한 상태라네. 나
도 믿어지지 않아.”

“이봐, 정말이지 굉장해! 그게 아마 석 달 전이지? 우리가 마
이너 식당에 가서…….”

“마이너 식당이 아니라 왓치어였어.”

“맞아, 왓치어로 갔었군. 여섯 시간이나 골 빠지게 서류 검토
를 한 뒤 새벽 두 시에 그리로 가서 고기 요리와 커피를 마셨어.
같이 런던에 가자고, 휴가만 얻어서 동행해 주면 비용은 다 내
가 부담하고 거래가 성사되면 사례도 하겠다고 설득했지만 자
네는 거절했어. 내가 성공할 수 없다고, 그리고 하던 일을 중단
했다가는 나중에 다시 정상화하기까지 엄청난 시간이 걸릴 거
라고 하면서 말이야. 그랬던 자네가 여기 와 있군. 참으로 신기
한 일이야! 어떻게 여기 온 건가? 이 믿을 수 없는 상황의 발단
은 또 무엇이고?”

“아주 우연한 일이었다네. 얘기가 길어. 나중에 다 말해 주겠
네. 하지만 지금은 안 돼.”

“언제 말해 준다는 건가?”

“이달 말에.”

“보름이나 기다리라는 건가? 궁금증을 참기에는 너무 길지
않아? 한 주로 하세.”

"그럴 수가 없어. 나중에는 자네도 내가 이러는 이유를 알게 될 거야. 그건 그렇고 거래는 어떻게 됐나?"

로이드는 갑자기 풀이 죽으며 한숨을 내쉬었다.

"자네 말이 옳았어. 여기 오지 말아야 했어. 거래 이야기는 하고 싶지 않구먼."

"얘기를 들어야겠네. 파티가 끝나면 오늘밤은 내 숙소에서 머물면서 얘기를 해 주게."

"아, 그래도 되겠나? 진심이지?"

로이드의 눈가에 이슬이 맺혔다.

"그래. 난 세세한 이야기를 다 듣고 싶거든."

"정말 고맙네. 여기 와서 온갖 일을 겪고 난 지금, 누군가 다시 한 번 나와 내 일에 관심을 보여 주다니! 무릎이라도 꿇고 감사하고 싶은 마음이군."

로이드는 내 손을 꼭 쥐고 다시 생기를 찾은 채 만찬을 기다렸다. 만찬은 좀처럼 시작되지 않았다. 늘 그렇듯 지독히 짜증스러운 영국의 관행, 즉 누가 상석에 앉을 것인가 하는 문제가 해결되지 않은 탓이었다. 영국인들은 그런 상황을 익히 예상하므로 저녁을 미리 먹고 만찬장에 나타난다. 아무런 사전 정보가 없는 외국인만 골탕을 먹게 된다. 다행히 로이드조차도 미리 공사의 귀띔을 받았다고 했다. 영국의 관습을 존중해 만찬은 하지 않을 것이라고 말이다. 드디어 때가 되었고 신사들은 관례에 따라 각자 부인의 손을 잡고 식당으로 이동했다. 그 다음부터가 문제였다. 쇼어디치 공작은 자신이 상석에 앉아야 한다고 했다.

그저 한 나라를 대표할 뿐 왕실을 대표하지 않는 공사보다 자기가 더 높다는 주장이었다. 나도 내 권리를 내세우며 맞섰다. 신문 인물 동정란에서 나는 왕족이 아닌 모든 귀족보다 높은 곳에 실리는 사람이니 여기서도 마찬가지라고 했다. 당연히 타협은 이루어지지 않았다. 결국 공작은 가문의 역사를 내세우기 시작했다. 나는 공작의 선조인 정복왕 윌리엄 1세는 내 성(姓)인 애덤스가 드러내 주고 있는 선조 아담보다 한참 후대이며 방계라고 반박했다. 결국 우리는 또다시 응접실로 행진해 돌아와 다 같이 선 채 정어리와 딸기로 가벼운 식사를 했다. 여기서는 상석이 별로 문제되지 않았다. 제일 지위가 높은 두 사람이 1실링 동전을 던져 이긴 사람이 먼저 음식을 집고 진 사람은 동전을 가지면 되었다. 다음으로 지위가 높은 두 사람씩 나와 다시 동전 던지기로 순서를 정했다. 식사가 끝나고 음식이 치워진 후 우리는 한 게임에 6펜스[2]씩 걸고 크리비지 카드 게임을 했다. 영국인들은 그냥 놀이로 게임하는 법이 없다. 꼭 내기를 한다. 따든 잃든 별 신경도 쓰지 않으면서 말이다.

모두들 둘씩 짝을 이뤄 게임을 하면서 즐거운 시간을 보냈다. 특히 포셔와 내가 그랬다. 나는 포셔에게 정신이 팔려 있어 패를 제대로 읽을 수 없었다. 연속된 숫자 카드가 있어도 보지 못할 정도였다. 포셔도 나와 똑같은 상황이었다. 우리는 게임을 계속 엉망으로 이어 가면서도 거기엔 신경조차 쓰지 않았다. 그저 행복했고 그 밖의 일은 아무래도 좋았으며 방해받고 싶지 않

---

2) 영국의 화폐 단위. 페니의 복수형이다.

214

왔다. 나는 포셔에게 사랑한다고 말했다. 포셔는 온 얼굴이 홍당무가 되면서 자기도 그렇다고 했다. 아, 그 얼마나 황홀한 저녁이었는지! 나는 점수를 부르며 판에서 말을 옮길 때마다 포셔에게 하는 말을 덧붙였다. "합이 15이니 2점입니다. 당신은 어쩌면 그렇게 아름다울까요?" 그러면 포셔도 "페어가 되었으니 2점이오. 정말 그렇게 생각하세요?"라고 답했다. 눈썹을 내리깔고 살짝 올려다보는 그 모습이 어찌나 다정하고 매력적이었는지!

포셔 앞에서만큼은 아무것도 숨길 수 없었다. 나는 가진 돈이라고는 1센트도 없는 가난뱅이라고, 그 유명한 100만 파운드 지폐는 내 것이 아니라고 털어놓았다. 포셔는 사연을 캐물었고 나는 낮은 소리로 모든 이야기를 해 주었다. 포셔는 허리가 끊어질 정도로 웃었다. 워낙 잘 웃는 아가씨여서 나는 30초마다 말을 그치고 포셔가 웃음을 그칠 때까지 1분 30초가량을 기다려야 했다. 걱정과 불안, 근심이 담긴 이야기가 그런 반응을 이끌어 내는 것은 처음 보았다. 어떤 상황에서도 즐겁게 웃을 수 있는 아가씨라는 것을 알고 나는 포셔를 더욱 사랑하게 되었다. 머지않아 내게는 바로 그런 아내가 필요한 상황이었으니까. 내가 제대로 돈을 벌 수 있을 때까지 몇 년은 기다려야 한다는 말도 물론 해 주었다. 포셔는 괜찮다고, 다만 세 해째 연봉까지 축낼 정도로 허투루 돈을 쓰지 않도록 가능한 한 조심해 달라고 했다. 이어 혹시 첫해의 연봉을 너무 높게 잡은 것은 아니냐고 걱정을 했다. 일리가 있는 말이었으므로 나도 전보다는 약간 자신감이 사라졌다. 하지만 좋은 사업 구상이 떠올랐다. 나는 포셔에게 "내가 두 노신사를 만나러 가는 날 함께 가 줄 수 있겠어요?"라고 물었다.

포셔는 약간 망설이다가 대답했다.

"네. 제가 같이 가는 게 도움이 된다면요. 하지만 그게 좋은 행동일지는 모르겠어요."

"저도 잘 모르겠군요. 어쩌면 아닐지도 모릅니다. 하지만 워낙 중요한 자리여서……."

"그렇다면 적절하든 적절치 않든 함께 가 드리겠어요."

포셔의 목소리에는 열정이 가득했다.

"제가 당신을 도울 수 있다니 정말 기뻐요!"

"돕는다고요? 아니, 전부 당신이 하는 일입니다. 이처럼 아름답고 사랑스러우며 매력적인 분이 곁에 있다면 두 노신사가 파산할 지경까지 연봉을 올릴 수 있을 거예요. 아마 그래도 그분들은 거절할 마음을 먹지 못할걸요."

그 순간 포셔의 상기된 얼굴과 행복하게 빛나는 두 눈을 여러분이 보지 못한 것이 정녕 안타깝다!

"아첨이 능숙하시군요! 그런 말씀은 한마디도 믿을 수 없지만 어떻든 함께 가 드리지요. 어쩌면 남들 생각이 당신과 똑같지는 않다는 걸 가르쳐 드릴 기회가 될지도 모르겠어요."

의혹이 사라지고 내 자신감이 되살아났던 것일까? 그 자리에서 나는 마음속으로 첫해 연봉을 1200파운드로 인상했다. 하지만 나중에 놀라게 해 줄 생각으로 포셔에게는 말하지 않았다.

숙소에 오는 내내 구름 위를 걷는 듯했다. 로이드가 계속 무슨 말인가를 했지만 하나도 귀에 들어오지 않았다. 내 방으로 들어온 로이드는 호화로운 시설과 물건들에 칭찬을 아끼지 않았다.

"잠깐만 여기 서서 실컷 보게 해 주게. 맙소사, 이건 그야말로 궁전이군, 궁전이야! 기분 좋게 타오르는 난로며 밤참이며 더 이상 바랄 것이 없어. 헨리, 자네가 얼마나 부자인 줄 알겠네. 동시에 내가 얼마나 비참한 가난뱅이인지, 얼마나 처절하게 실패하고 망가진 인생인지도 뼛속 깊이 느끼게 되는군."

이런 제기랄! 로이드의 그 말에 소름이 끼쳤다. 나는 꿈에서 깨어났고 화산 분화구 위, 불과 몇 센티미터 두께의 껍질 위에 서 있는 내 모습을 깨달았다. 조금 전까지만 해도 완전히 잊어 버리고자 했던 그 사실을 말이다! 난 돈 한 푼 없이 빚더미에 올라앉아 있었다. 사랑스러운 포셔의 행복과 불행은 내 손에 달려 있었다. 앞으로 받을 연봉이라는 것도 어쩌면 영원히 없을지 모르는 돈이다. 오! 나는 아무런 희망 없이 파멸하고 말 것이다.

"헨리, 자네가 하루에 버는 돈의 하찮은 자투리라도 얻을 수 있다면……."

"내가 하루에 버는 돈이라고! 자, 여기 앉아 자네 영혼을 위해 위스키나 한잔하세. 여기 잔 받게! 아, 아니지, 자네는 배가 고프겠군. 그럼 여기 앉아……."

"먹을 건 생각 없네. 허기가 이미 지나가기도 했고. 사실 요즘은 통 먹을 수 없는 상태거든. 그래도 술이라면 쓰러질 때까지 마시겠네."

"자, 그럼 실컷 마셔 보세나. 건배! 자, 로이드, 내가 뜨거운 위스키를 만드는 동안 자네 이야기를 들려주게."

"내 이야기를 하라고? 또다시?"

"'또다시' 라니 무슨 말인가?"

"다시 처음부터 듣고 싶다는 건가? 이런 어이없는 친굴 봤나. 여기까지 오는 길에 모든 이야기를 다 해 주지 않았나?"

"자네가?"

"그래, 내가 말일세."

"나는 한마디도 듣지 못했는걸."

"헨리, 이거 걱정되기 시작하는군. 아까 공사관 파티에서 무슨 일이라도 있었나?"

갑자기 모든 것이 분명해졌다. 나는 남자답게 솔직히 인정했다.

"세상에서 제일 멋진 아가씨를 만나 포로가 되고 말았다네."

로이드가 반가워하며 악수를 청했고 우리는 손이 아플 때까지 신나게 흔들어 댔다. 로이드는 무려 3마일 거리를 걸어오는 동안 자기가 했던 이야기를 내가 하나도 듣지 않았다는 것도 탓하지 않았다. 그저 자리에 앉아 다시 한 번 이야기를 들려 주었다. 그 내용을 요약하면 다음과 같다. 로이드는 굴드 앤 커리 광산회사의 채굴권 판매 독점권을 받아 야심차게 영국으로 왔다. 100만 달러를 넘는 판매 대금은 자기가 챙긴다는 조건이었다. 하지만 아는 인맥을 총동원하고 온갖 방법을 다 써 보아도 어느 자본가 하나 관심을 보이지 않았고 가진 돈은 다 날렸으며 독점 판매권 또한 이달 말이면 사라질 상황에 처했다. 한마디로 말해 파산한 것이다. 말을 끝내자마자 로이드는 벌떡 일어나며 외쳤다.

"헨리! 자네가 날 좀 구해 주게. 자네는 날 구할 수 있는 유일한 사람이야. 그렇게 해 줄 거지? 응?"

"어떻게 하면 될지 말을 해 보게, 이 친구야."

"내 독점 판매권을 넘겨 줄 테니 100만 달러만 주게. 그리고 미국에 돌아갈 여비도 좀 대 주고. 제발, 제발 거절하지 말아 주게."

나는 갈등했다. 나 역시 빈털터리이고 게다가 빚더미에 올라앉아 있다고 자칫 입을 열어 털어놓을 뻔했다. 하지만 그 순간 굉장한 생각이 떠올라 간신히 입을 다물었다. 그리고 자본가다운 냉정한 태도를 취하며 차분한 어조로 말했다.

"그래, 내가 자네를 구해 주지."

"정말인가! 난 이제 살았네! 신의 축복이 자네와 함께 하길!"

"얘기를 끝까지 들어 보게. 자네를 구해 주겠지만 자네가 말했던 그 방법은 아닐세. 자네가 그토록 고생을 했고 또 위험부담을 감수했는데 그런 결과는 온당치 않아. 또 난 광산이 필요 없다네. 런던 같은 상업 중심지에서는 광산 없이도 얼마든 자본 투자가 가능하거든. 난 본래 그쪽 전문이고 말이야. 그 광산에 대해서는 나도 훤히 알고 있어. 가치가 어마어마하다는 것도 누구한테나 보증할 수 있지. 내 이름을 팔면 앞으로 두 주 만에 그 채굴권을 현금 300만 달러에 매도하는 건 문제 없을 거야. 수익은 반씩 나누도록 하지."

로이드는 뛸 듯이 기뻐했다. 내가 다리를 걸고 넘어뜨려 진정시키지 않았다면 방 안의 모든 가구를 때려 부술 기세였다. 로이드는 그렇게 바닥에 누운 채 행복에 겨워 말했다.

"그래, 자네 명성을 이용하는 거야. 생각해 보게! 돈 많은 런던 사람들이 물밀듯 몰려들어 서로 사겠다고 난리를 피우겠지. 그럼 난 성공이야. 부자가 되는 거라고! 목숨이 붙어 있는 한 자네 은혜를 결코 잊지 않겠네."

그로부터 채 24시간이 흐르기 전에 런던이 온통 들썩대기 시작했다. 나는 종일 호텔 방에 앉아 찾아온 손님들에게 "맞습니다. 제가 제 이름을 대라고 했습니다. 그 사람이나 그 광산을 제가 잘 알거든요. 충분히 믿을 만한 사람이고 또 충분히 가치 있는 광산이랍니다."라고 말만 해 주면 되었다.

저녁 시간은 공사관으로 가서 포셔와 함께 보냈다. 포셔에게는 광산 이야기를 한마디도 하지 않았다. 나중에 놀라게 해 줄 작정이었다. 우리는 연봉 이야기를 했다. 연봉과 사랑 이야기만 했다. 때로는 사랑에 대해, 때로는 연봉에 대해, 또 때로는 연봉과 사랑에 대해 이야기했다. 우리 사랑에 관심이 많았던 공사의 부인과 딸은 우리가 방해받지 않도록, 또 공사가 전혀 눈치채지 못하도록 온갖 기발한 방법을 강구해 주었다. 정말이지 고마운 사람들이 아닐 수 없다.

노신사들과 약속한 한 달이 된 날, 나는 런던 앤드 카운티 은행에 100만 달러, 그러니까 20만 파운드의 예금을 보유하게 되었다. 로이드도 마찬가지였다. 나는 제일 좋은 옷으로 차려입고 마차를 탔다. 포틀랜드 플레이스의 그 집 앞을 지나치면서 보니 두 신사가 돌아온 것이 확실했다. 나는 공사관으로 가서 사랑하는 포셔를 태우고 다시금 연봉 이야기를 하면서 두 신사의 집으로 향했다. 긴장과 흥분을 감추지 못하는 포셔는 정말이지 무어라 표현할 수 없을 정도로 아름다웠다. 나는 "포셔, 오늘 당신 모습을 보니 연봉 3000파운드 이하로는 절대 합의할 수 없다는 생각이 드는군요."라고 말했다.

"오, 헨리, 그러다가는 일을 다 망치고 말 거예요."

"걱정 말아요. 나를 믿고 그 표정만 흐트러뜨리지 않으면 돼요."

그렇게 나는 내내 포셔에게 자신감을 북돋아 주어야 했다. 그래도 포셔는 걱정스러운 말을 했다.

"너무 많이 요구하다가는 결국 하나도 얻지 못할 수 있다는 것을 기억하세요. 그렇게 되면 우리는 어떻게 되겠어요? 이 세상에서 먹고살 방법이 없잖아요?"

한 달 전에 보았던 바로 그 하인이 우리를 안내했다. 두 노신사는 나와 함께 들어간 아름다운 포셔를 보고 깜짝 놀랐다. 나는 "이 아가씨는 제 미래의 반려자입니다."라고 소개했다.

나는 두 신사의 이름을 불렀다. 신사들은 놀라지 않았다. 내가 인명록을 참고할 정도는 된다는 걸 알고 있었으니까 말이다. 두 신사는 우리에게 자리를 권했다. 내게는 정중하게 대했고 포셔에게는 긴장감을 떨칠 수 있도록 배려해 주었다. 내가 먼저 입을 열었다.

"자, 이제 말씀드릴 준비가 되었습니다."

"자, 어서 말해 보게. 우리 형제가 벌인 내기의 결과가 궁금하구먼. 내가 이기도록 해 주었다면 자네는 원하는 일자리를 얻게 될 걸세. 100만 파운드 지폐를 가지고 왔는가?"

"여기 있습니다."

내가 지폐를 건네주었다.

"내가 이겼어!"

신사가 탄성을 지르며 옆에 앉은 형제 신사의 등을 두드렸다.

"자, 이제 무슨 말 좀 해 보지?"

"믿을 수가 없어. 아직까지 이 이방인이 멀쩡히 살아 있다니. 내가 2만 파운드 잃었네. 이렇게 되리라고는 정말로 생각지 못했군."

"아직 말씀드릴 것이 더 있습니다. 꽤 긴 이야기지요. 일간 찾아뵙고 소상히 들려 드리고 싶습니다. 들어 보실 만한 가치가 충분하다고 장담합니다. 일단은 이걸 보시지요."

"아니, 이건 20만 파운드 예금 증명이 아닌가! 자네 것인가?"

"네, 그렇습니다. 두 분이 빌려 주신 지폐를 활용해 제가 번 것이지요. 그 돈은 사소한 것을 구입할 때 보여 주고 거스름돈을 요구하는 용도로만 사용했습니다."

"대단하구먼! 정말 믿을 수가 없어!"

"제가 믿게 해 드리지요. 어찌 된 결과인지 말씀드리겠습니다."

옆에 있던 포셔도 눈이 휘둥그레졌다.

"헨리, 이게 정말로 당신 돈인가요? 지금까지 절 속인 거예요?"

"그랬다오. 하지만 용서해 주리라 믿소."

포셔는 토라져 입술을 내밀고 말했다.

"과연 그럴까요? 절 그렇게 속이다니 무례하군요!"

"오, 용서하고 넘어가 줘요. 그냥 당신을 놀라게 해 주고 싶었어요. 자, 이제 일어납시다."

"잠깐, 잠깐 기다리시오! 약속한 일자리를 받아가야 하지 않겠소?"

신사가 말했다.

"호의는 고맙습니다만, 저는 일자리를 원하지 않습니다."

"아주 좋은 일자리를 구할 기회일 텐데?"

"다시 한 번 감사 인사를 드립니다. 하지만 그렇게 좋은 일자리도 저는 필요하지 않습니다."

포셔가 끼어들었다.

"헨리, 너무 냉정하네요. 제대로 감사 인사를 드려야지요. 제가 대신 인사를 표할까요?"

"그렇게 해 준다면 좋지요. 어떻게 하면 되는지 한번 봅시다."

포셔는 신사에게 다가가 그 무릎에 올라앉더니 팔을 벌려 포옹하며 신사 입술에 입을 맞추었다. 두 신사는 박장대소했지만 나는 어안이 벙벙해 꼼짝하지 못했다. 포셔가 말했다.

"아빠, 저 사람은 아빠한테 자기가 원하는 일자리가 없을 거라고 하더군요. 그건 정말 모욕적인⋯⋯."

"포셔, 이 신사분이 당신 아버지였소?"

"네, 제 양아버지세요. 세상에서 제일 다정한 아버지시죠. 공사관 파티에서 당신 이야기를 들으면서 제가 그렇게 웃었던 이유를 이제 아시겠어요? 당신은 제가 누군지 까맣게 모른 채 아버지와 삼촌 때문에 곤경에 처한 이야기를 해 주었잖아요."

상황을 파악한 나는 단도직입적으로 본론에 들어갔다.

"아, 어르신, 그렇다면 좀 전에 했던 말을 취소해야겠습니다. 어르신은 제가 원하는 일자리를 주실 수 있는 분이군요."

"그게 무언가?"

"사위 자리입니다."

"이런, 이런! 하지만 자네는 그 자리에서 일해 본 경험이 없고, 또 충분한 자격을 갖췄다는 추천서도 가져올 수 없으니⋯⋯."

"일단 한번 써 보십시오. 제발 부탁드립니다! 삼사십 년 정도 써 보시고 나면⋯⋯."

"좋네. 그 정도 부탁은 들어줘야지. 포셔를 데려가게."

우리 둘이 행복했느냐고? 그건 도저히 말로 형언할 수가 없다. 하루 이틀 지나 모두가 내 모험의 전말을 알게 되었을 때 온 런던이 떠들썩했느냐고? 그건 정말로 그러했다.

포셔의 아버지는 그 정든 100만 파운드 지폐를 영국 은행에 반환했다. 은행은 지폐에 '무효' 도장을 찍은 후 기념 선물로 내주었고, 다시 포셔 아버지는 그 지폐를 우리 결혼 선물로 주었다. 지폐는 액자에 끼워져 이후 우리 집의 가장 좋은 자리에 걸려 있다. 내게 포셔를 안겨 준 지폐이기 때문이다. 그게 없었더라면 나는 런던에 머물지 못했을 것이고, 공사관 파티에 가지 못했을 것이며, 물론 포셔도 만나지 못했을 것이다. 그래서 나는 입버릇처럼 말하곤 한다.

"네, 저건 100만 파운드 지폐입니다. 하지만 저 지폐로 사들인 것은 딱 하나뿐입니다. 그것도 실제 가치의 10분의 1 정도밖에 지불하지 못한 셈이지요."

승마

A cheval

Guy de Maupassant

모파상 지음 | 정혜용 옮김

모파상 Guy de Maupassant | 프랑스의 소설가(1850~1893). 플로베르와 졸라에게 배
우고 단편소설 〈비곗덩어리〉를 발표하여 명성을 얻은 대표적인 사실주의 작가이다. 장편소설
로는 〈여자의 일생〉, 〈벨 아미〉, 심리 분석이 탁월한 〈피에르와 장〉 등이 있다.

✝

　이 가여운 이들은 가장의 변변찮은 봉급으로 근근이 살아가고 있었다. 결혼한 뒤 아이 둘이 태어났고, 신혼 초의 넉넉지 못한 살림은 어느덧 빈궁으로까지 치달았지만, 어쨌든 체면은 유지하려 드는 귀족 가문 사람들이 그렇듯이 비천하고 수치스러워 내비치지 않으려 했다.

　엑토르 드 그리블랭의 본가는 지방에 있었고, 그는 그곳 아버지의 저택에서 노(老)사제의 가르침을 받으며 컸다. 부유하지는 않았지만 체면치레는 하면서 살았다.

　스무 살이 되던 해, 엑토르 드 그리블랭은 일자리를 소개받아 해군성에 연봉 천오백 프랑을 받는 사무원으로 들어갔고, 삶이라는 거친 전투를 치를 준비를 일찌감치 시작하지 않은 사람들 모두가 그렇듯이 그만 그 암초에 걸려서 좌초하고 말았다. 생존이란 것을 막연하게 바라보고, 수완도 버틸 힘도 없으며, 어려서부터 특별한 자질, 특수한 능력, 악착스런 투쟁력을 길러 준 적이 없었던 사람들 모두가 그렇듯이 손에 무기나 도구를 들려 준 적이 없었던 사람들 모두가 그렇듯이 말이다.

　직장에서의 처음 삼 년은 끔찍했다.

　그는 집안에서 알고 지내던 사람들과 다시 마주쳤는데, 이들은 시대에 뒤떨어지고 재산도 거의 없는 노인네들로서 귀족들의 거리인 음울한 포부르 생제르맹 가에서 살았다. 그는 이들과 왕래하며 지냈다.

요즘 세상에서 비켜나 살아가며, 별 볼일 없으나 자긍심 높은 이 궁핍한 귀족들은 깊은 잠에 빠져든 듯한 저택의 고층에 살았다. 꼭대기 층에서부터 맨 아래층에 이르기까지 이 저택에 사는 세입자들은 모두 작위를 갖고 있었다. 하지만 돈이 귀하기로야 맨 아래층이든 맨 꼭대기 층이든 마찬가지인 듯했다.

이처럼 예전에는 휘황찬란했으나 무기력한 생활을 영위하다 실추하고 만 귀족 가문들은 영영 편협한 사고를 버리지 못했고, 체면치레에 매달렸으며, 몰락할까 봐 전전긍긍하였다. 엑토르 드 그리블랭은 이 세계에서 자신처럼 귀족 가문 출신이나 가난한 아가씨를 만나서 결혼하였다.

그들은 사 년 동안 아이 둘을 뒀다.

그 뒤, 사 년의 세월 동안 곤궁함에 시달리던 이 가정이 누릴 수 있는 기분 전환이라고는 일요일마다 샹젤리제에 나가서 하는 산책, 동료가 준 공짜표로 겨울에 한두 차례 맛보는 저녁나절의 극장 나들이가 전부였다.

그러다가 봄이 될 무렵에 상관이 추가 업무를 맡겼고, 그 바람에 삼백 프랑을 특별수당으로 받게 되었다.

그는 특별수당을 들고 온 날 아내에게 제안했다.

"앙리에트, 우리도 뭔가 좀 즐겨 봐야 되지 않겠소? 아이들 데리고 소풍이나 가 볼까?"

이 문제를 놓고 한참 의견을 주거니 받거니 한 끝에 야외에 나가서 점심을 먹기로 했다.

"장담컨대 이런 일이 매일 있는 건 아니지."

엑토르가 목청을 높였다.

"사륜마차를 빌려서 마차에는 당신과 아이들 그리고 하녀가 타고, 난 승마 연습장에서 말을 한 마리 빌려 타겠어. 오래간만에 기분이 날 거야."

그러고는 한 주 내내 소풍 이야기만 했다.

매일 저녁, 퇴근해서 돌아오면 엑토르는 큰 아들을 안아서 다리 위에 말 타듯 걸터앉혀 놓고 힘껏 들까부르며 아이에게 말했다.

"다음 일요일에 산책 나가면 아빠가 이렇게 말을 달릴 거란다."

아이는 말 타듯 걸터앉은 의자를 끌고 방 안을 돌면서 외쳤다.

"이랴, 다그닥 다그닥, 난 아빠다."

하녀도 경탄의 눈초리로 주인 나리를 바라보면서 나리가 말을 몰며 마차 옆을 따라와 주겠거니 생각했다. 하녀는 식사 때마다 승마 얘기를 꺼내고, 이전에 본가에서 살던 당시의 멋진 승마 솜씨를 자랑해 대는 엑토르의 이야기에 귀를 기울였다. '오! 승마를 제대로 배웠으니 일단 말에 오르기만 하면 두려울 것이 아무것도 없겠구나! 아무것도!'

그는 두 손을 비벼 대면서 아내에게 되뇌었다.

"약간 까다로운 말이 걸린다면 오히려 좋을 텐데. 내가 말을 어떻게 타는지 보라고. 당신만 좋다면 숲에서 돌아올 때 샹젤리제를 거쳐서 돌아오자고. 우리는 그럴싸해 보일 테니까, 해군성의 누군가를 만난다 해도 거북하지 않을 거야. 직장 상사들이 부하를 존중하게 만들자면 그만한 것도 없지.”

그날이 되자 마차와 말이 동시에 문간에 도착했다. 그는 마구를 살피려고 곧장 내려갔다. 바짓단에는 발에 걸칠 고리가 미리 바느질되어 있는 상태였고, 손으로는 전날 사 둔 승마용 채찍을 다루고 있었다.

말의 다리 넷을 차례차례 들어 보고 만져 보고, 목덜미와 늑골 그리고 오금을 더듬어 보고, 손가락으로 옆구리도 꾹 눌러 보고, 입도 벌려 이빨을 꼼꼼히 살피고 나더니 말의 나이를 단언했다. 그리고 온 식구가 내려오자 이론과 실제에 있어서 말의 일반에 관해, 그리고 특히 그의 견해로는 훌륭한 말임에 틀림없는 빌린 말을 놓고 짤막하게 강의를 하다시피 했다.

모두 마차에 자리를 잡자 그는 안장의 뱃대끈을 확인했다. 그러더니 등자에 발을 걸고 일어섰다가 말 위에 털썩 앉았고, 그 무게에 놀란 말이 날뛰는 바람에 말에서 굴러떨어질 뻔했다. 엑토르는 당혹스러워하며 말을 진정시키려고 하였다.

“워, 워. 자, 착하지. 어, 그래, 착하구나.”

그러고는 사람 태운 동물이 다시 차분해지자 동물 위에 올라탄 사람도 냉정을 되찾고 이렇게 물었다.

“준비들 됐지?”

다 같이 목소리를 합쳐 대답했다.

"예."

그러자 그가 명령을 내렸다.

"출발!"

말과 마차에 올라탄 일행은 점점 멀어져 갔다.

모두의 시선이 하나같이 엑토르에게 쏠렸다. 엑토르는 꼿꼿한 자세로 말을 속보로 몰았다. 과장되게 들썩거리는 모양새가, 튀어 올랐다가 안장 위로 내려앉는가 싶으면 곧 되튀어 올라 공중으로 솟구치기라도 하려는 듯했다. 그런데 어째 자꾸 말갈기 위로 엎어질 것처럼 위태해 보였다. 게다가 옆으로는 눈도 못 돌리고, 표정은 딱딱하게 굳었고, 두 뺨은 핏기 하나 없이 창백했다.

두 아이 중 한 아이를 무릎에 앉힌 그의 아내와 다른 한 아이를 데리고 있던 하녀는 쉼 없이 되풀이했다.

"아빠를 보렴. 저기, 아빠를 봐!"

마차의 움직임과 즐거움, 상쾌한 바깥 공기에 흠뻑 취한 두 아이는 새된 소리를 질러 댔다. 이러한 소란스러움에 겁에 질린 말은 결국 뛰기 시작했고, 엑토르가 다잡으려고 애를 쓰는 동안 그만 모자가 바닥에 떨어져 구르고 말았다. 마부가 마차에서 내려 모자를 주워 줘야만 했고, 엑토르는 마부의 손에서 모자를 넘겨받자 멀리에서 아내에게 외쳤다.

"그러니까 애들이 그렇게 소리 지르지 못하게 해. 그러다간 말이 날 싣고 달아날 거라고!"

베지네 숲에 도착하자 풀밭에 자리 잡고 상자에 담아 온 음식으로 점심을 들었다.

마부가 말 세 필을 돌보는데도 엑토르는 수시로 일어나서 자기 말이 조금이라도 부족한 것이 없는지를 살피러 가서는 말의 목을 쓰다듬어 주고, 빵과 케이크와 설탕을 먹여 댔다.

"거 제법 거친 놈이야. 처음에는 꽤 흔들리더라고. 하지만 당신도 봤지, 내가 얼마나 빨리 적응하는지? 주인이 누군지 알았으니 이제 더는 날치지 않을 거야."

계획했던 대로 돌아오는 길에는 샹젤리제를 통과했다.

넓은 대로는 마차들로 우글거렸다. 길 양쪽으로는 산책객들이 어찌나 많은지 개선문에서부터 콩코르드 광장까지 두 가닥 검은 리본을 길게 풀어 놓은 듯했다. 뜨거운 햇살이 이곳에 모인 모든 이들 위로 쏟아져 내렸고, 사륜마차에 칠한 니스가, 마구에 붙어 있는 강철이, 승합마차 문의 손잡이가 햇빛에 반짝거렸다.

사람과 마차와 말이 뒤얽힌 이 무리는 움직이고 싶은 열망에 휩쓸리고 삶에 취해 들뜬 듯했다. 그리고 저쪽에 우뚝 솟은 오벨리스크는 황금빛으로 아른거렸다.

엑토르를 태운 말은 개선문을 지나자마자 불쑥 치솟은 열의에 다시금 사로잡혀 엑토르가 갖은 애를 쓰며 진정시키려는데도 아랑곳없이 마차 바퀴들 사이를 누비며 빠른 걸음으로 마사(馬舍)를 향해 달아났다.

이제 식구가 탄 마차는 한참 떨어진 저 뒤쪽에 처져 있었다. 말은 파리 산업궁전이 앞에 보이자 여기가 들판인 줄 알았는지 오른쪽으로 방향을 틀어 질주하기 시작했다.

앞치마 차림의 노파가 차분한 걸음걸이로 길을 건너고 있었다. 마침 미친 듯이 달려오는 엑토르의 앞길을 가로지르려는 참이었다. 말을 통제할 수 없게 된 엑토르는 있는 힘껏 소리치기 시작했다.

"어이! 거기! 어이! 이봐요!"

그 노파는 귀가 먹었는지 차분하게 제 길을 갔고, 결국 기관차처럼 튀어나온 말의 가슴팍에 부딪히고 말았다. 머리부터 곤두박질친 노파는 치마가 활딱 뒤집어진 채 세 번 재주를 넘었고, 그 바람에 열 걸음 정도 떨어진 곳까지 굴러가 버렸다.

사람들이 비명을 질러 댔다.

"저기 멈춰 세워!"

정신이 나간 엑토르는 말갈기에 바짝 매달린 채 부르짖었다.

"사람 살려!"

끔찍스런 충격과 함께 총알처럼 말머리 위로 튕겨 나간 엑토르는 막 그가 있는 쪽으로 달려오는 경관의 품에 떨어졌다.

순식간에 성난 사람들이 엑토르 주위로 몰려들어서 삿대질을 해 대고 욕설을 퍼부었다. 특히 어떤 나이 지긋한 신사, 콧수염이 하얗게 세고 큼직한 둥근 훈장을 달았는데, 이 신사는 격노한 모습이었다.

"제길, 그렇게 어설프면 집에 처박혀 있든가. 말도 몰 줄 모르면서 대로에 나와 사람들을 잡으면 되겠소?"

그는 이 말을 하고 또 했다.

그 와중에 남자 넷이 노파를 떠받쳐 들고 나타났다. 노파는 죽은 것 같았는데, 안색은 누렇게 떴고, 헝겊 모자는 비뚜름히 돌아갔고, 온통 먼지투성이였다.

"약사한테 데려가 보여요."

노신사가 나서서 처리했다.

"자, 나머지는 파출소로 갑시다."

엑토르는 양쪽에 경관을 달고서 파출소로 향했다. 말고삐는 또 다른 경관이 쥐었다. 그 뒤로 군중이 줄줄 따라붙었다. 그런 중에 식구들이 탄 마차가 갑자기 나타타더니 엑토르의 아내가 튀어나왔다. 하녀는 넋 나간 얼굴이었고, 아이들은 시끄럽게 빽빽 울어 댔다. 그는 곧 집에 돌아갈 거라며, 어떤 노파를 치었는데 별일 아니라고 설명했다. 얼이 빠진 채 집으로 돌아가는 가족들의 모습이 점점 멀어져 갔다.

파출소에서 사건 경위를 짤막하게 설명했다. 엑토르 드 그리블랭이라는 이름과 해군성 소속임을 밝혔다. 그러고는 다 같이 부상당한 노파의 소식을 기다렸다. 소식을 알아보러 갔던 경관이 돌아왔다. 노파는 정신이 들었지만, 노파 말로는 온몸이 속속들이 끔찍이도 아프단다. 가정부 일을 하는 노파로, 육십오 세며, 성이 시몽이라고 했다.

노파가 죽은 건 아니라는 사실을 알고 나서 엑토르는 다시 희망을 찾았고, 치료비를 대겠노라고 약속했다. 그러고는 약국으로 달렸다.

약국 문 앞에 시끌벅적 소란을 떨며 사람들이 모여 있었다. 노

236

파는 안락의자에 널브러진 채 두 손을 축 늘어뜨리고, 넋 나간
표정으로 끙끙 앓는 소리를 내고 있었다. 의사 둘이 여전히 진
찰 중이었다. 팔다리는 어디 한 군데 부러진 데 없이 멀쩡했지
만 장기 손상이 걱정이었다.

엑토르가 노파에게 말을 붙였다.

"많이 아픕니까?"

"오! 그럼요."

"어디가요?"

"위장에 불이 붙은 것 같다오, 화끈거리는 게."

의사 한 명이 다가왔다.

"사고를 일으킨 분이시군요?"

"예."

"요양소로 보내야겠어요. 내 한 군데 아는데, 하루에 육 프랑
일 겁니다. 알아봐 줄까요?"

엑토르는 반색을 하며 감사를 표했고, 안심하며 집으로 돌아
갔다.

그를 기다리고 있던 아내는 눈물 바람을 했다. 그는 아내를 달
랬다.

"별거 아니야. 그 시몽이라는 노파는 벌써 많이 좋아졌어. 삼
일쯤 있으면 다친 티도 안 날 거라고. 내가 요양소로 보냈어. 별
거 아니야."

별거 아니라고!

다음 날, 퇴근길에 시몽 부인의 소식을 알아보러 갔다. 노파는

아주 흡족한 표정으로 기름진 고기 국물을 한창 떠먹는 중이었다.

"그래, 어떤가요?"

그가 물었다.

노파가 대답했다.

"저런, 어쩌나. 달라진 게 없다오. 기운이라고는 하나도 없지 뭐요. 좋아진 데가 전혀 없구려."

의사는 기다려야 한다고, 합병증이 나타날 수도 있다고 말했다.

그는 또 삼 일을 기다려 보고 다시 가 봤다. 노파는 그를 보자 활짝 핀 얼굴에 초롱초롱한 눈빛으로 앓는 소리를 해 댔다.

"어쩌우? 몸이 꿈쩍도 않네. 움직일 수가 없다오. 내 죽는 날까지 요 모양일 거요."

엑토르는 등골이 오싹했다. 의사의 의견을 구했다. 의사는 자기도 어쩔 수 없다는 듯 두 팔을 쳐들더니 이렇게 말했다.

"낸들 별 수 있나요. 나도 모르겠어요. 일으켜 세우려고만 하면 비명을 질러 댑니다. 의자 위치만 좀 바꾸려 해도 귀청이 떨어져 나가라 비명을 질러 대니, 환자 말을 믿는 수밖에요. 내가 그 속에 들어가 본 것도 아니고. 걷는 모습을 봤다면 모를까, 나로서야 환자가 거짓말을 한다고 추정할 권리가 없지요."

노파는 교활한 눈빛으로 꿈짝도 않고 가만히 듣고 있었다.

일주일이 흘렀다. 그리고 보름이. 그리고 또 한 달이. 시몽 부인은 의자에서 꿈쩍도 하지 않았다.

아침부터 저녁까지 먹어 대어 살이 올랐고, 다른 환자들과 즐겁게 수다를 떨었다. 사지를 쓰지 못하는 사람이, 계단을 오르내리고, 매트리스를 뒤집어 깔고, 석탄을 층층이 나르고, 비질하고 솔질하며 보낸 오십 년 세월을 보상받기 위해 누리는 휴식이라도 되는 듯 그 상태에 익숙해진 것 같았다.

미칠 지경이 된 엑토르는 매일같이 요양원을 찾았는데, 갈 때마다 노파는 평온하고 차분한 태도로 이렇게 말했다.

"꼼짝도 할 수 없다오. 딱하지만 어쩐다우? 움직여지지가 않아요."

엑토르의 아내는 근심에 사로잡혀 매일 저녁 물었다.

"시몽 부인은요?"

그러면 그는 매번 절망으로 의기소침해져서 대구했다.

"하나도 변한 게 없어. 단 하나도!"

급료를 주기도 버거워져서 하녀를 내보냈다. 계속 더 절약을 했고 특별수당은 노파 밑으로 몽땅 들어갔다.

이렇게 되자 엑토르는 저명한 의사 넷을 불러 모았고, 의사들이 노파를 빙 둘러쌌다. 노파는 약아빠진 눈초리로 의사들을 흘끔거리면서 의사들이 진찰하고, 만져 보고, 더듬어 보게 하자는 대로 자신을 내맡겼다.

"억지로라도 걸려 봅시다."

의사가 말했다.

노파가 비명을 질렀다.

"여러 선생님들, 전 움직일 수 없답니다. 그럴 수 없다고요!"

그러자 의사들이 노파를 붙잡아 일으켜서 몇 걸음 끌고 갔다. 하지만 노파는 의사들의 손아귀에서 벗어나 마룻바닥을 구르며 어찌나 끔찍스런 비명을 질러 대는지, 의사들은 조심 또 조심하면서 노파를 다시 의자에 앉히고 말았다.

의사들은 조심스럽게 의견을 내놓았는데, 어쨌든 몸을 움직여 일을 할 상태는 아니라고 결론지었다.

엑토르가 이 소식을 아내에게 전하자 아내는 의자에 털썩 주저앉더니 머뭇거리며 의견을 냈다.

"우리가 데리고 있는 게 낫지 않을까요? 돈은 덜 들 거 아니에요."

엑토르가 펄쩍 뛰었다.

"여기, 우리 집에 말이야?"

하지만 아내는 눈물을 글썽이며 이제는 모든 것을 체념한 채로 대답했다.

"여보, 그럼 어쩌겠어요? 그게 제 잘못은 아니잖아요!"

데카메론

둘째 날 세 번째, 네 번째, 다섯 번째 이야기

Decameron

Giovanni Boccaccio

조반니 보카치오 지음 | 서대원 옮김

조반니 보카치오 Giovanni Boccaccio | 이탈리아의 작가·시인(1313~1375). 14세기 이탈리아와 유럽을 대표하는 소설가이며, 단편소설집 〈데카메론〉을 완성하여 근대 소설의 시조가 되었다. 이 작품은 발표되자마자 전 유럽에 알려졌고 작품성을 인정받아 다수의 언어로 번역되었다. 그 밖에 〈필로콜로〉, 〈필로스트라토〉, 〈테세이다〉, 〈단테전〉 등의 작품이 있다.

*〈데카메론〉은 보카치오가 1348년에서 1353년까지 쓴 단편소설들을 묶어 1470년에 발표한 것으로, 피렌체의 페스트를 피하여 별장으로 피신한 열 사람이 매일 10편씩 열흘 동안 계속한 이야기 100편을 모은 것이다. 이 책에 실린 작품은 그중에서 둘째 날의 세 번째, 네 번째, 다섯 번째 이야기이다.

‡

둘째 날 – 세 번째 이야기

세 명의 젊은이가 심한 낭비벽으로 모든 재산을 날려 버린다. 그들을 돕던 조카는 절망하여 집으로 돌아가던 중 한 수도원장을 만난다. 그는 수도원장이 잉글랜드의 공주라는 사실을 알게 되고, 공주는 그를 남편으로 맞이하여 그의 삼촌들이 탕진한 재산을 되찾게 하여 그들을 다시 부자로 만들어 준다.

여인들과 젊은이들은 리날도 데스티의 사례들과 그의 믿음을 매우 감명 깊게 듣고, 그가 궁지에 몰렸을 때 그를 구해 주신 하느님과 성 줄리아노에게 감사를 드렸다. 이러한 이유로 —그들 중에 소곤소곤 속삭이는 이들이 있었음에도 불구하고— 하느님이 보낸 복을 놓치지 않은 여인은 어리석게 생각되지 않았다.[1] 그녀가 보낸 밤에 대해 사람들이 은근히 경멸하며 빈정대고 조롱하며 웅성거리는 동안에 필로스트라토의 바로 옆에 있던 팜피네아는 지금까지 그랬던 것처럼 다음이 자기 차례라는 것을 알고 자신이 해야 될 이야기를 생각하기 시작했

---

1) 〈데카메론〉 둘째 날 두 번째 이야기를 말한다. 리날도 데스티는 노상강도를 만나고 카스텔 굴리엘모에 도착해 어느 과부의 집에서 하룻밤을 묵는다. 도둑맞은 것을 되찾은 것은 물론 집으로 무사히 돌아간다.

다. 그녀는 여왕2의 명으로 즐겁게 이야기를 시작했다.

용기 있는 여인들이여, 우리는 흔히 운명의 여신과 관련된 일들에 대해 이야기를 합니다. 그러므로 자신의 일이 잘 풀리길 바라는 사람에게 이렇게 말할 수밖에 없습니다. 우리가 어리석게도 우리 탓이라고 말하는 모든 일이 실제는 운명의 신의 손에 달려 있습니다. 따라서 이러한 일들은 신의 비밀스런 판단에 따라 지속적으로 이어지면서 우리가 전혀 알 수 없는 질서를 따라 변화한다고 생각한다면 그 어떤 것에도 놀라는 일은 없을 것입니다. 이는 모든 일에서 매일 재현되고 있으며, 앞에서 소개된 몇몇 이야기들에도 나타나 있습니다. 하지만 여왕이 이미 들은 주제를 다시 듣길 원하고 어쩌면 경청하는 사람들에게도 매우 유용할 것이므로 앞의 이야기들에 나의 이야기를 덧붙이려 합니다. 내 이야기를 여러분들은 좋아할 것입니다.

우리 도시에 테발도라는 기사가 있었습니다. 어떤 사람은 그를 람베르티 가문 사람이라 하고, 또 어떤 사람은 아골란티 출신이라고도 합니다. 그를 아골란티 가문이라고 주장하는 것은 무엇보다도 아골란티의 후손들이 대를 이어 해 오고 있는 일에 그의 자손들도 종사하고 있기 때문인지도 모릅니다. 그가 어느 가문에 속하는지는 차치하고 그는 당시에 엄청난 부자 기사

____

2) 〈데카메론〉은 열 명의 청춘 남녀가 10일 동안 하루에 한 편씩 각자의 이야기보따리를 풀어 가는 형식으로 되어 있다. 그날의 테마 결정권을 가진 사람을 선출하는데, 이를 왕 혹은 여왕 이라고 한다.

였다는 사실을 말해야겠습니다. 그에게는 세 명의 아들이 있었는데 첫째 아들은 람베르토, 둘째는 테달도, 셋째는 아골란테라고 불렸습니다. 세 아들 모두 잘생기고 우아한 젊은이들이었습니다. 큰아들이 열여덟 살이 되기도 전에 테발도가 죽었습니다. 세 아들에게 아버지의 모든 재산, 즉 동산과 부동산이 유산으로 남겨졌습니다.

세 아들은 많은 현금과 재산을 가진 부자가 되었고, 그 누구의 간섭을 받지 않아도 되자 자신들의 쾌락에 돈을 낭비하기 시작했습니다. 그들은 대가족을 이루었습니다. 많은 우량종의 말과 개, 새들을 소유했고 끊임없이 연회를 열었습니다. 돈을 뿌리고 무술 시합을 개최하며 귀족이나 할 수 있는 일들에 손을 댔습니다. 또한 젊음의 쾌락에도 점점 빠져들어 갔습니다. 이러한 생활은 오래 지속되지 못했지요. 아버지에게서 물려받은 금고는 비어 갔습니다. 그들의 수입만으로는 호화 생활에 드는 비용을 감당할 수 없게 되자 세 아들은 갖고 있던 소유지를 팔기 시작했습니다. 오늘은 이 땅을 팔고, 내일은 저 땅을 파는 식이었지요. 그들은 더 이상 팔 것이 없다는 것을 깨닫자 부(富)로 인해 멀었던 눈을 뜨게 됩니다.

어느 날, 람베르토는 두 동생을 불러 말했습니다. 아버지는 대단히 훌륭한 분이셨고 그 재산이 얼마나 엄청난 것이었는지, 또한 그들의 무절제한 낭비벽으로 얼마나 가난해졌는지를요. 더 비참해지기 전에 얼마 남지 않은 재산이나마 정리하여 그곳을 떠나는 것이 최선의 방법이라고 제안했습니다. 그들은 그렇게 했습니다.

　출발 허가를 받거나 성대한 파티를 열지도 않고 초라한 행색으로 피렌체를 떠난 그들은 어떤 곳에서도 머무르지 않고 바로 잉글랜드로 건너갔습니다. 그들은 런던에 작은 집을 마련하고 극도의 내핍 생활을 하며 어렵사리 고리대금업을 시작했습니다. 다행스럽게도 그들의 사업에 행운이 따라 주었습니다. 그들은 몇 년 되지 않아서 엄청난 돈을 벌게 됩니다.

　그들은 번 돈을 가지고 한 사람씩 차례로 피렌체로 돌아와 지난날 팔아먹은 토지의 대부분을 다시 사들였습니다. 그 외에 다른 사람들에게서도 많은 토지들을 사들인 세 형제는 모두 아내를 맞아들였습니다. 그리고 그들은 런던으로 조카 알레산드로를 보내 자신들의 사업을 관리하게 했습니다. 세 형제는 피렌체에 머물면서 많은 식구들을 거느리고 있음에도 불구하고 다시금 돈을 물 쓰듯 했습니다. 과거보다 훨씬 많은 돈을 낭비했고, 특히 모든 상인들과 막대한 금액의 외상거래를 하여 빚을 지게 되었습니다. 몇 년간은 런던에서 알레산드로가 보내 주는 돈으로 버틸 수 있었습니다. 알레산드로는 잉글랜드 귀족들에게 그들의 성(城)과 다른 수입을 담보로 돈을 빌려 주고 많은 이자를 받고 있었으니까요.

　결국 돈이 바닥나자 세 형제는 런던에서 돈이 올 것을 기대하며 돈을 구하려고 사방팔방으로 알아보았습니다. 그 동안 잉글랜드에서는 모든 사람의 예상을 깨고 왕과 왕자 사이에 전쟁이 일어났습니다. 나라 전체가 왕의 편을 드는 무리와 왕자 편을 드는 무리로 양분되었습니다. 이런 이유로 알레산드로가 담보로 잡은 귀족들의 모든 성은 몰수되었고, 다른 수입도 전혀 그에게 들어오지 않았습니다. 알레산드로는 왕과 왕자 사이에 화해가 이루어져 빌려 준 돈에 대한 모든 권리와 자금이 회수되길 기대하며 영국을 떠나지 않았습니다. 그런데도 피렌체에 있던 세 형제의 낭비벽은 여전했으며, 매일 돈을 구하러 다녔습니다.

그러나 몇 년이 지나도 아무 희망이 보이지 않자 세 형제는 신용을 잃었을 뿐만 아니라 빚쟁이들에게 시달리는 신세가 되었습니다. 그들은 가진 재산으로도 빚을 모두 갚을 수 없게 되자 감옥에 갇히게 되었습니다. 그들의 아내와 어린 자식들은 비참한 생활을 이어 가는 것 말고는 아무것도 기대할 수 없게 되자 남루한 차림으로 뿔뿔이 흩어졌습니다.

알레산드로는 런던에 그대로 머물면서 평화가 오기를 기다렸습니다. 그러나 내전이 그치지 않자 허송세월하며 지내는 것에 회의가 들어 훌훌 털고 이탈리아로 돌아오는 여행길에 올랐습니다. 그는 부르지아를 지나서 많은 수사와 수행원들을 거느린 백인 수도원장의 거대한 마차 행렬을 보게 됩니다. 수도원장 뒤를 따르는 두 명의 늙은 기사와 왕의 친척들은 알레산드로가 아는 사람들이었습니다. 그는 그들과 동행해도 좋다는 허락을 받았습니다. 알레산드로는 그들에게 많은 수행원을 거느리고 말을 타고 가는 수사들이 누구이며 어디를 향해 가는지 물었습니다. 그에게 한 기사가 대답했습니다.

"앞에서 말을 타고 가는 사람은 우리 친척 젊은이인데, 잉글랜드에서 몇 손가락 안에 드는 대수도원의 원장으로 새로이 선출된 분이네. 하지만 그분은 너무 젊어 법률상 그런 고귀한 자리에 앉는 것이 허락되지 않았어. 그래서 우리는 그분을 모시고 로마로 가는 중이라네. 로마에서 교황성하께 그의 나이가 너무 젊다는 결격사유를 면제하셔서 그런 고귀한 자리에 임명되는 것을 허락해 주시길 간청할 것이라네. 이 말을 아무에게나 발설해서는 안 되네."

부자들의 여행에서 늘 보게 되는 일이지만, 행렬에서 신임 수도원장은 어떤 때는 앞장을 서고 어떤 때는 수행원들 옆에 있었으므로 알레산드로가 그의 눈에 띄었습니다. 알레산드로는 매우 젊은데다가 잘생긴 청년이었습니다. 누구 못지않게 예의 바르고 호감을 주며 훌륭한 매너를 지니고 있었습니다. 수도원장은 놀랍게도 그를 처음 본 순간 지금까지 그의 마음을 사로잡았던 그 무엇보다 그를 좋아하게 되었습니다. 수도원장은 그를 가까이 불러 기쁜 마음으로 대화를 나누며 그가 누구인지, 어디 출신인지, 어디로 가는지 물었습니다. 알레산드로는 자신의 사정을 하나도 숨김없이 털어놓아 그의 궁금증을 풀어 주었고, 사소한 것이라도 그의 시중은 모두 들어 주었습니다.

수도원장은 마음속으로 비록 그의 직업은 비천해도 조리 있고 맵시 있는 말과 특히 예의 바름에 그를 고결한 사람으로 평가했습니다. 그에 대해 막연히 좋아하는 것 이상의 감정이 싹트기 시작했습니다. 그의 역경에 대해서는 이미 동정하는 마음으로 가득했습니다. 수도원장은 매우 친절하게 그를 위로하고 희

망을 가지라고 격려했습니다. 거기에 덧붙여 그가 하느님의 은
총을 받을 자격이 있다면 그분이 행운이 넘쳐나는 곳으로, 좀
더 좋은 곳으로 그를 데려다 줄 것이라고 말했습니다.

그리고 자신은 토스카나 방향으로 가는 길이며, 알레산드로
도 같은 방향이라면 자신과 함께 하면 기쁘겠다고 청했습니다.
알레산드로는 그의 위로에 감사를 표하고 어떤 명령이라도 따
르겠다고 했습니다.

알레산드로를 만난 후 수도원장의 마음에는 뭔가 새로운 것
이 일어나고 있었습니다. 며칠 후 그들은 한 마을에 당도하였
습니다. 그 마을에는 여관이 그리 많지 않았습니다. 수도원장
이 그곳에서 묵길 원했으므로 알레산드로는 자기가 잘 알고 있
는 한 여관으로 가서 그 집에서 가장 조용한 방을 준비해 주었
습니다. 알레산드로는 이미 수도원장의 집사나 마찬가지였습니
다. 그는 매우 적극적인 성격이어서 일행이 여관 여기저기에서
자리를 잡을 수 있도록 최선을 다했습니다. 수도원장 일행이 식
사를 마치고 밤이 깊어지자 모든 사람들이 잠을 자러 갔습니다.
알레산드로도 여관 주인에게 그곳에서 잘 수 있는지를 물었습
니다. 주인은 이렇게 대답했습니다.

"솔직히 말하자면 나도 어떻게 해야 할지 모르겠군요. 당신이
보시다시피 만원이에요. 나와 내 아내 그리고 가족 전부가 의자
에서 잠을 자지 않습니까? 하지만 원장님 방에는 작은 다락방
들이 있습니다. 그곳에 작은 간이침대를 펴 드리지요. 괜찮으시
다면 그렇게 하룻밤 주무시는 게 좋을 듯싶습니다."

알레산드로는 대답했습니다.

"내가 어떻게 원장님 방에서 잘 수 있겠어요? 당신도 알다시피 그 방은 너무 좁아서 수사들 중 누구도 누울 수가 없지 않았습니까? 우리 일행이 잠자리에 들기 전에 미리 알았더라면 수사들을 곡물 창고에서 자게 하고 수사들이 자는 방에서 제가 잘 수 있었을 텐데요."

주인은 그에게 말했습니다.

"일이 이 지경까지 되었네요. 당신이 원한다면 다락방에 잘 수 있어요. 그게 최선의 방법입니다. 지금 원장님은 주무시고 일행들은 앞서 잠들었어요. 제가 그곳에 소리 내지 않고 매트리스를 펴 드릴 테니 그곳에서 주무세요."

알레산드로는 원장을 불편하게 하지 않을 수도 있겠다고 생각하고 그렇게 하기로 했습니다. 가능한 조용하게 그곳에서 잠자리를 준비했습니다.

한편 수도원장은 새롭게 다가온 욕망에 들떠 잠을 이루지 못하고 있었습니다. 수도원장은 주인과 알레산드로가 주고받는 소리를 들었고, 알레산드로가 어디에 누워 있는지 대강 느낄 수 있었습니다. 그는 내심으로 매우 만족했고 혼자 이렇게 말하기 시작했습니다.

"하느님께서 나의 새로운 욕망을 충족할 기회를 주셨어. 내가 오늘 그를 붙들지 않는다면 이와 같은 기회는 한동안 오지 않을 거야."

원장은 그를 취하려고 마음을 굳힌 다음 여관의 모든 사람들이 잠들었다고 여겨질 때 작고 낮은 목소리로 알레산드로를 불러 그의 옆에 누우라고 했습니다. 알레산드로는 여러 번 사양하다가 누웠습니다. 수도원장은 알레산드로의 가슴에 손을 얹고 마치 욕망에 찬 젊은이들이 연인에게 하듯이 그를 만지기 시작했습니다. 알레산드로는 경악했습니다. 수도원장이 부도덕한 사랑의 행위를 서슴지 않자 그가 수도원장이 아닐지도 모른다고 의심했습니다. 수도원장은 직관적으로 또는 알레산드로의 행동에서 그가 자신을 의심하고 있다는 것을 바로 알아차리고 미소를 지었습니다. 그리고 재빨리 자신이 입고 있던 셔츠를 벗은 다음 알레산드로의 손을 잡아 자신의 가슴 위에 놓고 말했습니다.

"알레산드로, 바보 같은 생각은 버려요. 여기를 한번 만져 봐요. 내가 무엇을 감추고 있는지 알 거예요."

알레산드로는 둥글고 딱딱하면서도 부드러운 아이보리 색의 젖가슴을 보고는 그가 여자라는 것을 알았습니다. 그는 상대의 허락도 받지 않고 곧바로 껴안고 키스를 하려고 했지요. 그러자 그녀가 말했습니다.

"당신이 내게 더 가까이 오기 전에 내가 당신에게 하고 싶은 말을 귀담아 들어주세요. 나는 남자가 아니고 여자랍니다. 집을 떠난 처녀로, 내게 남편감을 찾아 달라고 교황님께 가는 길이죠. 당신에게는 행운이고 나에게는 재앙인지 알 수 없지만 당신을 처음 봤던 날, 당신을 향한 나의 사랑이 싹트기 시작했어요. 나는 남자를 뜨겁게 사랑해 본 적이 없는 여자예요. 그래서 나는 누구보다도 당신을 남편으로 맞아들이기로 결심했어요. 당신이 나를 아내로 맞이하길 원하지 않는다면 지금 바로 당신 자리로 돌아가세요."

알레산드로는 그녀를 잘 모르지만 그녀가 거느린 일행을 떠올리면서 그녀가 귀족이고 부자일 것이라고 생각했습니다. 게다가 그녀는 예쁘기까지 했습니다. 그러므로 오래 생각할 것도 없이 그녀가 자신을 좋아한다면 그에게는 영광이라고 대답했습니다.

그러자 그녀는 그리스도의 모습이 그려진 이콘[3] 앞에서 그의 손에 반지를 끼워 주고 결혼 서약을 했습니다. 그들은 서로 부둥켜안고 밤이 다할 때까지 사랑을 나누었습니다. 두 사람은 자신들이 앞으로 어떻게 처신하고 행동해야 되는지 생각하였습니다. 날이 밝자 알레산드로는 자리에서 일어나 그가 어디서 잤는지 아무도 눈치채지 못하게 방을 나왔습니다. 그는 뛸 듯이 기뻐하며 수도원장과 일행들과 함께 다시 여행길에 올랐습니다. 마침내 많은 날들이 지나고 그들은 로마에 도착했습니다.

로마에 도착해서 며칠간 머문 뒤 수도원장은 두 명의 기사와 알레산드로만 데리고 교황을 뵈러 갔습니다. 수도원장은 의례에 따른 예의를 표한 다음 말하기 시작했습니다.

"교황성하, 선하고 정직하게 살기를 원하는 우리 각자는 우리를 그 반대 방향으로 인도하는 모든 원인을 가능한 한 피해야만 한다는 것을 성하께서는 그 누구보다 잘 알고 계시리라 믿습

---

3) 성화가 그려진 패널.

니다. 정직하게 살기를 간절히 바라는 저는 그런 삶을 실현하기 위해 성하께서 보시는 바와 같이 이런 복장으로 잉글랜드의 왕이신 제 아버지의 보물 중 상당한 부분을 가지고 이곳에 오기 위해 몰래 도망쳤습니다. 아버지는 늙어 꼬부라진 스코틀랜드의 왕에게 성하께서 보시기에도 이렇게 젊은 저를 아내로 주려고 합니다. 성하께 제 남편감을 구해 주시길 청하기 위해 길을 나선 것입니다. 제가 도망친 이유는 스코틀랜드 왕이 늙어서가 아닙니다. 제가 만약 그의 아내가 된다면 제 젊음 때문에 생기는 마음의 동요로 인해 하느님의 신성한 계율을 위반하고 제 아버지의 명예를 훼손할까 두려워서였습니다.

제가 이곳에 오는 동안 ―하느님만이 각자에게 맞는 일을 알고 계시므로― 그분께서 자비를 베푸시어 당신 맘에 드시는 남편감을 제 눈앞으로 인도하셨습니다. 바로 이 젊은이입니다. (원장은 알레산드로를 가리켰다.) 제 옆에 있는 그를 성하께서는 보고 계십니다. 그의 혈통은 왕가의 혈통처럼 분명하고 고귀하지 않지만 그의 교양과 고귀함은 그 어떤 대단한 여인에게도 어울립니다. 저는 이미 그 사람을 선택했고, 그를 원하고 있습니다. 제 아버지나 다른 사람들이 마음에 들어 하는 사람은 결코 원하지 않습니다. 그러므로 제가 여기까지 온 이유는 사라졌습니다. 하지만 제겐 이번 여행이 좋았습니다. 이 도시에 가득 찬 성지를 방문하고 성직자들과 교황성하를 뵐 수 있었기 때문입니다. 그리고 오로지 하느님만이 보시는 가운데 이루어진 알레산드로와 저의 결혼 서약을 교황성하를 통해서 성하와 다른 사람들이 지켜보는 가운데 공표하기 위해서입니다. 이러한 이유로 하느님과 제가 좋아하는 것을 성하께서도 만족스럽게 받아 주시길 간절히 청합니다. 또한 하느님이 틀림없이 기뻐하신다는 확신을 갖고 우리가 하느님과 성하의 명예를 위해 살다가 죽을 수 있도록 하느님의 대리자이신 성하께서 강복해 주시길 간청합니다.”

알레산드로는 그녀가 잉글랜드의 공주라는 사실을 듣고 너무 놀랐습니다. 하지만 내심으로는 뛸 듯이 기뻤습니다. 두 명의 기사는 그보다 더 놀랐습니다. 그들은 흥분해서 만약 교황 앞이 아닌 다른 장소였다면 알레산드로는 물론이고 공주에게도 무례를 범했을지 모릅니다. 한편 교황도 그녀의 복장과 선택에 대해서 놀라기는 마찬가지였습니다. 그러나 모든 것을 원점으로 되돌리는 것이 불가능하다는 것을 알게 된 교황은 그녀의 바람을 충족시켜 주고 싶었습니다. 먼저 교황은 흥분한 기사들을 다독거리고 그들과 공주 그리고 알레산드로와의 관계를 평화스럽게 회복시켜 주었습니다. 그리고 할 일을 명령했습니다.

교황은 정한 날짜가 도래하자 자신이 준비한 성대한 잔치에 초대받은 모든 추기경과 많은 유명 인사 앞에서 왕가의 복장을 한 여인을 오게 했습니다. 그녀는 매우 아름답고 사랑스러워서 모든 사람으로부터 칭송을 받았습니다. 그녀와 마찬가지로 우아하게 차려입은 알레산드로도 외모나 행동에 있어서는 고리대금업을 하던 젊은이로는 보이지 않고 오히려 왕족 같은 면모라서 두 명의 기사는 그에게 경의를 표했습니다. 교황은 엄숙하게 결혼식을 집전했고, 아름답고 장엄한 결혼식에 이어 강복을 하며 결혼식을 마무리했습니다.

알레산드로와 공주는 매우 만족해서 로마를 떠나 피렌체로 갔습니다. 피렌체에서는 이미 이 소식이 도시 전체에 퍼진 상태였습니다. 두 사람은 시민들로부터 최고의 예우를 받았고, 공주는 먼저 알레산드로의 삼촌들이 진 빚 모두를 갚아 주어 그들을 감옥에서 벗어나게 하고, 재산도 다시 찾아 주었습니다. 그러고는 모든 사람들로부터 감사의 인사를 받으며 알레산드로는 아내와 아골란테와 함께 피렌체를 떠나 파리에 도착했습니다. 그곳에서도 왕으로부터 정중한 대접을 받았습니다. 그런 다음 두 명의 기사가 먼저 잉글랜드로 건너가 왕에게 지금까지 있었던 일들을 전했습니다. 왕은 감사를 표하고 성대한 잔치를 열어 딸과 사위를 맞이했습니다. 얼마 지나지 않아 왕은 최고의 예를 갖추어 사위를 기사로 임명하고 코르노발리아의 백작으로 봉했습니다.

알레산드로는 다방면에 능력 있는 사람이었으므로 왕과 아들을 화해시켰습니다. 이어서 잉글랜드에는 대단한 풍요가 찾아왔고, 알레산드로는 모든 국민의 존경과 사랑을 받게 되었습니다. 아골란테는 받아야 할 모든 채권을 회수하여 부자가 되었습니다. 그는 알레산드로 백작으로부터 기사의 작위를 받고 피렌체로 돌아갔습니다. 알레산드로는 아내와 함께 영광스런 삶을 누렸으며, 몇몇 사람이 전하는 바에 의하면 그는 자신의 지혜와 용기로 스코틀랜드를 정복하고 왕위에 올랐다고 합니다.

가난에 허덕이던 란돌포 루폴로는 해적이 되었다가 제노바 사람들에게 붙잡힌다. 그가 타고 있던 배가 난파되자 값진 보석들이 가득한 작은 상자를 붙잡고 표류하던 중 구르포에서 한 여인에 의해 구조된 뒤 부자가 되어 고향으로 돌아간다.

팜피네아 옆에 자리하고 있던 라우레타는 그녀의 이야기가 해피엔딩으로 끝나는 것을 보면서 주저하지 않고 그와 같은 형태로 말하기 시작했다.

우아하신 부인들이여, 팜피네아의 이야기에서 주인공 알레산드로에게 일어난 일을 통해 비참한 상태에 있던 사람이 왕의 자리에까지 오르는 것을 보았습니다. 우리는 운명에 의해 이루어지는 그 어떤 행동도 예측할 수 없습니다. 지금부터 어떤 주제에 대해 이야기를 한다 해도 이와 같은 귀결로 이어지는 게 적합할 것입니다. 그러므로 저는 제가 하려는 이야기에 대해 부끄러워하지 않을 것입니다. 이 이야기에는 더욱 비참한 현실이 포함되어 있지만 전의 이야기처럼 화려한 성공을 말하지는 않습니다. 그와 같은 이야기에 관심이 있는 분은 저의 이야기에 별로 주의를 기울이지 않을 테지만 다른 선택의 여지가 없으므로 여러분의 이해를 구합니다.

레지오에서 가에타에 이르는 바다가 이탈리아에서도 가장 아름다운 곳이라고 사람들은 믿습니다. 그중 살레르노 근처를 사람들은 아말피 해안이라고 부릅니다. 이 해안을 따라 작은 도시가 많이 형성되었습니다. 도시들에는 수많은 정원과 분수, 부자들과 열심히 장사를 하는 사람들이 있었습니다. 그중 라벨로라 불리는 도시에 ―지금도 부자들이 사는 도시지만― 란돌포 루폴로라는 엄청난 부자 한 사람이 있었습니다. 하지만 자신의 부에 만족하지 못한 그는 재산을 두 배로 늘리길 원했습니다. 그러다 전 재산은 물론 자신의 생명까지 잃을 뻔했습니다.

상인들이 밥 먹듯 하는 일처럼 그는 큰 배를 사고 전 재산을 털어 다양한 물건을 사서 실은 다음 키프로스로 향했습니다. 하지만 그곳에는 자신이 가져온 물건과 같은 것들을 실은 배가 이미 여러 척 들어와 있었습니다. 따라서 그가 가져온 물건들을 제값 받고 팔기란 불가능할 뿐만 아니라 최악의 경우에는 버리는 수밖에 다른 방법이 없었습니다.

그는 물건들을 어떻게 처리해야 할지 몰라 머리가 돌 지경이었습니다. 거부에서 하루아침에 가난뱅이가 된 상황에 직면하자 죽어 버리거나, 도적질이라도 해서 입은 손해를 복구해야겠다는 생각을 했습니다. 자신의 배와 갖고 있던 물건들을 판 돈으로 해적질을 할 수 있는 날렵한 배를 구입해서 해적질하기에 필요한 모든 것을 갖췄습니다. 그리고 닥치는 대로 배를 덮쳤고, 특히 터키 사람들의 물건을 강탈했습니다.

그가 해적질을 하는 동안 장사할 때는 붙지 않던 많은 행운이 따라 주었습니다. 일 년 사이에 그는 많은 터키 배를 강탈하여 장사하면서 잃어버린 재산을 복구했을 뿐만 아니라 배로 늘릴 수 있었습니다. 재산을 잃고 난생처음 상실감으로 말할 수 없는 고통을 겪은 경험이 있었던 그는 다시는 그런 일을 겪지 않기 위해 갖고 있는 재산을 헤아려 보았습니다. 더 이상 욕심을 내지 않고 이 정도면 충분하다고 생각했습니다. 그는 집에 돌아가기로 마음먹었습니다. 또한 장사에 두려움을 느껴 다른 곳에 투자하는 일에는 얼씬도 하지 않았습니다. 그에게 돈을 벌게 해준 배를 타고 귀향길에 올랐습니다. 밤이 되자 아프리카 쪽에서 동남풍이 불기 시작했습니다. 바람은 그가 가는 방향과 반대로 불었을 뿐 아니라 거대한 파도까지 일으켰습니다. 그의 작은 배는 파도를 견뎌 낼 수 없었습니다. 어느 만(灣)에 있는 작은 섬에 배를 대고 바람이 잦아지길 기다렸습니다. 얼마 지나지 않아 그 곳에 제노바 국적의 거대한 범선 두 척이 들어왔습니다. 콘스탄티노플에서 온 배들로, 란돌포와 마찬가지로 바람을 피해 어렵게 파도를 뚫고 섬에 도착한 것입니다. 란돌포의 배를 본 그들은 그가 부자라는 소문을 들었습니다. 그들은 돈에 욕심이 많은 탐욕스런 인간들이라 란돌포의 배를 빼앗기로 마음먹었습니다.

 석궁으로 완전무장을 한 그들 중 일부가 란돌포의 배에 있는 사람들에게 화살을 맞지 않으려거든 꼼짝하지 말라고 위협하며 다가갔습니다. 그리고 승선 사다리를 당기며 조류의 도움을 받아 크게 힘들이지 않고 란돌포의 배에 오를 수 있었습니다. 그들 패거리는 아무 희생도 치르지 않고 란돌포와 배에 있던 모든 것을 자기네 배 한 척에 옮겨 실은 다음 란돌포의 배는 가라 앉혔습니다. 그들은 란돌포를 작은 나무상자에 가두었습니다.

다음 날, 바람의 방향이 바뀌자 두 척의 배는 서쪽을 향해 출발했습니다. 항해는 순조로웠습니다. 그러나 저녁이 되자 폭풍이 불기 시작하면서 파도가 높게 일었습니다. 두 척의 배는 서로 떨어졌습니다. 가여운 처지에 놓인 란돌포가 탄 배는 치팔로니아 섬 근처에서 바람에 밀려 엄청난 충격으로 암초에 부딪혔습니다. 마치 유리가 벽에 부딪히듯이 산산조각으로 부서지고 말았습니다. 바다에는 상자와 나무 판때기 같은 것들이 즐비하게 떠다니고 있었습니다. 이런 경우 늘 비슷한 상황들이 재현되듯, 갑자기 변을 당한 사람들은 불빛 하나 없는 밤인데다 거대한 파도까지 세차게 몰아쳤지만 헤엄을 쳐서 자신들 앞에 떠다니는 물건들에 매달리기기 시작했습니다.

그들과 함께 있던 란돌포는 빈털터리로 집에 돌아가느니 차라리 죽는 게 낫다는 판단 아래 수도 없이 죽음을 생각했습니다. 하지만 막상 죽음이 눈앞에 닥치니 두려웠습니다. 그도 다른 사람들처럼 판때기 하나가 손에 잡히자 거기에 온 힘을 다해 매달렸습니다. 그가 물에 가라앉지 않고 있으면 하느님께서 그에게 구조의 손길을 내미실 거라 믿으며 말입니다. 할 수 있는 한 판때기에 꽉 달라붙어 파도와 바람에 이끌려 표류하다 보니 어느새 날이 밝아 오고 있었습니다. 그의 주변에는 오직 구름과 바다만이 보였습니다. 그때 상자 하나가 파도에 떠밀려 그에게 다가오고 있었습니다. 그는 두려웠습니다. 그 상자에게 부딪혀

화를 입을까 겁이 났기 때문입니다. 상자는 점점 그에게 가까이 다가왔습니다. 그는 힘이 빠진 상태였지만 손으로 상자를 힘껏 밀어냈습니다.

보통 이런 경우 수순에 정해진 것처럼 상황이 전개되듯이 순식간에 회오리바람이 불어와 바다를 흔들었습니다. 강한 바람은 상자를 밀었고, 상자는 란돌포가 타고 있던 판때기를 밀어 뒤집어 버렸습니다. 란돌포는 판때기에서 떨어져 파도 밑으로 가라앉았다가 죽을힘을 다해 헤엄 쳐서 위로 올라왔습니다. 그 판때기는 자신에게서 멀리 떨어져 있었습니다. 그곳까지 갈 수 있는 자신이 없어 가까이 있던 상자로 다가가서 거기에 가슴을 바짝 대고 팔로 상자를 붙들었습니다. 이렇게 아무것도 먹지 못한 채 바다 이곳저곳을 표류했습니다. 그는 먹을 것이 전혀 없었기에 바닷물만 마셨고, 도무지 어디에 있는지 알 수조차 없었습니다. 기진맥진한 그는 물에 빠진 사람이 무엇이든 잡으면 놓지 않듯 양손으로 상자를 꽉 잡고 표류하였습니다. 눈에 보이는 것이라고는 온통 바다뿐인 가운데 온종일 떠다니다가 밤이 되었습니다.

다음 날, 하느님의 도우심인지 불고 있던 바람 덕분인지 모르지만 구르포 섬의 바닷가로 밀려왔습니다. 마침 그곳에는 남루한 차림의 젊은 여인이 모래와 바닷물로 그릇을 닦고 있었습니다. 그녀는 바다에서 이상한 것이 다가오는 것을 보고 소리를 지르며 뒤로 물러났습니다.

란돌포는 너무 지쳐 있었고 잘 보이지도 않아 그녀에게 아무 말도 못했습니다. 물체가 파도에 밀려 육지에 가까이 오자 그녀는 상자인 것을 알았습니다. 좀 더 자세히 살펴보다가 상자 위에 걸친 팔을 알아보았습니다. 가까이 다가가서 사람의 얼굴을 확인하고 나서 궁금증이 풀렸습니다. 바다는 이미 잔잔해졌고, 그녀는 측은한 마음이 들어 그의 머리채를 잡아 상자와 함께 육지로 끌어낸 뒤 상자를 잡고 있던 손을 억지로 떼어 냈습니다. 상자는 옆에 있던 딸이 이게 하고, 그를 어린아이 다루듯 하며 육지로 데려갔습니다. 여인이 그를 욕실에 뉘인 다음 몸을 문질러 주고 따뜻한 물로 닦아 주니 식었던 몸이 따듯해지면서 정신이 돌아왔습니다. 그에게 포도주와 다양한 재료로 만든 약을 먹여 원기를 회복시켜 주었습니다. 여인이 며칠 동안 극진히 보살핀 덕으로 기운을 차린 란돌포는 자신이 어디에 있는지를 알게 되었습니다. 착한 여인은 그를 구해 준 상자를 그에게 돌려주고 이제 그의 운명을 찾아 떠날 때란 것을 말해 주었습니다.

그는 착한 여인이 자신에게 돌려주는 상자를 받고는 값어치도 별로 없어 보였으므로 며칠간의 밥값을 지불하기에도 충분치 못한 것이라 생각했습니다. 게다가 상자가 너무 가벼워서 상자에 대해 아무런 기대도 하지 않았습니다. 그렇지만 착한 여인이 없을 때 상자 안에 무엇이 들어 있는지 궁금해서 열어 보았습니다. 거기에는 많은 보석들이 줄로 엮여 있기도 하고 낱개로도 있었습니다. 그는 그 보석들이 매우 값나간다는 것을 알았습니다. 그리고 아직 자신을 버리지 않으신 하느님께 감사를 드렸습니다. 그는 힘이 났습니다. 짧은 기간에 두 번씩이나 시련을 당했기에 이런 일은 또 일어날 수도 있으니, 그 보석들을 집에까지 갖고 가려면 많은 주의를 기울여야 한다고 생각했습니다. 그는 보석들을 넝마로 싸고 상자는 더 이상 필요하지 않아 착한 여인에게 주며 대신 자루 하나를 부탁했습니다.

착한 여인은 기꺼이 그렇게 해 주었습니다. 그가 그녀에게서 받은 은혜는 지금까지 받은 호의 중 가장 큰 것이어서 여인에게 감사를 표했습니다. 자루를 목에 걸고 작은 배로 그곳을 떠난 란돌포는 브린디치오를 지나 계속해서 배를 저어 트라니까지 갔습니다. 그곳에서 옷 장사를 하는 고향 사람들을 만나 지금까지 겪은 일들을 상자 이야기만 빼놓고 상세하게 들려주었습니다. 그는 그들로부터 옷을 얻어 입었습니다. 그뿐만 아니라 고향 사람들은 말과 하인까지 내주어 그가 그렇게도 돌아가고 싶어 하는 라벨로까지 데려다 주었습니다.

고향에 도착했다는 확신이 들자 그는 그곳까지 인도하신 하느님께 감사하며 자루를 풀었습니다. 처음에 잘 살펴보지 못한 모든 보석을 꼼꼼하게 살펴보았습니다. 그는 그제야 그렇게 많은 보석을 갖게 되었음을 실감했습니다. 적정한 가격에 팔면, 아니 그 이하로 팔더라도 그는 떠날 때보다 두 배나 더 큰 부자가 된 것입니다. 보석들을 처분하여 자신을 간호해 준 착한 여인에게 감사하는 마음으로 상당한 금액의 돈을 보내고, 트라니에서 자신에게 옷을 준 사람들에게도 마찬가지로 돈을 보냈습니다. 더 이상 장사를 하지 않고 나머지 돈으로 아주 명예롭게 여생을 보냈습니다.

페루자의 안드레우초는 말을 사러 나폴리에 갔다. 그는 하룻밤 사이에 세 번씩이나 엄청난 일을 당하지만 모두 무사히 넘기고 루비 반지를 얻어 집으로 돌아온다.

차례가 된 피암메타가 이야기를 시작했다.

란돌포가 얻은 보석 이야기를 듣고 나니 라우레타의 이야기에 못지않게 위험을 다룬 이야기 하나가 떠올랐습니다. 그녀의 이야기는 수년에 걸쳐서 일어난 일이고, 여러분이 잠시 후에 듣게 되겠지만, 저의 이야기는 단 하룻밤에 일어난 이야기란 점에서 많이 다릅니다. 내가 들은 바에 의하면 다음과 같습니다.

페루자에 말 장사를 하는 안드레우초 디 피에트로라는 젊은이가 살고 있었습니다. 나폴리에 좋은 말 시장이 있다는 이야기를 듣고 고향을 한 번도 떠나 본 적이 없는 그는 다른 상인들과 함께 금화 오백 피오리니[4]를 지갑에 넣고 나폴리로 갔습니다. 일요일 저녁 기도 시간에 여관 주인이 알려 준 대로 다음 날 아침 시장에 간 그는 많은 말들을 보자 마음에 들었습니다. 하지만 흥정이 좀처럼 이루어지지 않자 그는 실제로 살 마음이 있다는 것을 보여 주기 위해 ―그는 좀 단순하고 조심스럽지 못한

―――――――――――――
4) 13세기 피렌체에서 사용된 화폐.

연유로— 시장을 오가는 사람들이 보는 가운데 돈이 든 지갑을 꺼내 들었습니다.

그가 지갑을 보여 주며 흥정을 하고 있을 때 빼어난 미모의 젊은 시칠리아 여인이 지나가다가 그 지갑을 보았습니다. 하지만 그는 그녀를 보지 못했습니다. 그녀는 돈 몇 푼에 아무 남자에게나 웃음을 파는 여자였습니다. 그녀는 혼잣말로 중얼거렸습니다. "저 돈이 내 수중에 있다면 남부럽지 않을 텐데." 그러면서 그냥 지나쳤습니다. 이 젊은 여인은 같은 고향 사람인 시칠리아 노파와 함께 있었습니다. 그 노파는 안드레우초를 보자 그에게 달려가 반색을 하며 껴안았습니다. 젊은 여인은 아무 말 없이 그 모습을 지켜보며 한쪽에서 노파를 기다리고 있었습니다. 안드레우초는 노파가 아는 사람이었으므로 무척 반기며 인사를 나누었습니다. 노파는 그에게 여관으로 찾아가겠다고 약속하고 그 자리에서는 긴말하지 않고 헤어졌습니다. 안드레우초는 다시 흥정을 하였지만 아무것도 사지 못했습니다.

안드레우초의 지갑에 눈독을 들인 젊은 여인은 그를 잘 알고 있는 노파를 이용하기로 마음먹었습니다. 그가 갖고 있는 돈을 전부 아니면 일부라도 빼앗기 위한 방법을 궁리했습니다. 먼저 그를 유혹하기 위해 조심스럽게 그가 누구인지, 어디서 왔는지, 거기서 무엇을 하는지, 그를 어떻게 아는지 등등을 노파에게 캐물었습니다.

노파는 안드레우초와 관련된 것 모두를 마치 안드레우초가 말하듯이 그녀에게 알려 주었습니다. 노파는 오랫동안 시칠리아와 페루자에서 안드레우초의 아버지와 함께 살았던 사람이었습니다. 노파는 안드레우초가 머무는 곳과 그곳에 온 이유도 말해 주었습니다.

안드레우초에 관한 충분한 정보를 얻고 그의 친척 이름들까지 알아낸 젊은 여인은 흉악한 목적을 위해 들은 것을 바탕으로 계략을 짰습니다. 그녀는 집으로 돌아와 노파가 안드레우초에게 가지 못하도록 하루 종일 일을 시켰습니다. 그리고 이런 일에 길들여진 하녀를 저녁에 안드레우초가 묵고 있는 여관으로 보냈습니다. 하녀가 여관에 당도하자 때마침 안드레우초는 혼자 문 앞에 나와 있었습니다. 하녀가 안드레우초를 찾아왔다고 말하자 그는 자신이라고 대답했습니다. 하녀는 그를 한쪽으로 데리고 가서 말했습니다.

"선생님, 이 지역의 어떤 귀부인이 선생님께서 괜찮으시다면 이야기를 나누고 싶어 하십니다."

안드레우초는 그녀를 살펴보면서 자신의 성향과 매력에 대해 곰곰이 생각해 보았습니다. 암만 생각해 봐도 자신이 잘생긴 청년이라는 확신이 들었습니다. 그런 연유로 그 부인이 자신에게 반한 거라고 믿었습니다. 나폴리에서는 자신처럼 잘생긴 젊은 이를 찾아보기 힘들 거라는 생각도 했습니다. 그는 언제든 괜찮다고 대답하며 그 부인이 어디서, 언제 자신과의 대화를 원하는지 물었습니다. 그러자 하녀는 대답했습니다.

"선생님, 부인이 댁에서 선생님을 기다리고 계세요. 괜찮으시다면 지금……."

안드레우초는 여관에는 아무런 말도 전하지 않고 하녀에게 말했습니다.

"지금 당장 갑시다. 앞장서시오, 내가 뒤를 따르겠소."

그러자 하녀는 그를 젊은 여인의 집으로 안내했습니다. 젊은 여인은 말페르투조5)라고 불리는 구역에 살았습니다. 이곳은 지명이 뜻하는 대로 좁고 지저분한 동네였습니다. 하지만 그는 이런 사실을 전혀 모른 채 의심조차 하지 않았습니다. 그는 매우 고급스런 동네에 사는 사랑스런 부인에게 가는 것이라 생각했고, 들뜬 마음에 하녀를 따라서 젊은 여인의 집에 들어갔습니다. 계단을 올라가면서 하녀가 그녀를 부르며 말했습니다.

"여기 안드레우초를 모셔 왔습니다."

그는 젊은 여인이 계단 위에서 자신을 기다리는 것을 보았습니다.

그녀는 아직 젊었습니다. 늘씬한 키와 빼어난 미모에 품위 있는 옷으로 한껏 치장을 하고 있었습니다. 안드레우초가 가까이 다가가자 그녀는 양팔을 벌리고 세 계단이나 밑으로 내려와 그를 맞이했습니다. 그녀는 그의 목을 팔로 껴안은 채 마치 너무 반가워서 아무런 말도 할 수 없다는 듯이 한동안 그렇게 있었습니다. 또한 눈물을 흘리며 그의 이마에 키스를 하고 목멘 소리로 말했습니다.

"오, 안드레우초. 잘 왔어요."

다정다감한 그녀의 태도에 그는 매우 의아해서 놀란 듯이 대

---

5) 지저분한 좁은 통로라는 뜻.

답했습니다.

"부인, 만나 뵙게 되어 영광입니다."

그녀는 가까이 다가와 그의 손을 잡고 위층에 있는 응접실로 안내했습니다. 응접실에서는 아무 말도 하지 않고 바로 그녀의 침실로 그를 데리고 갔습니다. 침실은 장미와 오렌지 꽃과 올리브로 만든 여러 가지 향료로 가득했습니다. 지붕과 베일로 가려진 멋진 침대가 있었고, 창문 위에는 그 지방의 풍습대로 많은 물건이 걸려 있었으며, 아름답고 값나가 보이는 가재도구들이 있었습니다. 단순하고 경험이 없는 그는 그러한 물건들을 보며 그녀가 귀부인일 거라고 굳게 믿었습니다. 그녀는 침대 끝에 있는 긴 의자 위에 안드레우초와 함께 앉아 이야기하기 시작했습니다.

"안드레우초, 당신은 나를 알지 못하고 우연으로라도 나에 대해 들어 본 기억이 없을 텐데 당신에게 너무 다정하게 굴고 눈물을 보여 무척 어리둥절할 거라고 믿어요. 하지만 내 말을 들으면 아마 더욱 놀랄 거예요. 내가 당신의 누이거든요. 나는 나의 모든 형제를 만날 수 있기를 기다려 왔어요. 그리고 나의 형제들로부터 위로받으며 살 때까지는 절대로 죽을 수 없다고 다짐해 왔어요. 분명히 말하지만 하느님께서 내가 죽기 전에 나의 형제 중 한 사람을 만나는 은총을 주셨어요. 만약 당신이 이러한 사실을 들어 본 적이 없다면 지금 내가 말해 주고 싶어요. 당신도 알고 있겠지만 나의 아버지이자 당신의 아버지인 피에트로 씨는 오랫동안 팔레르모에서 살았어요. 아버지는 원래 착하고 호감을 주는 분이어서 사람들에게 많은 사랑을 받으셨지요. 하지만 아버지를 사랑한 많은 사람들 중에서도 특히 귀족이며 당시 과부였던 나의 어머니가 그분을 무척 사랑하셨어요. 어머니는 부모와 형제들의 걱정과 자신의 명예를 뒤로하고 아버지와 허물없는 사이가 되었지요. 그래서 내가 태어났고, 당신이 지금 보고 있는 사람이 바로 그 사람이에요.

그 후 갑작스런 사정으로 아버지는 팔레르모를 떠나 페루자로 가시게 되었죠. 어머니와 어린 나를 버리고 간 후 내가 듣기로는 나의 어머니와 나에 대해 모른 척하셨대요.

나의 아버지가 아니었다면 아버지가 나의 어머니에게 한 배은망덕한 행위에 대해서 난 아버지를 몹시 비난했을 거예요. (하녀나 비천한 여인에게서 태어나지 않은 딸인 나에게 주어야 할 사랑은 생각하지 않더라도요.) 어머니는 아버지가 변할 것이라는 것을 모르고 진정 어린 사랑으로 자신의 모든 것을 그분 손에 맡겼지요.

그리고 무슨 일이 일어났는지 알아요? 잘못된 것들은 오랜 시간이 지나더라도 고쳐지는 것이 아니라 너무 쉽게 재연되지요. 불행하게도 이렇게 되었지요. 아버지는 어린 나를 팔레르모에 두고 갔어요. 그곳에서 나는 지금의 나로 성장했어요. 부유했던 어머니는 나를 제르젠티 출신의 재산가인 한 신사에게 시집을 보냈지요. 그는 나와 나의 어머니에 대한 사랑으로 팔레르모로 돌아왔어요. 그곳에서 교황당원이었던 그는 왕인 카를로[6]와 어떤 교섭을 시작했어요. 결과가 나오기 전에 그 일이 페데리코

―――――――――
6) 시칠리아의 왕.

268

황제[7]의 귀에 들어가서 우리는 시칠리아에서 도망칠 수밖에 없었어요. 나는 당시 시칠리아에서 유례없는 최고 기사의 부인이 되기를 기다리고 있었지요.

우리는 그곳에 토지와 저택들은 그대로 둔 채 얼마 안 되는 물건만(우리들이 갖고 있던 많은 물건에 비해서 말하는 거예요.) 챙겨 이곳으로 도피했어요. 카를로 왕이 자신 때문에 입은 손해를 부분적으로나마 우리에게 보상해 주려고 이곳에 땅과 집을 마련해 주었어요. 그리고 당신의 매부인 내 남편에게 지속적으로 상당한 금액을 보내 주고 있어요. 차차 알게 될 거예요. 이렇게 해서 내가 여기 있게 된 것이지요. 내가 여기에 있게 된 건 하느님의 은총 덕분이지 당신들 덕이 아니에요. 나의 귀여운 동생, 너를 보게 되다니!"

그녀는 이렇게 말했습니다. 그리고 안드레우초의 머리를 두 손으로 잡고 눈물을 살짝 지으며 이마에 키스를 했습니다.

안드레우초는 이렇게 정연하고 침착한 그녀의 말과 그녀의 이성적인 사고와 하나도 막힘없이 말을 이어 간 점, 자신의 기억에 의하면 아버지가 팔레르모에 살았다는 사실, 자신도 그랬듯이 젊은이들이 쉽게 사랑에 빠진다는 속성, 그녀가 눈물을 흘리면서 부드럽게 자신을 포옹하며 가식 없는 키스를 퍼부었다는 점들로 미루어 보아 그녀가 말한 것이 모두 사실이라고 철석같이 믿었습니다. 그녀가 침묵을 지키자 안드레우초가 말했습니다.

---

7) 신성로마제국의 황제.

“부인, 제가 놀라더라도 신경 쓰지 마십시오. 사실은 아버지가 어떤 연유로 그러셨는지는 모르지만 아버지가 당신의 어머니와 당신에 대해 말한 적이 한 번도 없었거든요. 만약 아버지가 그에 대해 말했다 하더라도 내가 그것을 흘려들었는지도 모르죠. 당신이 존재하는 것을 모른 척한 게 아니라 나는 당신에 대해 정말 몰랐어요. 여기서 나의 누이를 만나다니 더할 나위 없이 반갑습니다. 나는 더 이상 혼자가 아니고, 분명히 이런 일을 기대한 적도 없어요. 사실은 아무리 고귀한 신분의 남자라도 당신을 사랑스럽게 생각하지 않을 사람은 없을 거예요. 게다가 저는 그저 작은 상인에 불과합니다만 한 가지 제게 분명히 밝혀 주셔야 할 것이 있습니다. 제가 여기 있다는 것을 어떻게 아셨어요?”

이 말에 여인은 대답했습니다.

“오늘 아침 내 집에 자주 드나드는 한 여인이 내게 말해 주었어. 그녀의 말로는 그녀가 팔레르모와 페루자에서 우리 아버지와 살았대. 그리고 좀 더 솔직하게 말하면 네가 너의 집이나 마찬가지인 나의 집으로 오는 것이 다른 사람의 집으로 가는 것보다 낫다고 생각했어. 나는 오래전부터 너에게 가고 싶어 했어.”

이 말에 이어 그녀는 친척들의 이름을 들먹이며 그들의 안부를 물어보았고, 안드레우초는 그 물음들에 일일이 대답해 주었습니다. 이로 인해 그는 믿지 말아야 할 것들을 더욱 믿게 되었습니다. 대화는 오랜 시간 지속되었습니다. 무척 더운 날이었으므로 그녀는 백포도주와 과자를 가져오게 해서 안드레우초에게 대접했습니다. 그는 대화를 나누다가 저녁 시간이 되자 돌아가려고 했습니다. 그녀는 어떤 식으로도 그를 말리지 않았지만 매우 아쉬운 표정으로 그를 포옹하며 말했습니다.

"벌써 가려고? 내게 별로 정을 느끼지 못해서 그러는 게 분명해. 전에 한 번도 본 적이 없는 누나와 함께 있다는 것을 생각해야지. 그리고 누이 집에 왔으면 자고 가야 하는 거 아냐? 저녁 먹으려고 여관에 가는 거지? 여기서 나하고 같이 저녁 식사하는 게 도리야. 내 남편이 없긴 하지만 뭐가 문제야? 나는 식사를 즐기며 내가 어떤 사람인지 보여 주고 너에 대해서도 더 알고 싶어"

그런 그녀에게 안드레우초는 뭐라고 대답해야 할지 몰랐습니다.

"나는 부인으로부터 누나에게 당연히 가져야 하는 정을 느끼고 있어요. 하지만 내가 가지 않는다면 저녁 식사 때문에 사람들이 밤새도록 나를 기다릴지 몰라요. 나는 실없는 사람이 될 거예요."

그러자 그녀가 말했습니다.

"한번 생각해 봐. 네가 예의를 지키도록 너를 기다리지 말라고 전갈을 보낼 사람이 없을까 그래? 또한 너의 일행들을 여기 저녁 식사에 초대하는 것이 당연한 일 아니겠어? 그러면 네가 원할 때 일행 모두가 같이 가면 되겠지."

안드레우초는 그날 저녁에 친구들을 초대하고 싶지는 않고 그와 같은 배려에 큰 기쁨을 느낀다고 말했습니다. 그러자 그녀는 저녁 식사 때 그를 기다리지 말라고 그가 묵는 여관으로 전 갈을 보내는 척했습니다. 그리고 많은 얘기를 나눈 뒤에 저녁 식사 테이블에 둘러앉았습니다. 식탁은 맛있는 음식들로 가득했고, 식사는 밤이 늦도록 교묘하게 이어졌습니다. 안드레우초가 떠나려고 하면 그녀는 그런 식으로 그를 보낼 수는 없으며, 나폴리는 밤에 다닐 만한 곳이 아니고 특히 이방인에게는 더욱 그렇다고 말했습니다.

저녁 식사에 그를 기다리지 말라고 사람을 보냈으므로 여관에서는 더 이상 그를 기다리지 않을 것이라고 했습니다.

안드레우초는 이 거짓말에 속아 넘어가 그녀와 함께 보냈습니다. 저녁 식사 후 특별히 할 말도 없으면서 대화는 오래 이어졌습니다. 밤이 깊어지자 그녀는 안드레우초를 자기 방에서 자게 했습니다. 소년을 보내 시중을 들게 하고 그녀는 여인들과 함께 다른 방으로 갔습니다.

그날은 무척 더운 날이었습니다. 안드레우초는 혼자 있게 되자 바로 재킷과 바지와 양말을 벗어 침대 머리맡에 두었습니다. 그는 음식을 많이 먹은 탓인지 갑자기 화장실에 가고 싶은 충동을 느꼈습니다. 화장실이 어딘지 소년에게 물었습니다. 방 한쪽 구석에 있던 아이는 출입구를 가리키며 말했습니다.

"저쪽으로 가세요."

안드레우초가 화장실 안으로 들어가서 판자 위에 발을 놓는 순간, 들보에 얹혀 있던 나무판자가 기우뚱하더니 그와 함께 뒤집어지면서 아래로 떨어졌습니다. 하느님이 그를 많이 사랑하

서서 높은 데서 떨어졌는데도 다친 데는 없었습니다. 하지만 그곳은 화장실이라서 온통 오물을 뒤집어썼습니다. 그 장소는 지금까지 설명한 것과 앞으로 설명할 것에 대한 이해를 돕기 위해 어떻게 생겼는지 부연 설명이 필요할 것 같습니다. 그곳은 두 집이 나란히 이웃하고 있는 사이의 아주 비좁은 통로에 있었습니다. 다시 말해 화장실은 집과 집 사이에 들보를 걸치고 그 위에 몇 개의 판때기를 걸쳐 놓았던 것입니다. 그곳에 앉아 볼일을 보는 것이었습니다. 여러 개의 판때기 중의 하나가 그와 함께 떨어진 것입니다.

안드레우초는 화장실 아래 작고 비좁은 공간에서 사태를 파악했습니다. 그는 소년을 소리쳐 불렀습니다. 하지만 소년은 그가 떨어지는 소리를 듣고 곧바로 젊은 여인에게 달려가 그 사실을 전했습니다. 그녀는 안드레우초가 있던 방으로 달려가서 재빨리 그의 옷들을 뒤져 돈을 찾아냈습니다. 아무도 믿지 않는 안드레우초는 바보처럼 항상 돈을 몸에 지니고 다녔던 것입니다. 결국 그 돈은 팔레르모 여인임에도 불구하고 페루자 사람의 누나인 척하며 함정을 파놓았던 그 여인의 수중으로 들어갔습니다. 그녀는 더 이상 안드레우초에게 관심이 없어지자 그가 떨어질 때 나갔던 출입문을 잠갔습니다.

소년이 대답을 하지 않자 안드레우초는 더욱 소리쳐 불러 댔지만 아무 소용이 없었습니다. 그의 마음속에 의심이 들기 시작했고, 속았다는 것을 깨닫자 길과 그 좁은 공간 사이를 막은 작은 담을 기어올라 넘어 갔습니다. 그는 내리막길에 있는 그 집의 대문을 똑똑히 알아볼 수 있었습니다. 대문을 수도 없이 흔들며 두들겨 보았습니다. 그는 탄식하며 자신의 불행을 분명히 깨닫고 나서 말했습니다.

"어이구, 순식간에 오백 피오리니와 누나를 잃다니!"

안드레우초는 탄식을 멈추고 다시 문을 두드리며 소리를 지르기 시작했습니다. 얼마가 지났을까? 이웃사람들이 시끄러운 소리에 잠이 깨어 일어났습니다. 젊은 여인의 하녀가 눈에 잠이 가득한 모습으로 창문에서 몸을 내밀고 오만하게 말했습니다.

"거기 아래 문을 두들기는 사람이 누구요?"

"나 기억 못해요? 나 피오르달리소 부인의 동생 안드레우초라고."

안드레우초가 대답했습니다. 그러자 그 여인이 말했습니다.

"딱한 양반, 당신 너무 많이 마셨어. 가서 잠이나 자고 내일 다시 와요. 나는 안드레우초도 모르고, 당신이 뭐 말라비틀어진 소릴 하는지 도통 모르겠어. 좋게 말할 때 가요. 우리도 잠 좀 잡시다."

"어떻게 내 말을 못 알아들어? 분명히 당신은 알고 있어. 하지만 시칠리아 사람들은 이처럼 빨리 친척들을 잊는단 말이오? 적어도 내가 거기에 벗어 놓은 옷이라도 돌려주시오. 하느님의 뜻이라 여기고 기꺼이 돌아가겠소."

그런 그에게 하녀는 비웃으며 말했습니다.

"한심한 양반, 당신은 꿈을 꾸고 있어."

이 말을 하고 이내 창문을 쾅 닫았습니다. 안드레우초는 곧

경에 빠진 것을 알고 고통스러워하다가 순간 분노로 변했습니다. 말로 되지 않으면 폭력을 써서라도 되찾아야겠다고 생각했습니다. 그는 커다란 돌을 집어 들고 처음보다 더욱 힘차고 난폭하게 문을 두드리기 시작했습니다. 그의 이런 행동으로 많은 이웃들이 잠에서 깨어 자리에서 일어났습니다. 그들은 그가 순박한 여자를 곤란하게 만들려고 없는 말을 지어 지껄이는 나쁜 놈이라고 믿었습니다. 그가 문을 두드리는 소리에 짜증이 나서, 낯선 개가 오면 동네의 모든 개들이 한꺼번에 짖어 대듯이 창문에서 떠들어 대기 시작했습니다.

"이 시각에 순박한 여인의 집에 와서 이 따위 헛소리나 지껄이다니 참 무식한 사람이군. 이 딱한 인간아, 제발 그만하고 잠 좀 자게 해 줘. 그녀와 할 말이 있으면 내일 오라고. 오늘 밤은 좀 조용히 지내자고."

이런 말을 듣고 안심이 되었는지 집 안에 있던 호객꾼 하나가 ─안드레우초는 그를 본 적도 들은 적도 없었다─ 창문에 머리를 내밀고 크고 무섭게 생긴 입으로 난폭하게 말했습니다.

"그 밑에 누구야?"

안드레우초는 머리를 내밀고 말하는 사람의 목소리를 듣고 언뜻 보아도 감이 오는, 위대한 기사처럼 보이는 한 사람을 쳐다보았습니다. 그는 더부룩한 턱수염에 자려고 했거나 깊은 잠에서 일어난 사람처럼 하품을 하며 눈을 비비고 있었습니다. 하지만 안드레우초는 조금도 두려워하지 않고 대답했습니다.

"나는 그 집 부인의 동생이오."

하지만 그는 안드레우초의 대답이 끝나기가 무섭게 처음보다 더 거칠게 말했습니다.

"내가 왜 밑으로 안 내려가고 참고 있는지 나도 모르겠지만 내가 내려가는 날이면 당신은 몽둥이 세례를 실컷 받을 거야! 당신, 얼간이거나 술주정뱅이임이 틀림없어. 오늘 밤 잠도 못 자고 날 새게 생겼군."

그는 안으로 머리를 들여놓더니 이내 창문을 닫았습니다.

그가 어떤 사람인지 아는 몇몇 이웃 사람들이 안드레우초를 생각해서 일러 주었습니다.

"쯧쯧, 딱한 양반, 오늘 밤 죽지 않으려거든 얼른 가시오. 당신을 위해서 가는 편이 좋을 것이오."

그 사나이의 목소리와 얼굴 생김새에 놀란 안드레우초는 자신을 딱하게 여기고 충고를 해 주는 사람들의 말에 마음이 바뀌었습니다. 빼앗긴 돈 때문에 속은 매우 쓰렸지만 낮에 하녀를 따라왔던 길 쪽으로 발길을 돌렸습니다. 어디로 가야 할지를 몰라 하다가 여관으로 돌아가는 길로 향했습니다. 몸에서 나는 악취가 너무 역겨워서 몸을 씻기 위해 바다에라도 가야겠다는 생각이 들었습니다. 그는 왼쪽으로 방향을 틀어 루가 카탈라나 거리로 들어섰습니다.

도시의 위쪽으로 가던 중에 한 손에 등을 들고 자신을 향해 걸어오는 두 사람이 있었습니다. 궁궐의 경비병이거나 혹은 흉악한 괴한들일까 두려워진 안드레우초는 그들을 피하기 위해 옆에 보이는 한 오두막집으로 몸을 숨겼습니다. 하지만 그들은 마치 초대받은 사람들처럼 그 오두막집으로 들어왔습니다. 그 중 하나가 목에 걸고 있던 어떤 철제 물건을 내려놓고 서로 바라보며 그 물건에 대해 많은 얘기를 나누었습니다. 그러다가 한 사람이 말했습니다.

"이게 뭘까? 내가 한 번도 맡아 본 적이 없는 고약한 냄새가 나는걸."

그가 등불을 높이 들어 올리자 안드레우초의 초라한 모습이 보였습니다. 그들은 깜짝 놀라 말했습니다.

"거기 누구야?"

안드레우초는 아무 대답도 하지 않았습니다. 그들은 불을 비추며 안드레우초에게 다가와서 흉측한 몰골로 그곳에서 뭘 하고 있는지 물었습니다. 안드레우초는 자신에게 일어난 일을 숨김없이 다 말했습니다. 그들은 어디에서 그런 일이 일어났는지를 추측하고 자기들끼리 이야기를 나누었습니다.

"그 벌레만도 못한 부타푸오코의 집에서 일어난 일일 거야."

한 친구가 안드레우초를 향해 말했습니다.

"딱한 양반, 당신이 돈을 잃었다고 하지만 화장실에서 떨어져 다시 그 집에 들어갈 수 없었던 것에 대해 하느님께 감사를 드려야 하오. 만약 당신이 떨어지지 않고 그곳에서 잠이 들었다면 아마 지금쯤 이 세상 사람이 아닐 거요. 돈과 함께 당신 자신도 잃었을 거란 말이오. 지금 와서 울어 봐야 무슨 소용이 있겠소? 단 한 푼이라도 다시 찾는 일은 하늘에서 별을 따는 거나 마찬가지요. 당신이 지난 일에 대해 한마디라도 하는 걸 그들이 들는다면 당신은 틀림없이 죽게 될 거요.”

그들은 이 말을 하고 서로 뭔가를 상의하더니 그에게 말했습니다.

“우리 얘기 좀 들어 보쇼. 우리는 당신이 딱하게 되었다고 생각하고 있소. 그래서 말인데, 우리는 지금 어떤 일을 하러 가는 중이오. 우리와 함께 가지 않겠소? 그 일은 당신이 잃어버린 것보다 훨씬 많은 재물을 당신에게 가져다줄 거라고 확신하는데…….”

절망하고 있던 안드레우초는 얼른 그렇게 하겠다고 대답했습니다.

그날은 필립포 미누톨로라는 나폴리 대주교의 장례식 날이었습니다. 그는 많은 장신구들과 함께 매장되었습니다. 그중에는 오백 피오리니도 더 나가는 루비 반지도 있었지요. 그들은 그 반지를 빼내러 가는 길이었습니다. 이렇게 그들은 안드레우초에게 그들의 계획을 상세하게 알려 주었습니다. 안드레우초는 신중하게 생각하기보다는 탐욕이 앞서 그들과 함께 길을 나섰습니다. 대성당을 향해 가다가 안드레우초에게서 지독한 악취가 풍기자 한 친구가 말했습니다.

“이 친구에게서 고약한 냄새를 없애기 위해 어디 가서 몸 좀 닦게 할 방법이 없을까?”

다른 친구가 말을 받았습니다.

“그러지. 이 근처에 우물이 하나 있는데 거기엔 도르래와 큰 두레박이 항상 있어. 그곳에 가서 씻게 하자고.”

　그들이 그 우물에 도착해 보니 줄은 있었으나 두레박은 치워져 있었습니다. 하는 수 없이 그들은 안드레우초를 줄에 묶어 우물에 집어넣어 씻게 하려고 했습니다. 그가 다 씻고 나서 줄을 흔들면 그들이 위로 끌어 올리기로 약속을 했습니다. 세 사람은 곧 실행에 옮겼습니다.

　그들이 안드레우초를 우물에 집어넣었을 때, 너무 더운데다 누군가의 뒤를 쫓아 뛰어와서 목이 마른 영주의 경비병들이 그 우물에 물을 마시러 오고 있었습니다. 경비병들을 본 두 사람은 줄행랑을 쳤습니다. 하지만 경비병들은 그들을 보지 못했습니다.

　안드레우초는 우물 바닥에서 이미 몸을 닦고 난 뒤라 줄을 흔들었습니다. 경비병들은 갈증이 나서 방패와 무기들과 치마처럼 두르는 갑옷을 내려놓고 두레박에 물이 가득 차 있을 것이라고 생각하면서 줄을 당기기 시작했습니다.

　우물 위의 가장자리가 가까이 보이자 안드레우초는 줄을 놓고 손으로 거기에 매달렸습니다. 그 모습을 본 경비병들은 혼비백산하여 걸음아 날 살려라 도망을 쳤습니다. 안드레우초도 놀라긴 마찬가지였습니다. 만약 꼭 잡지 않았다면 우물 바닥으로 떨어져 크게 다쳤거나 죽었을 것이기 때문입니다. 우물에서 나온 그는 무기들을 발견했습니다. 그것은 그의 일행이 지녔던 무기가 아니어서 다시 한번 놀랐습니다. 하지만 의심이 가는데다 잘 모르는 것이어서 손도 대지 않고 자신의 운명을 한탄하면서 그곳을 떠나기로 했습니다. 어디로 가야 할지 몰라 목적지도 없이 무작정 걸었습니다.

그렇게 가다가 안드레우초는 일행 두 사람과 마주쳤습니다. 그들은 그를 우물에서 꺼내 주기 위해 돌아오던 중이었습니다. 그를 보자 너무 놀라면서 누가 꺼내 주었는지 물었습니다. 안드레우초는 자신도 모르겠다며 무슨 일이 일어났는지, 그리고 우물 밖에서 자신이 발견한 것을 차근차근 설명했습니다. 그의 얘기를 듣자 두 사람은 어떤 일이 있었는지 짐작하고 웃으며 그들이 왜 도망갔는지, 그를 끌어 올린 사람들이 누구였는지 그에게 말해 주었습니다. 그때 이미 자정이었으므로 그들은 대성당으로 갔습니다. 그들은 어렵지 않게 성당 안으로 들어가서 무덤 앞에 이르렀습니다. 무덤은 대리석으로 된 거대한 것이었습니다. 그들은 쇠파이프를 이용해 육중한 뚜껑을 사람 하나 겨우 들어갈 정도로 들어 올리고 지지대로 그것을 받쳐 놓았습니다. 이 작업을 마치자 한 사람이 말했습니다.

"그런데 무덤 안에는 누가 들어가지?"

그에게 다른 친구가 말했습니다.

"나는 아냐."

다른 친구가 말했습니다.

"나도 아냐. 안드레우초, 당신이 들어가!"

"나는 이런 일은 안 해."

안드레우초가 말했습니다.

그때 두 사람은 그에게 돌아서서 말했습니다.

"어째서 안 들어가겠다는 거야? 이 쇠막대기로 당신 머리를 처 버릴 거야. 당신을 죽여 버리겠어.”

안드레우초는 두려워서 무덤 안으로 들어갔습니다. 안으로 들어가면서 생각했지요. ‘이놈들은 나를 이용해 먹기 위해 들어가게 하는 거야. 내가 모든 것을 건네주고 무덤에서 나오려고 하면 자기들끼리만 도망칠 거야. 그러면 내 수중에는 아무것도 남지 않겠지.’ 그는 자기 몫을 챙기기로 마음먹었습니다. 그들이 말하던 비싼 반지가 떠올랐습니다. 대주교의 손가락에 있던 반지를 빼서 자기 손에 끼웠습니다. 주교 지팡이와 주교관(主敎冠)을 건네주고 장갑과 심지어 셔츠까지 벗겨 그들에게 건네주었습니다. 그러고는 더 이상 아무것도 없다고 말했습니다.

그들은 거기에 반지가 틀림없이 있다면서 온몸을 샅샅이 살펴 보라고 했습니다. 하지만 안드레우초는 찾아보는 시늉만 하고 아무리 뒤져 봐도 없다면서 그들을 기다리게 했습니다. 밖에 있던 두 사람도 교활했으므로 잘 찾아보라고 말하는 척하더니 무덤 뚜껑을 받치고 있던 지지대를 치워 버렸습니다. 그를 무덤 안에 가두어 둔 채 도망치고 말았습니다.

안드레우초는 머리와 어깨로 수도 없이 뚜껑을 들어 올리려 시도해 보았으나 헛수고였습니다. 그는 너무 심한 고통 때문에 대주교의 시신 위에 쓰러지고 말았습니다. 누군가 그를 본다면 죽은 사람이 누구인지, 대주교인지 혹은 그인지 알기가 쉽지 않았을 것입니다. 그는 정신이 돌아오자 두 가지 운명 중 하나에 처하게 되리라는 것을 떠올리며 서럽게 울기 시작했습니다. 다시 말해 아무도 무덤을 열러 오지 않을 경우 시신에서 나오는 구더기들 속에서 악취를 맡으며 굶주려 죽게 되거나, 누군가 무덤 안에 사람이 있다는 것을 알게 되면 도둑으로 잡혀 교수형을 당하리라는 것입니다.

안드레우초가 이런 생각으로 괴로워하고 있을 때 성당으로 많은 사람들이 들어오면서 주고받는 말소리가 들려왔습니다. 그들도 그 자신이 일당들과 이미 했던 짓을 하려고 온 것입니다. 그들은 무덤 뚜껑을 열어 지지대로 받쳐 놓았습니다. 그리고 누가 안에 들어가야 할지를 결정하는 문제에 봉착했습니다. 아무도 들어가길 원하지 않았습니다. 오랜 긴장이 이어지다가 한 신부가 말했습니다.

“당신들 뭐가 그리 두려워? 대주교가 당신들을 잡아먹을 거라 생각해? 죽은 자는 사람을 잡아먹지 못해. 내가 안으로 들어가지.”

이렇게 말하고는 무덤의 가장자리에 가슴을 대고 머리는 밖으로 두고 발을 안으로 뻗어 밑으로 뛰어내리려 했습니다.

이를 본 안드레우초는 일어서서 다리 한쪽을 잡아 아래로 끌어당기는 척했습니다. 그러자 신부는 비명을 지르며 잽싸게 무덤 밖으로 몸을 던졌습니다. 이를 본 다른 사람들은 혼비백산하여 무덤을 열어 둔 채 마치 수없이 많은 악마들이 쫓아오기라도 하는 듯이 도망치기 시작했습니다.

이를 본 안드레우초는 그가 바라던 바라 기뻐하며 즉시 무덤 밖으로 나왔습니다. 들어온 길을 통해 성당을 빠져나오니 이미 동이 트고 있었습니다. 길을 가다 보니 바닷가에 이르렀고, 마

침내 자신의 여관에 도착했습니다. 여관에서는 안드레우초의
일행과 여관 주인이 밤새도록 그의 소식을 기다리고 있었습니
다. 안드레우초는 자신에게 일어난 일을 그들에게 설명했습니
다. 여관 주인의 충고대로 그는 나폴리를 떠나야 한다고 생각하
고 서둘러서 페루자로 돌아갔습니다. 말을 사러 갔다가 반지에
투자를 한 셈이 되고 말았습니다.

돈, 최선의 종인가, 최악의 주인인가?

돈은 '악의 꽃'인가?

"돈이 떨어지다. 배는 다소 고프지만 나는 즐겁다. 오늘은 하늘이 멋이 있었고……."라고 읊조렸던 이는 전혜린이었다. 1950년대를 풍미했던 전혜린 특유의 낭만적인 태도를 보여 주는 예에 속한다. "배는 다소 고프지만 나는 즐겁다."라고 쓸 수 있었던 것은 한편으로는 낭만적 허구에 속하지만, 다른 한편으로 보면 행복한 체험에 속한다. 생각해 보라. 21세기를 살고 있는 오늘의 현실에서 과연 누가 그렇게 쓸 수 있겠는가? 당장 신문 사회면의 풍경만 보더라도 그렇다. 돈 때문에 남편을 죽이고 아내를 살해한다. 살인을 비롯한 크고 작은 요즘의 범죄 사건에서 돈의 원인론을 발견하기란 그다지 어려운 일이 아니다. 어떤 사건의 주인공은 돈 때문이라고 했다. '유전무죄 무전유죄(有錢無罪 無錢有罪)'라고 했다. 그는 정녕 배가 고팠던 것일까? 사건에 따라서 그럴 수도 있다. 그런데 그렇지 않은 경우도 많다. 돈이 계속적으로 가져다주는 '악의 꽃'과도 같은 쾌락 때문이었던 경우도 적지 않다. 어쨌거나 적지 않은 이들이 돈 때문에 크고 작은 잘못을 저지른다. "돈이 떨어지다. 쾌락은 다소 줄어들었지만 나는 즐겁다."라고 쓰지 않는다.

그래서일까. 바로 그 때문에 러시아의 대문호 톨스토이가 그토록 통탄해 마지않았던 것일까. "아아, 돈, 돈, 이 돈 때문에 얼마나 많은 슬픈 일들이 이 세상에 일어나고 있는 것일까." 또 S. 존슨도 말했다. "황금욕은 무정하며 잔인하다. 저속한 인간의 최후의 타락이다." 아울러 이런 말은 어떤가. "돈의 결핍은 범죄의 뿌리이다." 버나드 쇼의 말이다. 아주 옛날 옛적에도 사정은 크게 다르지 않았던 모양이다. 그리스의 비극 작가 소포클레스가 "도시를 약탈하고 사람을 가정과 고향에서 몰아내는 것은 돈이다. 돈은 천부의 순진성을 뒤틀어 타락시키며, 부정직한 습성을 키워 준다."라고 말한 것을 보면 말이다. 돈의 악령으로부터 시달림을 당하면서 《자본론》을 집필해야 했던 마르크스는 셰익스피어의 비극 《아테네의 타이먼》의 다음 부분을 거론하길 좋아했다.

오, 황금! 아름답고 귀한 번쩍이는 금.

그렇다. 신이여, 내가 하늘에 빈 것은 단순한 나무뿌리가 아니었다. 금만 여기에 있으라.

검은 것도 희게, 늙은 것은 젊게,

추함을 미로, 비겁도 용기로, 악도 선으로, 천함도 고귀하게 만들 수 있지.

오, 신이여! 황금은 당신의 제단에서 승려를 꾀어 내고

환자의 자리에 바늘이 돋게 하는 것.

오, 누런 노예여. 너는 신앙의 유대를 묶었다 풀었다 하며 저주받은 자도 축복한다.

너는 치욕도 존경케 하고 도적도 찬미한다.

도적을 원로원 회원들 속에 섞이게 한다.

너 금은 손 떠는 노파에게 신랑을 데려다 주며 농양을 앓아 병원까지도 진저리치는 계집을 화기만당하게 한다.

물러가라. 저주로운 티끌이여. 보편적인 창부여. 분쟁의 단서여!

돈의 가공할 만한 위력과 그 타락상을 신랄하게 비판한 이 드라마에서도 알 수 있듯이, 셰익스피어는 모든 인간적이며 자연적인 속성을 바꾸고 사물의 일반적인 변환과 교환을 수행하고 불가능과 친교를 맺는 가시적 신성으로서의 돈을 매우 증오했던 터였다. 이와 관련하여 마르크스는 눈에 보이지 않는 신인 돈은 인간 및 자연의 속성을 그 반대물로 변화시키고, 사물을 어느 것이나 교환하고 역전시킨다고 파악했다.

굳이 마르크스를 통하지 않더라도, 돈의 현실이 우리를 적잖이 슬프게 한다는 사실을 우리는 어렵지 않게 짐작할 수 있다. 앞서 언급한 톨스토이의 통탄에서 벗어나기가 결코 쉽지 않다. 깨끗한 돈이 안녕과 행복에 필요한 거의 모든 것의 상징이요, 자유·독립·해방을 뜻하는 것이라면, 더러운 돈은 구약의 계시처럼 일만 악의 뿌리가 아닐 수 없다. 오늘날 돈의 현실에 비추어 볼 때 백여 년 전 마르크스의 진단은 전혀 과격한 것이 못 된다. "돈은 인간의 노동과 생존에 있어서 똑같이 본질이다. 이 본질은 인간을 지배하며 인간은 그것을 존경한다." 어찌 보면 현대 자본주의 체제하에서 돈은 이미 신의 권좌를 차지하고 있고,

현대인들은 그 돈의 신전 아래서 굽실거리는 배금주의적 주물 숭배의 열렬한 교도들인지도 모른다.

도깨비 방망이, 오래된 윤리의 거울

우리는 도깨비 방망이 이야기를 잘 알고 있다. 돈으로 대리되고 상징되는 도깨비 방망이를 통해서 나타나는 득복(得福)과 망신(亡身)이란 선(善)과 악(惡)의 대립 구조가 선명한 이야기 말이다. 이때 신성 또는 마성적 존재로서 도깨비 방망이의 성격은 마력성을 지닌 돈의 본질과 같은 것이다. 이렇게 마력성을 지닌 돈은 부자와 빈자 사이에서 악행과 선행 그리고 징벌과 보상의 인과론적 기능의 중개자가 되는 게 분명하다. 즉 돈은 사회생활의 필수품이요 인간 행위의 기초이며 부의 상징으로 소유욕의 대상이면서, 동시에 파멸의 길로 통하는 마신(魔神)의 미끼이며 유혹의 대상이기도 한 것이다. 그래서 도깨비 방망이 이야기를 비롯한 우리네 기층 민담에서는 대개 도덕적인 관점에서 돈의 부정적인 면을 경계했다. 구약성서에 나오는 소돔과 고모라 이야기가 특히 색의 음란을 경계한 것이라면, 우리의 민담들은 대부분 돈의 인색과 타락을 무엇보다도 경계한 것이라 하겠다.

도깨비 방망이는 돈 방망이였고, 또 그것은 인간의 마음 방망이였다. 성실하게 노력하는 인간에게는 보상의 의미로서 돈 방망이 구실을 톡톡히 해 주었지만, 돈에 집착하여 타락한 인간에게는 징벌의 의미로서 가혹한 형벌을 내렸다. 여기에 우리 선인들이 지녔던 도덕적인 금전관이 들어 있는 것이다. 우리 선조들은 무엇보다 우선해서 사람살이의 근본을 강조했던 터였다. 청빈(淸貧)이나 안빈낙도(安貧樂道), 안빈자족(安貧自足)을 특별히 강조하고 실천하려 했던 것도 바로 이런 생각 때문이었다. 도덕적 자세와 성실한 노력으로 인생의 열매를 거두고자 했던 선인들의 생각은 우리 시대에도 여전히 의미 있는 생활 윤리의 오래된 거울이 되고 있다.

물론 이런 윤리 감각은 보편적이었던 것 같다. 우리네 도깨비방망이는 서양의 이야기에서라면 마술 주머니로 통한다. 발자크의 〈좋지 않은 가죽〉에서 젊은 주인공은 도박판에서 가진 돈을 다 탕진한다. 실의에 빠진 그는 신비체험으로 마술 주머니를 얻게 된다. 이 마술 주머니는 그가 원하는 모든 것을 들어주지만 그 대가를 치러야 한다. 사용할 때마다 피부가 조금씩 줄어든다는 것이다. 피부가 줄어든다는 것은 무슨 뜻인가. 생명이 줄어든다는 말 아니겠는가. 즉 돈에의 무분별한 욕망은 곧 죽음으로 통한다는 윤리 감각을 그 마술 주머니는 전하고 있는 것이다. 이 선집에 수록된 이야기들에서도 사정은 비슷하다. 갑자기 횡재(橫材)를 했을 때 인간들은 어떤 반응을 보이는가, 자기 돈을 지키려는 인간의 행태들은 어떠한가, 가난한 자들의 꿈은 무엇인가, 돈 때문에 어쩔 수 없이 생활과 인생이 끌려갈 때 인간들은 어떤 생각을 지녀야 하는 것일까, 하는 등등의 다양한 문제의식들을 흥미로운 레퍼토리로 전하고 있다.

횡재의 양면성

복권을 사는 사람들의 꿈은 간절하다. 그러나 막상 당첨된 사람들의 후일담은 그들의 꿈처럼 행복하지만은 않은 것 같다. 몇년 만에 횡재한 돈을 다 잃고 패가망신하는 경우가 많다. 〈벨다인 부자의 돈〉(아르투어 슈니츨러)과 〈백만 파운드 지폐〉(마크 트웨인)는 횡재에 관한 이야기다. 〈벨다인 부자의 돈〉에서 카를 벨다인은 화가가 되고 싶었던 가난한 페인트공이다. 행운이 별로 없던 그에게 어느 날 벼락처럼 행운이 찾아온다. 술집에서 카드놀이를 하다 가진 돈을 몽땅 잃었는데, 처음 보는 사람들이 도와준 돈으로 모든 판돈을 따서 엄청난 부자가 된다. 기분이 좋아 술이 취한 상태에서 그는 그 많은 돈을 남모를 장소에 파묻는다. 가족이나 이웃에게 당장 들키지 않기 위해서였다. 그런데 유감스럽게도 술에서 깨어난 그는 그 장소를 기억하지 못한다. 이 어처구니없는 상황 때문에 그는 매우 불행하게 살다가 죽어간다. 그에게 돈은 차라리 '악의 꽃'이었다. 만약 그 '악의 꽃'을 따지 않았더라면 나름의 분수를 지키며 평범하게 살았을 것이다. 그러나 운명의 곡예는 여기서 그치지 않는다. 숨을 거두기 직전에 그는 기억을 되살리고 아들 프란츠에게 그 자리를 알려 준다. 아버지의 재주를 물려받은 화가였던 아들 프란츠는 가난하나마 나름의 예술 작업을 하고 있었다. 그러던 그가 아버지의 돈을 찾아 아버지가 돈을 땄던 바로 그 클럽에 가서 모두 잃고 마침내 반미치광이로 전락한다. 이런 부자의 이야기에서 그들 모두를 조감하는 시선을 지닌 인물이 등장한다. 처음에 클럽에서 아버지 카를을 도왔던 슈파운 백작이다. 그는 줄곧 카를을 관찰했고 또 그 아들 프란츠를 클럽으로 인도하고, 그의 파산과 광기를 지켜보는 인물이다. 이 시선은 횡재를 한 사람들이 지녀야 할 윤리적 초자아를 떠올리게 한다. 횡재를 한 사람들이 범할 수 있는 어리석음이나 만용을 경계하는 문학적 정의의 시선이기도 한 것이다. 콩 심은 데 콩 나고, 팥 심은 데 팥 난다고 했던가. 횡재에도 비용이 많이 드는 법이다.

이런 벨다인 부자에 비하면 〈백만 파운드 지폐〉의 주인공은 상당히 지혜로운 인물이다. 샌프란시스코 광산업 주식중개회사의 직원으로 주식거래에 능통했던 주인공은 어느 날 바다에서 침몰 직전에 구출되지만, 무일푼의 신세로 런던에 도착하게 된다. 거기서 그는 운명처럼 시험에 든다. 부자 형제가 건 내기의 시험 대상이 된 것이다. "친구도, 돈도 없이 런던에 오게 된 정직하고 똑똑한 이방인이 난데없이 백만 파운드 지폐 한 장을 얻게 된다면, 하지만 그 지폐를 지니게 된 이유를 설명할 수 없는 상황이라면 과연 어떤 운명을 맞을 것인지 의문"(197쪽)을 품은 부자 형제는 그 결과에 내기를 걸기로 하고, 주인공을 초대한다. 속사정을 알지 못한 채 백만 파운드 지폐를 받은 그는 한 달 동안 살아남아 그 지폐를 돌려줄 수 있어야 한다. 잘못하면 경찰에 잡혀가거나 혹은 굶어 죽을 수도 있는 상황이었다. 그러나 그는 적당한 선에서 백만장자 행세를 하며 그 한 달을 잘 버틴다. 뿐만 아니라 그 지폐를 이용해 많은 돈도 벌고, 그 지폐의 열배 이상 가치 있는 부자의 수양딸인 포셔와 결혼도 하게 된다.

절제와 균형 감각, 위기 상황에 대한 탄력적 대응, 역동적 발상 등으로 벨다인 부자와는 다른 인생을 열어 나갈 수 있었던 것으로 보인다. 그에게 돈은 결코 '악의 꽃'이 아니었다. 위기의 걸림돌을 새로운 도약을 위한 버팀돌로 활용할 수 있는 지혜가 있었기 때문이다.

어떻게 돈을 지킬 것인가?

〈벨다인 부자의 돈〉과 〈백만 파운드 지폐〉에서 분명한 것처럼, 돈은 벌기도 어렵지만 그것을 잘 지키기는 더 어렵다. 〈리츠 호텔만 한 다이아몬드〉(피츠제럴드)에서 하데스 마을의 부잣집 아들인 존 T. 엉거는 미국 동부의 상류층 자제만 다니는 세인트 마이더스 학교 학생이다. 거기서 만난 서부의 부호의 자제인 퍼시로부터 여름방학을 자기 집에서 보내자는 제안을 받는다. 퍼시는 "리츠칼튼 호텔만 한 다이아몬드"(13쪽)를 지닌 자기 아버지가 세계 제일의 부자라고 했다. 과연 퍼시의 집은 그러했다. 그의 집이 있는 성 아래 산에 1세제곱마일에 달하는 다이아몬드가 묻혀 있었던 것이다. 퍼시의 할아버지가 이 다이아몬드 산을 발견한 이래 외부에 알려지지 않게 비밀의 성을 축성하고 지켜 왔던 것이다. 엉거에게 좋은 감정을 품은 퍼시의 누이동생 키스민을 통해 알게 된 사실은 더 충격적이었다. 비밀을 지키기 위해 퍼시가의 사람들은 외부에서 들어온 사람들을 지하 감옥에 가두거나 처형했던 것이다. 엉거 자신도 그들의 운명과 크게 다르지 않았다. 다이아몬드로 세상에서 가장 호화로운 생활을 하고 있던 퍼시가의 사람들은 "누구나 돈으로 매수할 수 있다"(71쪽)는 생각을 지녔고, 신마저 돈으로 매수할 수 있다고 믿었던 터였다. 그러나 최후의 순간에 신은, 퍼시가의 뇌물을 거부하고 그들의 다이아몬드 성을 황폐하게 궤멸시킨다. 외부의 공습으로 인해 모든 것이 소멸된다. 엉거는 키스민과 함께 최후의 순간 탈출에 성공한다. 마지막에 모조 다이아몬드만을 챙겨와 무일푼이 된 키스민은, 이제야 하늘의 별을 제대로 볼 수 있겠다고 말한다. 이전에는 다이아몬드만 보았는데 말이다. 끝부분에 젊은 영혼들이 나누는 대화가 매우 인상적이다. 그들은 "화학적 광기" 같은 이전의 허황한 꿈에 대해 반성한다. 미몽과도 같았던 다이아몬드에의 꿈에 취했을 때는 감각할 수 없었던 다이아몬드의 "환멸이라는 초라한 선물"(78쪽)을 느낄 수 있는 그들이었기에, 하늘의 별을 바로 바라보면서 진정한 사랑을 나누기로 결심하는 것이다.

〈리츠 호텔만 한 다이아몬드〉에서 퍼시의 아버지와 할아버지는 다이아몬드를 지키기 위해 많은 죄를 지은 사람들이었다. 그들의 타락한 돈에의 욕망이 자신들의 생명을 앗아 가는 결과를 빚었다. 발자크의 마술 주머니는 여전히 위력을 발휘하고 있었던 셈이다.

〈프로하르친 씨〉(도스토옙스키)의 주인공은, 처지는 퍼시의 아버지와 정반대이지만 다른 맥락에서 비슷한 최후를 맞이한다. 세묜 이바노비치 프로하르친 씨는 매우 낮은 관등에 가난한 하숙생이다. "극도의 절약과 인색함"(142쪽)을 보였던 그는 이웃에게는 "사교적이진 않지만 착하고 온순한 사람"으로 비쳐졌다. "아첨꾼은 아닌 것이 분명하고, 만약 그가 고통을 겪게 되는 일이 있다면 그것은 다름 아니라 그에게 상상력이 부족하기 때문"(141쪽)이라고 주변에서는 생각했다. 그는 가난에 치여 홀로 고립된 생활을 했다. 그러다가 광기에 걸려 마침내 비참한 최후를 맞이한다. 그는 인간다운 생활을 하지 못한 채 살다 죽었다. 그가 죽었을 때 사람들은 그의 침구 등에 숨겨 둔 결코 적지 않은 돈을 발견한다. 그는 너무나도 가난했기 때문에 그 가난에 짓눌려 쓸 수 있는 돈도 제대로 쓰지 못하고 지키려고만 발버둥치다가 죽어 간 것이다. 과연 어느 순간까지 그 돈을 지키려고 했던 것일까? 그 무엇이 그로 하여금 가난하고 불우한 수전노로 전락하게 한 것일까? 물론 절대적인 가난이 심층의 문제였겠지만, 도스토옙스키는 타인과의 허심탄회한 소통을 거부한 채 고립적으로 자신의 가난한 고통을 극대화했던 프로하르친 씨의 드라마틱한 행태에 대해 지적한다. 이와 관련하여 그에 대한 작중 오케아노프의 논평이 어지간하다. "다른 모든 사람도 힘들다는 것을 그 사람이 알았더라면 머리가 돌지도 않았을 테고, 저런 못난 짓을 하지 않고 그럭저럭 지냈을 텐데……"(179쪽). 기쁨이나 행복은 나눌수록 배가되고, 슬픔이나 불행, 고통은 나눌수록 줄어든다고 했다. 가련한 프로하르친 씨는 오로지 자기 안의 고통으로 침몰하기만 했으니 참으로 안타까운 일이 아닐 수 없다.

돈값과 인간값

프랑스에 "돈은 위와 가슴의 약이다."라는 말이 있다. 돈이 있으면 음식도 맛있고 사랑도 마음대로 할 수 있다는 소리다. 또 "돈은 직접적이고도 무한한 가능성"이라고 프랑스에선 표현한다. 발자크가 방대한 〈인간희극〉을 통해 묘사한 당대 프랑스 인들은 대부분 돈에의 정념에 불타는 인물들이다. 자본주의 체제로의 이행기에 있던 프랑스 사회를 정확히 반영한 것이었다. 가령 〈외제니 그랑데〉의 그랑데는 돈벌레로서 몰리에르의 〈수전노〉의 아르파공을 연상케 한다. 이 작품에서는 돈에의 탐욕으로 인해 정략결혼이 이루어지기도 하고, 그로 인해 진실한 사랑이 파탄에 이르며, 마침내 인간 본성마저 훼손된다. 플로베르의 〈마담 보바리〉의 경우에도 보바리의 일그러진 사랑과 애욕의 행로 위에는 돈으로 만들어진 자본주의의 온갖 허상들이 숨겨져 있다. 모파상 역시 돈의 문제를 소설적으로 잘 다룬 작가였다.

〈승마〉(모파상)에서 엑토르 드 그리블랭은 가난한 상황에서 근근이 살아가다가 어느 날 예상치 않은 암초에 걸려들게 된다. 삼백 프랑의 특근수당을 받게 된 그는 가족과 오랜만에 기분 전환을 위해 마차를 빌려 소풍을 가기로 한다. 그런데 그는 운전 미숙으로 사고를 낸다. 말을 제대로 조종하지 못해 한 노파를 치게 된 것이다. 한 사흘 정도 치료받으면 되리라 예상했지만, 요양원에 들어간 노파는 계속 아프다면서 퇴원을 거부한다. 밑 빠진 독에 물 붓기라고나 할까. 결국 그의 아내는 돈을 감당할 수 없다며 노파를 자기 집에 데려와 직접 간호하기로 한다. 특

근수당이라는 오랜만의 행운이 암초와도 같은 비극적인 불운
으로 전락한 이 아이러니를 모파상은 매우 흥미롭게 서술하고
있다.

　14세기에 쓰인 보카치오의 〈데카메론〉 이야기들은 대개 경제
적으로 고난스런 위기에 처했다가 회복하는 설화의 구조를 지
니고 있다. 가령 '둘째 날 세 번째 이야기'에서 알레산드로의 경
우, 경제적으로 파산하여 집으로 돌아가던 중 우연히 수도원장
의 행렬에 동참하게 되는데 알고 보니 수도원장이 잉글랜드 공
주였고, 그녀를 아내로 맞아 크게 부자가 되고 스코틀랜드 왕까
지 된다는 이야기이다. 네 번째 이야기에서 란돌포 루폴로는 가
난에 허덕이다가 해적질을 하여 돈을 모았지만 다시 악당들한
테 붙잡혀 죽을 고비를 맞는다. 갑자기 타고 있던 배가 난파되
는 바람에 바다에 표류하던 중 그 배에서 떨어진 상자에 의지해
해안가에 어렵사리 닿아 한 여인에 의해 구조된다. 그런데 그
상자 안에 값비싼 보석들이 많이 들어 있어서 부자가 되고 자기
를 구해 준 은인에게도 보답한다. 다섯 번째 이야기에서도 페루
자의 안드레우초는 말을 사러 나폴리에 갔다가 세 번의 고난을
겪고 난 다음 귀가한다. 그가 돈을 많이 지니고 있다는 사실을
안 한 여인이 그의 누이인 척 위장하여 돈을 모두 빼앗고 죽이
려 한 것, 우물에 빠져 죽을 뻔한 것, 대성당에서 장례를 치른 대
주교의 관을 도굴하다가 동료의 배신으로 거기에 갇혔으나 요
행히 대주교의 반지를 가지고 탈출한 것 등의 에피소드가 엮여
있다. 다섯 번째 이야기는 그렇지 않지만 앞의 두 이야기는 모

두 위기를 벗어나는 과정에서 조력자의 도움을 받는다. 그러나 그 주인공들이 정녕 조력자의 도움을 받을 만한가에 대해서는 의구심의 여지가 없지 않다. 특히 네 번째 이야기에서 란돌포는 그 자신도 해적질을 했었기에 권선징악의 패턴에서도 벗어난다. 설화적으로 흥미로운 모험담이나 위기담을 엮어 놓은 것이라서 서사적 인과 논리가 다소 약한 것은 사실이지만, 그 위기의 한 가운데에 돈 문제가 개재하고 있었다는 것은 분명하다. 예나 지금이나 인간 삶에서 돈은 문제적인 대상이었던 것이다.

"돈은 최선의 종이요, 최악의 주인이다."라고 말했던 이는 고전경험론의 창시자였던 프랜시스 베이컨이었다. 예컨대 〈백만 파운드 지폐〉의 주인공에게 돈은 최선의 종이었고, 〈리츠 호텔만 한 다이아몬드〉의 퍼시가 사람들이나, 〈벨다인 부자의 돈〉의 부자(父子), 〈프로하르친 씨〉의 주인공에게 돈은 최악의 주인이었다. 현실에서도 그렇지만 현실을 재현하는 문학에서도 대개 돈이 최악의 주인으로 문제되는 상황이 많이 나타난다. 돈이 최악의 주인으로 인간 위에 군림할 때 인간은 제대로 된 '인간값'을 알지 못한다. 특히 근대 이후 물질문명이 가속화되면서 그런 현상은 더욱 늘어났다. 그래서일까. 일찍이 브레히트는 이렇게 절규했다.

도대체 인간이란 무엇인가?
인간이 무엇인지 나는 아는가?
누가 그것을 아는지 내가 알게 무어람!

나는 그저 인간값만 알고 있을 뿐.

  —〈상품의 노래〉 중에서

　인간 본연의 존엄성이나 가치를 넘어서 물신화된 상품 가치만이 중시되는 현실에 대한 브레히트의 강력한 풍자가 들어 있는 시구이다. 확실히 돈이 문제긴 문제다. 인류의 오랜 역사를 통해서 돈은 항상 인간사의 문제적 중심에 있었다. 돈 때문에 인간은 편안하고 행복할 수 있었지만, 반대로 돈 때문에 지극히 불행할 수도 있었다. 돈으로 자유와 해방을 얻을 수도 있었지만, 돈 때문에 그것을 잃을 수도 있었다. 여기서 생각할 것은 돈에 대한 인간의 태도이다. 돈은 인간 삶의 수단이지 결코 목적이 될 수 없다는 것이다. 앞서 언급한 베이컨의 메시지처럼, 우리는 돈을 '최선의 종'으로 부릴 수 있는 주인이어야 한다. 결코 '악의 꽃'과도 같은 '최악의 주인'으로서의 돈을 섬기는 종이어서는 곤란하다. 우리가 함께 읽어 본 몇몇 문학 작품에서 돈 이야기들은 이 같은 사람살이의 진정한 태도에 대해 많은 생각거리를 제공한다.

우찬제(문학비평가 / 서강대 교수)

테마명작관 6

돈

초판 1쇄 발행 | 2012년 9월 19일

지은이 | 프랜시스 스콧 피츠제럴드, 아르투어 슈니츨러, 도스토옙스키, 마크 트웨인, 모파상, 조반니 보카치오
옮긴이 | 김난령, 장혜경, 이항재, 이상원, 정혜용, 서대원
발행인 | 김태진, 승영란
마케팅 | 함송이, 강소연
디자인 | Design co*KKIRI
출력 | 한국커뮤니케이션
인쇄 | 미래프린팅
펴낸 곳 | 에디터
　　　　서울특별시 마포구 공덕동 105-219 정화빌딩 3층
　　　　전화) 02-753-2700, 2778
　　　　팩스) 02-753-2779
출판등록 | 1991년 6월 18일 제313-1991-74호
값 12,000원

ISBN 978-89-6744-003-9 04800
ISBN 978-89-92037-79-2(세트)